WILLIAM CARLOS WILLIAMS
AUSGEWÄHLTE WERKE
IN EINZELAUSGABEN
Herausgegeben
von Joachim Sartorius

WILLIAM CARLOS

WILLIAMS

DIE MESSER DER ZEIT

Erzählungen

1989
Gustav Kiepenheuer Verlag
Leipzig und Weimar

Die Erzählungen wurden nach dem Band ›The Farmers' Daughters. The Collected Stories of William Carlos Williams‹ übertragen

Aus dem Amerikanischen übertragen von
Helmut Findeisen und Klaus Reichert
Mit einer Einleitung von Van Wyck Brooks
und einer Nachbemerkung von Helmut Findeisen

ISBN 3-378-00290-5

Einleitung

Obwohl ich ihm nur ein oder zweimal begegnet bin, habe ich doch das Gefühl, ein Freund von William Carlos Williams zu sein. Das ist nichts, was er akzeptieren oder zurückweisen müßte – es kommt einfach daher, daß er so menschlich ist. Die Legende vom Kleinstadtarzt, der dennoch intellektuell ein Weltbürger war und der mit dem Gespür eines Künstlers, für den die erfolglosesten die ergiebigsten waren, auf eine einträgliche Praxis verzichtete, hat mich schon immer angezogen. Er hatte nichts von der ›Selbstzufriedenheit, die so manche Menschen überkommt, wenn sie die Jagd nach dem Geld mit Erfolg betreiben‹, eine Formulierung von ihm selbst in ›Der alte Doc Rivers‹. Er hat nie jemand retten wollen, weil er ›ein gutes und nützliches Glied der Gesellschaft war. Der Tod hatte nicht aus diesem Grund Respekt vor ihm, auch nicht der Künstler.‹ Das sagt Dr. Williams irgendwo. Aber ›Menschen zu jeder Zeit und unter allen Umständen aufzusuchen ... wenn sie geboren wurden, wenn sie starben, sie sterben zu sehen ... das hat mich immer gefesselt. Ich verlor mich in genau diesen Eigenschaften ihres Geistes.‹ ...

Dr. Williams genießt den in diesen Übergangszeiten seltenen Vorzug, den Henry James ›Sättigung‹ genannt hat, das Ergebnis eines lebenslangen Verschmelzens mit dem Leben in einer einzigen Region, den New Jersey-Städten Rutherford, Paterson und Passaic. Er ist nie weggezogen von der Nine Ridge Road, einem Markstein für seine Besucher und Brieffreunde, und das hat ihm das Authentische eines Sherwood Anderson verliehen, in dessen Geschichten man den Menschen spürt, der ›dort gewesen ist‹. Von Paterson, dem Schauplatz von Williams' immer wieder fortgeführtem Gedicht, sagt er: ›Ich habe an einigen der Ereignisse teilgenommen, die dem Ort Bedeutung gaben ... In meiner Krankenhauszeit habe ich viele der Frauen kennengelernt. Als Jüngling hatte ich Garret Mountain durchstreift, war in seinen Teichen geschwommen, war dort vor Gericht aufgetreten, hatte seine verkohlten Ruinen, seine überfluteten Straßen betrachtet, hatte in Nelsons Geschichte Patersons über seine Vergangenheit nachgelesen, über die Holländer, die es besiedelten. Ich habe die Stadt betrachtet als meinen ‚Fall', den ich bearbeiten mußte.‹ Mittlerweile hatte er am Krankenhaus von Passaic praktiziert und wohnte tatsächlich in Rutherford. Er hat gesagt: ›Gern gebe ich mein Leben, um zu erfahren und zu beweisen, daß Keyserling Recht hatte, als er sagte, Ortsverbundenheit allein kann zur Kultur führen.‹ Aber ohne Zweifel verdankte er seinen Reisen etwas von dem Sinn für Proportion, mit dem er seine engere Heimat betrachtete. Sein englischer Vater und seine Mutter wurden in Westindien geboren, als Junge hörte er, wie Französisch und Spanisch gesprochen wurde, und er ist ein Jahr lang in Paris zur Schule gegangen, wo einige seiner Verwandten wohnten. An der University of Pennsylvania lernte er H.D. und Ezra Pound kennen, der sein ganzes Leben lang ein etwas schwieriger Freund blieb; und später, ›mit voll ausgefahrenen Antennen‹, wie er in ›In the American Grain‹ sagte, stieß er auf Joyce, Gertrude Stein, Picasso und Brancusi. Dann brachte ihn Ezra Pound zu einem Gespräch mit Léger zusammen. Aber das ›führte zu nichts‹, bemerkte er, ›als zu einem unangenehmen Gewahrwerden ... jenes widerstandsfähigen Kerns der Natur, auf den ich mich so lange hatte stützen müssen. Ich fühlte Kräfte in mir, die nicht freigesetzt wurden, sondern zurückgedrängt in jenem Kulturzentrum der alten Welt, wo jeder an seinem eigenen Stück Fleisch zerrt, des Neuankömmlings achtsam bewußt, aber gänzlich ohne Neugier.‹ Unvermeidlich angezogen von der Welt seiner Kindheit, sah er jedoch diese jetzt mit dem Blick auf die ganze Menschheit.

In New York, als Arzt am French Hospital, wo er sich auf Geburtshilfe und Kinderkrankheiten spezialisierte, sah er inzwischen die Armory Show und lernte Stieglitz gemeinsam mit Marsden Hartley und John Marin kennen. Er begegnete Charles Demuth in Philadelphia und traf Paul Rosenfeld ›mit seinen halb verlegenen Rundlichkeiten‹, der ein guter Freund wurde. In New York gärte das Interesse an den Künsten; er sah etwas von Greenwich Village, und er malte sogar selbst ein wenig. Aber da er sich der Kinderheilkunde verschrieben hatte, fand er, daß ›die Stadt des Krankenhauses‹, in seiner heimatlichen Region, ›für immer sein Zuhause‹ war, und er begann, dort ein wild angespanntes Leben zu führen, wurde zu allen Nachtstunden herausgerufen, entband Babies in verkommenen Gegenden, angezogen von den schäbigen Häusern der Ärmsten. Vielleicht lagen sie ›hinter dem Schuhladen zwischen der Vierten und Fünften‹, mit Dächern, die aus der Reihe tanzten,

> die Höfe verstopft
> mit altem Hühnerdraht, Asche
> kaputten Möbeln;

wie er es in ›Pastorale‹ beschrieb, einem seiner frühen Gedichte. ›Ich fing an, diese Leute zu lieben, sie waren in Ordnung.‹ Er brachte, wie es eine Frau formulierte, fast jedes Baby zur Welt, das in den Straßen oberhalb der alten Kupferminen geboren wurde, und er kannte, wie er sagte, keine besseren Leute, obwohl er nicht willens war, sich in ein Bett zu legen, während er auf die Geburt wartete und quer über drei Stühlen liegend schlief. Um drei Uhr morgens zu Hause angekommen, stellte er sich im Mantel in die Badewanne und zog sich Stück für Stück aus, ließ jedes Kleidungsstück neben die Wanne fallen und fand unweigerlich drei oder vier Wanzen. Er hatte sich mit jeder nur denkbaren Komplikation auseinanderzusetzen und freundete sich in der einen oder anderen Phase seiner Entwicklung mit jeder Sorte Mensch an, die man sich nur vorstellen kann. ›Mögen die Erfolgreichen‹, sagte er, ›ihre blauen Ordensbänder davontragen; ich habe die Erfolglosen kennengelernt, weit bessere Menschen als ihre erfolgreicheren Brüder.‹ Er unterhielt sich mit Taxifahrern, Eisenbahngepäckträgern, die seine Patienten gewesen waren, farbigen Männern und Frauen, die er genauestens kannte, und einem Hochofenarbeiter, einem Unikum, der in einer ein Meter zwanzig hohen Hütte lebte, die wie der Bau eines Tieres in einem Sumpf aussah. Aber dieser Mann lebte, ohne sich zu beklagen, allein, voll Selbstachtung, sein Leben hatte die ›Würde des menschlichen Geistes erlangt, so daß ihm der Schmutz und die Erniedrigung‹ nichts ausmachten. Der Doktor verließ seine Praxis am Abend mit dem Gefühl, daß er seine Augen nicht länger offenhalten konnte; dann saß er in seinem Auto vor einem Haus und wartete darauf, daß er die Kraft fände, die Treppe hinaufzusteigen. Aber sobald er dem Patienten gegenüberstand, verschwand das alles. Schlagartig begannen sich die Einzelheiten des Falles klar darzustellen, und die Jagd ging los. Ich zitiere aus der Autobiographie von William Carlos Williams.

Die ganze Zeit über schrieb er Gedichte, die ihn berühmt machten. Daneben schrieb er die Erzählungen vom ›Leben am Passaic‹ und ein oder zwei andere Erzählungsbände. Im Zeitraum von vierzig Jahren hatte er Tausende von Patienten behandelt und die Leute fragten ihn: ›Wie machen Sie das? Sie müssen mindestens die Kraft von zwei Männern haben.‹ Aber wie er es sah, ergänzte die eine Beschäftigung die andere; es waren zwei Seiten eines Ganzen: bei der einen ruhte der Mann, während ihn die andere ermüdete; und was das Schreiben angeht, so brauchte er dazu fast gar keine Zeit. ›Wenn wir zufällig zu einem bewegenden Detail eines Lebens vorstoßen, findet sich immer Zeit, ein paar Seiten herunterzuschreiben. Das Problem ist nicht, die Zeit dafür zu finden – die Schwierigkeit besteht darin, das schwer faßbare Leben der Sache selbst einzufangen.‹ Fünf oder zehn Minuten ließen sich immer finden. Er hatte eine Schreibmaschine im Schreibtisch in seiner Praxis. Wenn ein Patient hereinkam, während er einen Satz gerade halb beendet hatte, ließ er die Maschine verschwinden, und nachdem der Patient gegangen war, holte er die

Maschine wieder heraus. Außerdem war er, nachdem er sich völlig auf ein Gedicht oder eine Entbindung konzentriert hatte, nicht erschöpft, sondern ausgeruht. Ein geistiger Frieden erwuchs ihm daraus, daß er den Zustand des Patienten für seinen eigenen nahm, für den es eine Lösung zu erkämpfen galt. Von persönlichen Schwierigkeiten geplagt, ging er in seine Praxis, und nach zwei Stunden intensiver Hingabe an seine Arbeit kam er schließlich in vollkommener Ruhe wieder heraus, bereit zu lächeln und zu lachen, als ob der Tag eben erst begänne. So hatte er nie das Gefühl, daß das Praktizieren als Mediziner etwas anderes sei als seine Speise und sein Trank, eben das, was ihm das Schreiben erst ermöglichte.

Sich mit Ezra Pound vergleichend, sagte Dr. Williams, seine eigene Erziehung habe ihm eher die Demut und Vorsicht des Naturwissenschaftlers vermittelt. An seinem alten Freund konnte er jene ›Seite‹ nicht dulden, die mit dessen ganzer Dichterpose verbunden war. Er spürte, daß es für ihn richtig wäre, stets das Beste aus sich herauszuholen, ein unauffälliges Leben zu führen und zielstrebig zu arbeiten, und er betrachtete sich als Mann an der Front, im Schützengraben; nur auf diese Weise konnte er sich selbst respektieren und fortfahren, alle zu behandeln, die zu ihm kamen, Männer, Frauen und Kinder. Henri Fabre war einer seiner Götter. ›Sein Beispiel stand mir immer vor Augen als Maßstab und Regel. Es hat mir innere Ruhe gegeben und in mir einen geduldigen Fleiß erzeugt und, trotz meiner Unzulänglichkeiten, eine weitreichende Zufriedenheit.‹ Und Leute zu behandeln war für ihn ein belangloses Geschäft, sofern nicht Begeisterung mit ins Spiel kam. Deshalb wurde für ihn das Schreiben eine Notwendigkeit. Er behandelte einen Menschen nicht als etwas, das mit Chirurgie und Medikamenten zu behandeln ist – ›ihn wie Material für ein Kunstwerk zu behandeln brachte ihn für mich irgendwie zum Leben‹.

Das erklärt zum Teil die Vitalität dieser Erzählungen, von denen viele von Dr. Williams' Patienten handeln: sie sind mit einer Wahrhaftigkeit gesehen, gehört und erspürt, die unverkennbar ist und die an die Schreibmaschine in der Praxis des Doktors erinnert. ... Da ist die Geschichte der ›Farmerstöchter‹, eine Erzählung von zwei jungen Frauen aus dem Süden, die dem Doktor vieles aus ihrem Leben berichteten. Eine der besten ist ›Der alte Doc Rivers‹, die Charakterstudie eines Chirurgen, der einmal in Rutherford praktiziert hatte, als Williams noch ein junger Mann war, eines genialen Exzentrikers mit einem untrüglichen Gefühl für Diagnose, der sich irgendwie in eine falsche Richtung entwickelt hatte. Er verfiel dem Rauschgift und mußte Monate in der Irrenanstalt verbringen, doch selbst dort suchten ihn die Leute auf, und manchmal warteten sie monatelang auf ihn, während er sich selbst unmittelbar vor dem Patienten Stoff einspritzte. Mit einem unstillbaren Interesse an der menschlichen Natur unterhielt sich Dr. Williams mit Automechanikern, mit Jungen von der Straße aus Kanada, die nichts in ihren Taschen hatten, oder er hörte Geschichten über Homosexualität, berichtet von Frauen oder Männern, die selbst homosexuell waren und denen der Doktor unauffällig lauschte. Das Wichtigste war, über eine herausragende Figur zu verfügen, deren Geschichte allmählich – mit fortschreitender Erzählung – sichtbar wird ... Da gibt es die Erzählung ›Rosa und Blau‹, die unter den einfachen Leuten, die der Doktor aufsuchte, am Fuße der Catskill Mountains, auf einer Farm spielt, die Geschichte von ›Belle‹, die rosa gekleidet vor ihrem Bräutigam erschien, der auf ihre Annonce geantwortet hatte, und die nach überraschenden Entwicklungen in einem blauen Kleid bestattet wurde. ›Jean Beicke‹, sagte Dr. Williams, war ›die beste Kurzgeschichte, die ich je geschrieben habe‹, die Geschichte eines dürren, mißgestalteten, wertlosen Stücks Mensch, die alle Schwestern und Ärzte gern hatten, wie sie Woche für Woche in ihrem Bettchen lag. Es ist die Geschichte, die das zarte, mitleidende Gefühl des Doktors vielleicht am besten zeigt.

Dr. Williams' Vater und Mutter waren unter Farbigen auf den westindischen Inseln aufgewachsen, und er selber empfand aus dem tiefsten Inneren heraus starke Zuneigung zu den Negern, den ›Schmelzöfen an Gefühlskraft‹. Ein schwarzer Soldat, den er wegen einer Geschlechtskrankheit behandelte, gab ihm Mut, am Gebrauch seines heimatlichen Idioms festzuhalten – es war ›immer eine Freude, ihm zuzuhören‹. Und diese neue Sprache, lebendig und unmittelbar, erklärt sehr weitgehend den Zauber dieser klaren, frischen Skizzen und Geschichten. In keiner von ihnen gibt es ein überflüssiges Wort, und ihre Lebhaftigkeit und Natürlichkeit spiegelt wider, was Dr. Williams ›das Großartige, das ich jeden Tag um mich habe‹, nennt. Es ist großartig in der Literatur wie in der Wirklichkeit.

Van Wyck Brooks[1]

[1] Die Einleitung des amerikanischen Essayisten und Kritikers Van Wyck Brooks ist dem Band ›The Farmers' Daughters‹ vorangestellt. Für die vorliegende Ausgabe wurde sie leicht gekürzt.

Die Messer der Zeit

Die Messer der Zeit

Im Verlauf der Jahre blieben die Mädchen, die als Kinder so unzertrennlich gewesen waren, einander treu.

Ethel hatte inzwischen geheiratet. Maura hatte geheiratet; die eine war nach Harrisburg verzogen, die andere nach New York City. Und beide begannen, Familien großzuziehen. Besonders Ethel verlegte sich aufs Kinderkriegen. Innerhalb einer sehr kurzen Zeit, vergleichsweise gesprochen, hatte sie deren drei, dann vier, dann fünf und schließlich sechs. Und während all dem blieb sie mit ihrer Jugendfreundin, der dunkeläugigen Maura, mittels langer, intimer Briefe, in ständiger Verbindung.

Zuerst waren diese Briefe klatschsüchtiges Geschreibsel gewesen, das jedoch stets in fortgesetzten Beteuerungen jener Liebe endete, welche die Frauen während ihrer Kindheit gehegt hatten. Maura zeigte sie ihrem Mann, und beide genossen ihren Gehalt an Klatsch, da sie ja von Menschen und Szenen handelten, mit denen beide vertraut waren.

Doch nach einigen Jahren, während diese Briefe immer weiter strömten, kam eine Veränderung. Zuerst wurde der persönliche Ton vertraulicher. Ethel sprach von ihren Kindern, wie sie eins nach dem andern gehabt hätte – um sich zu zerstreuen, um die Gedanken von ihrem ständigen Brüten abzulenken. Jedes Kind hätte ihre Hoffnungen auf Erleichterung erneuert, jede erwartete Entbindung ihr nur neue Enttäuschung gebracht. Sie vertraute sich mehr und mehr Maura an. Sie liebe ihren Mann; das sei es nicht. Wirklich, sie wisse selbst nicht, was es sei, außer daß sie, Ethel, sich niemals ihre alte Freundin Maura aus dem Sinn schlagen könne.

Bis schließlich das Geheimnis heraus war. Du bist es, Maura, die ich will. Nichts als dich. Niemand als du kann meinen Kummer stillen. Vergib mir, wenn ich dich mit diesem Geständnis peinige. Es wäre das letzte, was ich möchte. Aber ich kann mich nicht länger mäßigen.

Dichter und schneller kamen die Briefe. Breite Sendschreiben der Liebe, waren sie jetzt ohne die geringste Zurückhaltung.

Ethel schrieb jetzt Briefe, wie Maura sie sich zu anderer Zeit ihres Lebens von einem Mann zu erhalten gewünscht hätte. Sie erfuhr, daß all diese Jahre von ihr geträumt worden war, leidenschaftlich, ohne Rivalin, ohne Erfüllung. Nun, gewiß, Maura wagte nicht, die Briefe ihrem Mann zu zeigen. Er würde nicht verstehen.

Sie rührten sie eigenartig, sie erschreckten sie, aber sie machten, daß ein schlauer Blick in ihre dunklen Augen kam, und sie packte sie sorgfältig fort, wo sie nie jemand in die Hände fallen würden. Sie selbst war anderweits beschäftigt, doch sie hegte zärtliche Gefühle für Ethel, liebte sie auf die alte erinnerte Art – doch das war alles. Die Wendung, die Ethels Gemüt genommen hatte, verwirrte sie, und sie dankte der Vorsehung, daß ihre Freundin und sie weit genug entfernt voneinander lebten, um peinliche Begegnungen zu vermeiden.

Doch obwohl entsprechende Erwiderungen auf ihre Vorstöße fehlten, schwankte Ethel nie, änderte sich nie in ihren leidenschaftlichen Anträgen. Sie bettelte ihre Freundin, sie zu besuchen, zu ihr zu kommen, mit ihr zu leben. Sie sprach von ihrem Verlangen, das samtene Fleisch der Brüste und Schenkel ihrer Geliebten zu berühren. Sie sehne sich, sie in Schlaf zu küssen, sie in ihren Armen zu halten. Offener und offener wurden ihre freimütigen Lüste. Für die sie um Nachsicht bat.

Einmal flehte sie Maura an, ein seidenes Hemdchen, das sie ihr schickte, zu tragen, es eine Woche lang zu tragen und an sie, an Ethel, ungewaschen zurückzuschicken, auf daß sie es ihrerseits beständig auf sich tragen könne.

Dann, nach zwanzig Jahren, erhielt Maura eines Tages einen Brief von Ethel, in dem sie gebeten wurde, sie – und ihre Mutter – in New York zu treffen. Sie erwarteten eine Schwester auf der ›Mauretanien‹ aus Europa zurück, und sie wollten, daß Maura auch dort sei – um der alten Tage willen.

Maura willigte ein. Mit eigenartigen Gefühlen der Neugier und nicht wenig Angst stand sie am Eingang der Pennsylvania Station und wartete, daß ihre Freundin aus der Drehtür kam, als der Harrisburg Express eingelaufen war. Ob sie allein wäre? Ob die Mutter wirklich bei ihr wäre? War es ein Betrug? War die Frau am Ende gar verrückt? Und schließlich, würde sie sie erkennen?

Doch da war sie und die Mutter an ihrer Seite. Nach dem ersten Blick war die Begrüßung auf allen Seiten ruhig, höflich und freundlich. Die Mutter beherrschte die Situation. Ihre durchdringenden Augen schätzten Maura einmal von oben bis unten ab, dann fragte sie nach der Zeit, wann der Dampfer anlegen würde, wie weit der Landungsplatz sei und ob sie erst noch Zeit zum Essen hätten.

Zeit war genug da. Ja, gehn wir essen. Doch zuerst mußte Ethel ein kleines Bedürfnis verrichten, und sie bat Maura ihr den Weg zu zeigen. Maura führte die Freundin zu den öffentlichen Toiletten, und dort öffnete Ethel die Tür, nachdem sie eine Münze eingeworfen hatte, und bevor Maura ein Wort des Protests finden konnte, zog sie sie mit sich herein und schloß die Tür hinter sich.

Welch ein Treffen! Welch eine Befreiung! Ethel nahm die Freundin in ihre Arme, und zwischen Tränen und Küssen versuchte sie gewissermaßen, so gut es ging, ihr zu sagen, wie glücklich sie sei. Sie liebkoste ihre alte Gespielin, umarmte sie, hob sie vom Boden hoch in der glühenden Beseligung ihres Verlangens, flüsterte ihr ins Ohr, streichelte ihr Haar, ihr Gesicht, berührte ihre Lippen, ihre Augen; hielt sie, hielt sie so, als könne sie sie nie wieder freilassen.

Niemand konnte vor einem solchen Ansturm kalt bleiben, der so überschäumend auf Maura wirkte, wie er begreiflich und aufrichtig war. Sie versuchte ihr Bestes, seine Wut zu mildern, sie abzuschwächen, zu steuern. Doch da ihr das mißlang, tat sie, was sie konnte, um ihre alte Freundin zu beschwichtigen. Sie liebte Ethel, gewiß, aber dieses ganze Theater ging über ihre Begriffe. Sie verstand es nicht, sie wußte nicht, wie sie es erwidern sollte. Aber sie war nicht böse, sie fand sich sogar in Tränen, ihr Herz gerührt, ihre Lippen willig.

Die Zeit verfloß, und sie mußten gehen.

Beim Essen stellte Ethel ihren Fuß auf die Spitze von Mauras Schuh. Es war ein irres Mahl für Maura: sie gedachte alter Zeiten, betrachtete die heroische Schönheit der alten Dame und, während sie in oberflächlichem Geplapper, gemischt mit Erinnerungen, fortschwatzte, erwiderte sie heimlich, so gut es ging, Ethels hartnäckiges Drängen.

An der Hafenmole stand eine lange Schlange und wartete darauf, durch die Umzäunung gelassen zu werden. Es war sinnlos – Ethel preßte von hinten unausgesetzt ihren Körper gegen die verlegene Freundin, verlegen nicht aus Mangel an Verständnis oder Sympathie, sondern aus Angst, einer der Beamten und Zollinspektoren, die sie ständig beobachteten, könne etwas Außergewöhnliches entdecken.

Aber der Dampfer legte an, die Schwester wurde begrüßt; der Tag ging zu Ende, und die Stunde der Trennung fand Ethel noch immer in engem Kontakt, eng an dem Objekt ihrer lebenslangen Anbetung.

Was soll ich tun? dachte Maura später auf dem Weg nach Hause, allein im Zug. Ethel hatte sie gebeten, sie zu besuchen, zu ihr zu kommen, eine Woche mindestens mit ihr zu verbringen, mit ihr zu schlafen. Warum nicht?

Der Sohn des Matrosen

Als die Fähre anlegte, entstand eine Pause, dann schoß ein junger Bursche auf einem Motorrad aus dem Ausgang, blickte nach rechts und links, entdeckte den Hügel, gab Gas und nahm die Steigung mit Höchstgeschwindigkeit. Ein älterer Kerl, der sicher und fest und mit einem Gesicht wie ein Stück Holz hinter ihm saß, brauste vorbei, ohne mit der Wimper zu zucken.

An diesem Tag wartete Manuel vergeblich, daß sein Freund ihn auf der Farm besuchte, wo er den Sommer über einen Job angenommen hatte. Gegen elf am Morgen begann es zu regnen. Die Kühe waren auf die Weide getrieben, die Hühner gefüttert, die Eier eingesammelt. Es war Sonntag. Er war wegen der Zeitungen unten gewesen und hatte sie hinauf zum großen Haus mitgenommen. Was zum Teufel? Er sollte lieber rauf in sein Zimmer gehen und an Margy schreiben.

Blödes Wetter, sagte er sich, als er hügelauf durchs glitschignasse Gras über die Wiese strich. Vermutlich hat er sich das gedacht und wollte sich nicht den schlechten Straßen aussetzen. Aber der Junge ist da, ja, er ist bestimmt da.

In seinem Zimmer, im dritten Stock des ehrwürdigen Landhauses, wo er dieses Jahr angestellt war, zog er den linierten Block hervor und einen Bleistift und machte sich ans Schreiben.

Liebe Marge: Wie geht es dir denn eigentlich? Ich fange jetzt hier oben mit meinem dritten Monat an, und du hast mich seit sechs Wochen nicht mehr besucht. Warum kommst du nicht mal irgendwann an einem Wochenende rauf?

Dann hielt er ein und dachte eine Minute nach, während der er mit dem Ende des langen Bleistifts an seine geschlossenen Lippen klopfte, klopf, klopf, klopf, klopf, und nachdachte; nach einem Moment fuhr er fort:

Schreib mir eine Zeile, wann ich dich erwarten kann. Es gibt nicht viel Neues, außer daß ich hier ziemlich viel allein bin. Es macht mir aber nichts aus, solange ich etwas verdienen kann – bis ich einen Job in der Stadt kriegen kann. Sieht zwar jetzt nicht rosig aus, scheint mir. Ich denke oft, wie gut du zu mir bist, mir Geld gibst und mich dieses Frühjahr durchgebracht hast, während ich Arbeit gesucht habe. Ich werde es nie vergessen. Sobald ich zurück nach New York kommen kann und soviel Geld kriege, wie ich müßte, können wir unseren Traum wahr werden lassen. Ich denke mir gerade so eine kleine Wohnung aus, ganz sauber und hübsch. Zuerst, finde ich, sollten wir am besten beide arbeiten, so können wir uns ein paar Dollar sparen, aber nach einem Jahr möchte ich gerne, daß du dieses Büro für immer aufgibst. Christian hat sich heute nicht blicken lassen. Vermutlich wegen dem Regen. Wenn du ihm in die Arme läufst, sag ihm, ich wollte wissen, warum er sich nicht hat blicken lassen. Ich hoffe, du kannst bald mal hier hochkommen. Ich bin verrückt nach dir. Das ist zwar eine gute Stelle, gutes Essen und alles, aber ich muß auch meine Freunde sehen. Bis dann, Schätzchen, Dein Manuel.

Er steckte den Brief in einen Umschlag, schrieb die Adresse darauf und tat ihn in seine Manteltasche. Er nahm seine Pfeife heraus und begann zu rauchen. Der Regen schlug auf das Dach über seinem Kopf nieder, mit einem Trommeln, wie wenn Finger mit ihren weichen Kuppen klopften. Er fühlte sich nervös und bedrückt. Er legte die Pfeife fort, sie schmeckte nicht wie er erwartet hatte, und legte sich aufs Bett und dachte nach. Was zum Teufel? Er fühlte sich einsam und vernachlässigt.

Aber unten fühlte sich Mrs. Cuthbertson erleichtert. Sie mochte Manuel, seine Arbeit war zufriedenstellend, er fuhr den Wagen ausgezeichnet und war anstellig und gehorsam. Er war ein wirklich guter Junge. Aber sie konnte nicht viel mit dem Kerl anfangen, der jedes Wochenende auf dem Motorrad von der Stadt hochkam und bis Sonntag hier auf Besuch blieb.

Er ist ein alter Freund, erklärte ihr Manuel, ich kenn ihn schon von der andern Seite her. Mir macht's nichts, für seine Mahlzeiten zu bezahlen, wenn Sie das meinen, Mrs. Cuthbertson. Oder er kann runter in den Ort dafür fahren.

Hör mal, ich hab dir gesagt, sagte Mrs. C., daß du mir gefällst, und ich will, daß du hier bleibst und mir hilfst. Du bist nicht so kräftig, du siehst zweimal so gut aus wie im Frühjahr, als du hier ankamst. Aber ich glaube nicht, daß dieser junge Mann einen guten Einfluß auf dich hat. Ich kann dich nirgends finden, wenn er hier ist. Ich würde ihm sagen, er soll nicht so oft hier raufkommen. Einmal im Monat ist in Ordnung, aber nicht jedes Wochenende. Dafür haben wir dich nicht angestellt. Mir gefällt der ganze Kerl nicht. Er hat etwas Freches in den Augen. Du bist nicht derselbe nette Junge, wenn er hier ist.

Es war Mrs. Cuthbertsons Angewohnheit, in dieser Art mit den jungen Männern zu reden, die sie im Sommer für ihre Arbeit einstellte. Sie suchte sich Jungens aus, die ihr gefielen, und kümmerte sich dann um sie. Sie sprach ihre Sprache, und die meisten hatten sie gern. Doch diesmal war sie nicht ganz offen mit Manuel gewesen. Sie sagte ihm nicht, daß das, was ihr wirklich gegen den Strich ging, die Art seines Freundes war, wie er Besitz von Manuel ergriff, und von der ganzen Farm, was das betrifft, wenn er da war. Er fuhr auf seinem Motorrad vor; stellte die Maschine irgendwo in der Garage ab und fing an, Obst zu essen, über den Rasen zu streichen und sich einen guten Tag zu machen, als ob das Anwesen ihm gehöre. Manuel teilte seine Mahlzeiten mit ihm und nachts sein Bett. Das war der Punkt, an dem Mrs. C. einhakte. Doch sie fühlte sich nicht ganz danach, daß sie – gerade jetzt – damit herausrücken wollte.

Mrs. Cuthbertson wußte, daß Manuel verlobt war. Warum kam denn sein Mädchen nicht rauf und besuchte ihn öfter, wenn er einsam war? Das wäre viel besser gewesen. Aber dieser junge Mann war Unfug. Manuel war ein anderer Mensch, wenn er da war, dumm, aufgeregt und zu nichts zu gebrauchen. Zuerst dachte sie, es wäre nur die ersten Male so, aber jeden Samstag war es dasselbe gewesen. Mrs. C. war entschlossen, daß es nicht länger so weitergehen sollte.

Doch da der folgende Samstag schön war, konnte man, versteht sich, gegen vier Uhr nachmittags das Tschum Tschum des Motors hören, wie er den steilen Hügel nahm, die schmutzige Straße hoch, die zum Tor der Farm führte. Und da war der Junge selbst, derselbe kecke Jüngling, der eine Woche zuvor aus dem Ausgang der Fähre geschossen war. Er hupte.

Als Mrs. C. dies hörte, rief sie nach Manuel, um ihn zu warnen. Aber er war schon durch die Hintertür hinaus. Sie rief ihm aus dem Küchenfenster nach, aber obwohl er sie gehört haben mußte, rannte er ruhig im Laufschritt weiter, um seinen Freund zu begrüßen.

Hallo Freundchen, Meeensch bin ich froh, daß du da bist. Ich bin letzte Woche beinah verreckt. Warum bist du denn nicht raufgekomm'n? Hat dich der Regen abgehalten?

Klar, Blödsinn, log er, glaubsde nich ich wär hier gewesn wenn ich's geschafft hädd? Wie geht's dir, Kleiner? Fühlst dich kräftich im Zeuch?

Genau.

Und damit zog Manuel die Garagentüren auf, und das Freundchen schob sein Rad in den Raum, wo er es gegen die Wand, zur Seite lehnte.

Mrs. Cuthbertson beobachtete sie vom Küchenfenster aus, die Kinnbacken zusammengepreßt und ein entschlossener Blick in den Augen. Ziemlich bald sah sie die Männer aus der Garage kommen, und nachdem sie an der Hausecke herumgestanden und sich eine Minute unterhalten hatten, sah sie Manuel einen schnellen Blick auf das Haus hinauf werfen, dann verschwanden die zwei hinter dem Gemäuer.

Mrs. C. wartete ein paar Minuten und ging hinaus. Die Scheune lag direkt hinter dem großen steinernen Garagenbau, ihr Eingang entzog sich – vom Haus auf dem Hügel aus gesehen – dem Blick. Mrs. Cuthbertson ging langsam durch das Gras, vermied dabei den Schlackenweg, und näherte sich der Scheune. Sie sah niemand in der Nähe, also ging sie weiter und lauschte. Sie meinte Stimmen in der Scheune zu hören, aber sie mochte sich anstrengen, wie sie wollte, sie konnte nicht ausmachen, was sie sagten.

Und damit schritt sie kühn auf die großen Türen zu und, da sie eine kräftige Frau war, zog sie eine davon auf und ging hinein. Die Männer lagen im Heu. Sie blickte hin, fühlte, wie sich ihr der Magen umdrehte, dann ließ sie ihrer Zunge freien Lauf. Den Besucher wies sie sofort von der Farm. Er lachte und ging an ihr vorbei aus der Tür, ohne mit der Wimper zu zucken. Aber mit Manuel war es anders.

Nachdem er seine Kleider in Ordnung gebracht hatte, setzte er sich ins Heu, wo er war, und heulte wie ein Kind. Dann stand er auf, ging zu ihr und bettelte sie, ihn nicht fortzuschicken. Ihr tat der Junge leid, und nach ein paar heftigen Worten hieß sie ihn hinauf in sein Zimmer gehen, um seine Sachen zu packen.

Aber da stand sie nun. Die Arbeit mußte getan werden. Sie hatte keinen Ersatz für ihn. Also rief sie nach einer Stunde den Burschen wieder herunter und sagte ihm genau, was sie im Sinn hatte. Du kannst diese Woche noch bleiben, sagte sie, bis ich einen Ersatz für dich gefunden habe, aber dann gehst du.

Er bettelte, er bat, vergebens. Dann ging er nach oben, schrieb einen neuen Brief an sein Mädchen, und am folgenden Morgen, als er mit der Milch heruntergegangen war, schickte er ihn ab.

Am nächsten Sonntag erschien das Mädchen, oder besser die Frau. Warum war Manuel rausgeworfen worden? War er nicht gut genug für die Arbeit? Mrs. Cuthbertson erzählte der Frau soviel, wie sie über die Lippen bringen konnte – aber das machte, zu ihrer Überraschung, keinen großen Eindruck.

Der Junge ist hier oben einsam, sagte die Frau. Warum halten Sie seine Freunde von ihm fern? Ich bin mit ihm verlobt, mir ist egal, was er tut. Warum sollten Sie sich aufregen? Na, das war ein tolles Ding. Manuel bettelte, behalten zu werden. Er konnte nirgends sonst hingehen. Er konnte keine Empfehlungen bekommen. Was sollte er tun? Tränen kamen in seine Augen. Schließlich wurde die Verlobte grob und Mrs. Cuthbertson, der die Geduld riß, hätte sie um ein Haar geohrfeigt. Es war ein wilder Augenblick. Aber am Ende wurde Manuel hinausgeworfen. Und die Frau nahm ihn mit sich zurück in die Stadt, wo sie ihm sagte, sie würde für sein Zimmer bezahlen, bis sie anderswo Arbeit für ihn finden könnte.

Die farbigen Mädchen von Passenack – die alten und die neuen

Georgie Anderson kam 1895 oder so um diese Zeit in unser Haus, als mein Bruder und ich so zehn, zwölf Jahre alt waren. Sie kann selbst nicht älter als achtzehn gewesen sein, ein kräftiges, schlankes Mädchen, die wir beide sehr bewunderten. Sie steckte voller Späße, liebte Spiele mit viel Lärm und erzählte uns Geschichten aus ihrem Leben unten im Süden, bevor sie in den Norden kam, um in der Umgebung von New York zu arbeiten.

Als Linkshänderin konnte sie mitten von unserm Hof aus einen Stein bis in den Wipfel eines großen Kastanienbaums werfen, der zwei Häuser weiter unten an der Straße stand. Wir selber schafften es gerade bis zu seiner Mitte.

Georgie war schwarz. Manchmal schickten sie ihr eine Schüssel Zwergkastanien, von denen sie sagte, sie wüchsen an Büschen unten in Carolina. Wir waren sehr beeindruckt.

Ich kann mich noch gut erinnern, wie wir uns abends mit dem Essen beeilten und uns in der Küche versammelten, wo sie und Adolph, ihr aufmerksamer Verehrer, zu sitzen pflegten. Wir konnten der Unterhaltung und des Spaßes wegen nicht schnell genug hinkommen.

Der Halbbruder meines Vaters, Godwin, machte auch seinen Ulk mit Georgie, aber er war mehr darauf aus, sie zu necken. Er war ein bißchen wirr im Kopf, und so nahmen die Spukerscheinungen, von denen er ständig sprach, schließlich für ihn und für uns wirkliche Gestalt an. Aber Georgie tat so, als ob sie an solche Albernheiten nicht glaubte. Godwin jedoch genoß sein Spiel und setzte es wochenlang fort, wobei er viele Schilderungen seiner Tapferkeit in der Geisterwelt zum besten gab.

Unter anderen Dingen stand eine Weckuhr auf einem kleinen Bord über dem Herd in unserer Küche. Eines Abends nach dem Essen, als wir alle dort saßen, sagte Godwin zu Georgie, er spüre heute Abend einen Geist sehr deutlich in sich. Er schüttelte den Kopf und erzeugte ein grollendes Geräusch in seiner Kehle und erzählte uns allen, das sei ein Geist, der versuche, Besitz von ihm zu ergreifen. Georgie sagte nur: Ach Quatsch, wie gewöhnlich, aber wir alle beobachteten meinen Onkel voller Spannung. Das Gaslicht brannte hell wie immer, als mein Onkel plötzlich starr auf die Uhr auf dem Bord blickte. Siehst du die Uhr? sagte er zu Georgie. Ja, antwortete sie, die seh ich. Also, wenn ich der Uhr sage, sie soll vom Bord springen, fuhr mein Onkel fort, dann tut sie das. Na los, sagte Georgie, machen Sie's mal. Willst du, daß ich die Uhr vom Bord springen lasse? sagte mein Onkel. Ja, genau das will ich, sagte Georgie. Daraufhin machte mein Onkel ein paar Bewegungen mit der Hand und redete die Uhr an, während unsere Augen wie gebannt auf sie geheftet waren. Er sprach leise weiter, und dann sagte er schließlich laut und kräftig zur Uhr: Spring! Und wie er die Hand erhob, sprang die Uhr in die Luft und landete mit einem Krach zu unseren Füßen. Georgie stieß einen wilden Schrei aus und floh durch die Hintertür ins Dunkle. Mein Bruder und ich waren zwar verblüfft, aber nicht ganz überzeugt und waren zwischen Lachen und Staunen hin- und hergerissen. Auf das Krachen hin kam mein Vater in den Raum, schimpfte Godwin gehörig aus und sagte ihm, er müsse die Uhr bezahlen. Dieser hatte einen ihrer Füße und sein Handgelenk mit einem schwarzen Faden verbunden.

Georgie war wild wie eine Katze. Mehr als einmal kam sie im Morgengrauen von einem nächtlichen Ausflug zurück und kletterte am Weinstock auf das rückseitige Dach, um durch das Fenster des Bades über die Bodentreppe in ihr Zimmer zu gelangen.

Sie mochte meinen Vater, der die Farbigen von seinen Tagen in Westindien kannte, aber sie hatte auch einen heiligen Respekt vor ihm. Er sagte nicht viel zu ihr, aber wenn er es tat, konnte man sehen, wie sie das spürte. Eines Tages, als sie wie üblich zu spät mit dem Frühstück kam, wandte er sich zu ihr, als sie den Raum betrat und sagte: Na mach schon, du Virginia-Schleiche du, beweg dich 'n bißchen schneller. Das hatte Georgie tödlich beleidigt. Nein Sir, sie machte sich nichts daraus, beschimpft zu werden, aber kein Mensch sollte sie jemals 'ne Virginia-Schleiche nennen. Was für Gedanken sie in ihrem Kopf mit diesem Ausdruck in Verbindung brachte, ist mir nie klar geworden.

Hausmädchen erhielten in jenen Tagen zwölf Dollar im Monat. Gott weiß, daß sie mehr auch nicht verdienten. Georgie war eine miserable Köchin und eine schlampige Wäscherin, aber ich glaube, sogar meine Eltern verziehen ihr die Wertlosigkeit wegen der ungebrochenen Vitalität und natürlichen Anziehungskraft, die in ihr steckten. Sie hatte auch eine seltsame Eigenheit, bei der sie mein Vater eines Tages ertappte. Sie schien in ihrer Heimat einer religiösen Sekte angehört zu haben, die als ›Lehmesser‹ bekannt war. Er ging in den Keller und sah, wie sie ein Häufchen Erde aß, das sie sich selbst zusammengesucht hatte. Er fragte sie, was sie mache. Sie sagte ihm ganz einfach, sie äße Erde, weil in der Bibel stünde, wir müßten alle zu unserer Zeit einen Viertelscheffel Erde essen, und sie äße den ihren jetzt eben nach und nach.

Natürlich war sie für uns Jungen, wie der Rest der Weiblichkeit, ein Gegenstand sexueller Neugier. Ich weiß von mir, daß ich mir nichts auf der Welt sehnlicher wünschte als den Anblick, den bloßen Anblick eines nackten weiblichen Körpers. Ich betete sogar zur Nacht um Kenntnisse dieser Art. Ich bat Gott darum, ich flehte ihn an, ich versprach jede Art tugendhafter Enthaltsamkeit, wenn ich nur einen Blick auf ein Mädchen werfen könnte, das nackt vor mir stünde. Weiter gingen zu jener Zeit meine Wünsche nicht, höchstens daß ich vielleicht mit ihr reden, sie streicheln und ihr so mein Verlangen verständlich machen könnte.

Einige Jungen in der Schule waren jedoch wagemutiger. Eines Tages hatten wir zwei von dieser Sorte auf dem Boden. Es war ein regnerischer Tag, wir hatten Kreisel gespielt und sie hart auf den Fußboden aufgesetzt.

Ich erinnere mich noch an die Namen der beiden Rädelsführer: Willie Harris und Joe Hedges. Zweifellos hatten wir einander schmutzige Witze dieser oder jener Art erzählt, als wir Georgie heraufkommen und in ihr Zimmer gehen hörten. Dieses Zimmer war nur durch schwere Leinwand abgeteilt, die mein Vater von innen gekalkt hatte. Es war unser Dienstmädchenzimmer. Hier lag unsere Chance!

Wie es der Zufall wollte, war Georgie heraufgekommen, um sich zu baden. Sie wußte, daß wir da waren, sie redete sogar mit uns, während wir unseren schlauen Streich ausführten. Ich glaube, sie hat bestimmt gesehen, wie sich ein Auge nach dem anderen an das Loch heftete, aber sie machte trotzdem ruhig weiter. Ich erinnere mich noch, als wäre es heute früh gewesen, wie ich am Guckloch an der Reihe war. Ich glaube, Georgie war die erste Frau, die ich nackt gesehen habe – die erste junge Frau zumindest. Sie hatte zum Waschen nichts als eine Porzellanschüssel. Die hatte sie auf den Fußboden gestellt. Sie stand darin, mir zugewandt, völlig nackt, und wusch sich von oben bis unten mit einem Schwamm. Meine Sicht war nicht besonders gut, ich lag halb auf dem Boden, und die anderen zerrten an mir herum, weil sie auch an die Reihe kommen wollten, aber es war ein erregendes Bild.

Ich erinnere mich noch an eine andere farbige Frau, viele Jahre später, die in meine Praxis kam, angeblich zu einer Untersuchung, und die sich vor mir völlig nackt auszog. Sie war gebaut wie Goyas ›Nackte Maja‹, aber ihr Lachen und ihre Gestik waren reines Afrika. Mable Watts hieß sie. Sie machte sich wenig aus ihrer eigenen Rasse, weil sie bei weißen Männern in der Stadt so großen Erfolg hatte. Sie mochte mich, und ich mochte und bewunderte sie und hatte mich in vielen Jahren der größten Not um sie gekümmert. Sie erzählte mir alles und kam immer zu mir um Rat und Hilfe, wenn sie in Schwierigkeiten war. Sie muß eine großartige Konstitution gehabt haben, denn trotz der schrecklichsten Erfahrungen schien sie nie älter zu werden oder ihr strahlendes Lächeln und ihre gute Laune zu verlieren. Auch meine Frau bewunderte sie wegen ihrer Intelligenz und ihrer Fähigkeiten als Hausmädchen. Ihre Bedienung bei Tisch war eine Freude, die Wäsche, die sie wie der Blitz wusch, in jeder Weise vollkommen. Aber sie wußte zuviel – und, nun, man wollte sie nicht zu lange dort sehen, wo Männer in der Nähe waren.

Aber sie war nicht zudringlich. Sie bot sich an, und wenn sie abgewiesen wurde, ging sie, ohne ein Wort zu verlieren, mit einem Lachen darüber hinweg. Warum gehst du nicht zum Theater, Mabel? sagte ich zu ihr. Nein, ich will nicht in einem Graben enden mit einem Messer im Rükken, war ihre Antwort, und überhaupt ist es zuviel Arbeit.

Ich entband sie von ihren beiden Kindern, einem Jungen und einem Mädchen. Sie wohnte in einem kleinen sauberen Haus unten bei der Eisenbahn. Danach verließ sie ihr Ehemann, und sie nahm einen Mieter auf, der sie mit einer Geschlechtskrankheit ansteckte. Ich ließ sie deswegen operieren, und als sie genesen war, nahm sie einen neuen Mieter, der, dessen bin ich gewiß, ihre kleine Tochter strangulierte und tötete – sie hätte, so sagte er, einen Erstickungsanfall gehabt, während er mit ihr allein war.

Mabel verließ daraufhin ihr Haus, trat eine Stellung im Hause eines meiner Freunde an und schickte ihren Jungen auf eine Armenschule im südlichen Teil des Staates. Sie finanzierte seinen Unterhalt dort, schickte ihm Geschenke und besuchte ihn gelegentlich, besonders wenn er krank war. Als die Frau meines Freundes mit ihren eigenen beiden Kindern nach dem Westen ging, führte Mabel das Haus für ihn. Er wollte nicht, daß sie wegging, als die Frau zurückkam, aber Mabel hielt es für besser zu gehen – ich stimmte ihr zu, und so wurde es beschlossen.

Sie brauchte lange, bis sie ihre Scheidung von dem Mann durchsetzte, der ihr weggelaufen war; doch schließlich gelang es ihr, einem Rechtsanwalt die erforderlichen zweihundert zu bezahlen. Die ganze Zeit über arbeitete sie schwer und zeigte sich makellos sauber auf der Straße, ihre Schürzen waren weiß wie Schnee, ihre Kleider, gewöhnlich schwarz, waren geschmackvoll geschneidert. Auf ihrem Haar, das sie nicht, wie es heute üblich ist, strähnig herabhängen ließ, sondern in einer eigenartigen spiralförmigen Weise hochgekämmt frisierte, trug sie eine Dienstmädchenhaube, blütenweiß und steif gestärkt.

Jeder kannte und mochte sie. Sie war stets unabhängig, lächelte immer, jemand, der ganz aus sich heraus lebt, nie im geringsten verlegen oder unterwürfig in ihrem Verhalten. Doch niemals aufdringlich oder anmaßend. Sie hielt die Polizisten an und plauderte mit ihnen; wenn sie aber älteren und wohlanständigeren Leuten begegnete, die sie kannte, war sie ernsthaft und respektvoll.

Sie erzählte mir, daß sie viele Male von Burschen in Autos oder auf Motorrädern mitgenommen worden war, jedoch fürchtete sie stets, sie könnte ein Messer in den Rükken bekommen oder in einem Graben enden, und so reizte sie dieses Spiel nicht besonders.

Sie heiratete schließlich einen farbigen Geistlichen, der mindestens zehn Jahre älter war als sie selber, aber ich glaube nicht, daß sie es lange mit ihm aushielt. In den letzten achtzehn Jahren scheint sie keinen Tag älter geworden zu sein – obwohl sie ein bißchen zugenommen hat, wie sie mir neulich sagte.

Die farbigen Mädchen von heute haben es heraus, sich schick anzuziehen. Es ist erstaunlich, daß sie sich in einer Generation so sehr geändert haben, aber ihre Körper scheinen nicht mehr das zu sein, was sie in meiner Kinderzeit waren. Vielleicht liegt es daran, wie sie sich kleiden, aber ich glaube das nicht. Viele von ihnen haben ungewöhnlich schöne Züge. Und an Lebhaftigkeit, an selbstbewußter Haltung können ihnen die Weißen nicht das Wasser reichen. Das weiße amerikanische Mädchen von heute ist fade im Vergleich zur Negerin – in ihren lebhaftesten Momenten. Alle Einfalt des Geistes, die in der ›Tugend‹ inbegriffen sein sollte, findet sich bei der Negerin. Es ist nicht leicht, das, was ich zu sagen versuche, präzise auszudrükken.

Sagen wir es so: In New York City ist die Negerin alten Typs verschwunden – oder fast verschwunden. An ihrer Stelle haben wir die Frauen und Kinder arbeitender Männer, die ihr eigenes Haus besitzen, oft sehr intelligente Leute, die von uns anderen völlig getrennt leben. Die Reaktion, die das Tabu gegenüber der Rasse hervorbringt, tritt manchmal auf den Gesichtern der jungen Mädchen zutage wie eine fürstliche und kostbare Schönheit – und ihre Art zu gehen, ihre muskulösen Formen, ihre festen Körper lassen dagegen die weißen Mädchen plump, linkisch und billig wirken. Tief in den Augen der meisten weißen Mädchen liegt nicht viel. Farbige Mädchen – einige von ihnen – erscheinen wie ein von Rasse getragenes Bekenntnis zur Schönheit, das anderweit heute verlorengegangen ist.

Ich habe manche farbigen Frauen als enorme Schmelzöfen an Gefühlskraft erlebt, die bei den Weißen nicht ihresgleichen haben – ausgenommen vielleicht jene hingebungsvollen Frauen, die zur ›Gesellschaft‹ gehören und deren dekadente Inbrunst so wenig verstanden wird. Dort, in der Glut des ›Amüsements‹, vielleicht der Freude, findet man etwas der Negerin Ebenbürtiges. Vielleicht ist dieser heiße Typ bei den Farbigen leichter zugänglich, weil er nicht in gesellschaftliche Sperrbezirke abgedrängt wird. Ich weiß es nicht. Aber ich weiß, daß mir beim Anblick farbiger Frauen schon der Atem gestockt hat wie noch bei keiner weißen Frau.

Einmal suchte ich eine Patientin in der nahen Vorstadt auf. Als sich die Tür auf mein Klingeln öffnete, stand eine prächtige bronzene Gestalt vor mir. Sie sagte kein Wort, sondern stand da, bis ich ihr gesagt hatte, wer ich war, dann ließ sie mich ein, drehte sich um und ging in die Küche. Aber ihre Anziehungskraft – irgend etwas, ihre geistige Wachheit, verbunden mit dem geraden Wuchs, ihrem festen Körper, ihrer Jugend, Ernsthaftigkeit – ihre Gegenwärtigkeit – weckten in mir das Verlangen, auf der Stelle eine neue Rasse zu zeugen. Ich hatte noch nie etwas Ähnliches gesehen. Einige Zeit später fragte ich die Dame des Hauses, was aus dem Mädchen geworden wäre. Oh, sagte sie, das war eine verheiratete Frau. Ihr Mann war ein mit allen Wassern gewaschener Lieferant. Sie kamen irgendwie mit dem Gesetz in Konflikt. Alkoholschmuggel, glaube ich, und er mußte verduften. Ich habe sie einmal erwischt, wie sie ihre Finger in meinem Portemonnaie hatte. Als ich sie zur Rede stellte, machte sie nur das Portemonnaie zu und gab es mir, als wäre nichts passiert. Dann haben wir kein Wort mehr darüber verloren.

Ein großäugiges, aufgewecktes Mädchen, das in diesem Jahr eine kurze Zeit bei uns arbeitete – auch so eins mit einem wunderbaren Körper – war kurz zuvor von ihrem Mann geschieden worden. Ach, da sind zu viele Mädchen hinter ihm her, sagte sie zu meiner Frau. Er braucht nicht mal zu arbeiten. Sie hatten ein Kind, das sie zu einer Nachbarin in Obhut gab, wenn sie morgens aus dem Hause ging.

Sie erzählte, sie hätte das vorhergehende Jahr in einer chinesischen Wäscherei gearbeitet. Der Chinese beschäftigte mehrere solcher Mädchen zum Bügeln vorn im Laden hinter den Schaufenstern. Sie mußten lediglich die Vorderteile und die Ärmel bügeln, Kragen und Bündchen machten die Chinesen selbst.

Dieser Mann fing an, zudringlich zu werden – so daß sie eines Tages aus dem Laden fortlief und ihren Mann schikken mußte, um ihren restlichen Lohn abzuholen, was er auch tat. Sie sagte, eine ihrer Freundinnen, die im gleichen Geschäft arbeitete, sei einmal krank geworden, und der Chinese habe sie mit dem Auto nach New York ins Krankenhaus gebracht – und das sei das letzte gewesen, was sie je von ihr gehört hätten.

Eine meiner Patientinnen erzählte mir, ihre Waschfrau – selbst eine junge Farbige – habe zu ihr gesagt, wenn ein farbiges Mädchen von sechzehn Jahren und darüber in

Passenack behaupte, sie sei noch Jungfrau, könne man sie getrost als Lügnerin brandmarken. Eines Tages sagte dieselbe farbige Wäscherin zu meiner Bekannten mitten am Vormittag, sie müsse nach Hause gehen. Aber das kannst du nicht machen, Julia, entgegnete meine Bekannte. Die Arbeit ist ja noch nicht fertig. Tut mir leid, Mrs. R., aber ich muß gehen, antwortete die Wäscherin, ich hab' da eine Ahnung, mein Mann ist nicht ganz solo in seinem Bett, so wie ich heute früh von ihm fort bin.

Darauf ging die Frau weg – nichts hätte sie aufhalten können –, und nach ein paar Stunden kam sie zurück. Nun, sagte meine Bekannte, hat sich deine Ahnung bestätigt? Ja, genau wie ich's mir dachte, sagte die Wäscherin. Ich wußte, daß er mich angelogen hatte. Was ist passiert? fragte meine Bekannte. Ach, nichts Besonderes. Als ich hinkam, saß er auf der Bettkante mit einem von den Mädchen von da unten, von denen ich Ihnen erzählt habe. Er sagte, sie würden nichts weiter machen, aber das weiß ich besser.

Und was hat das Mädchen gemacht, als du auftauchtest? fragte meine Bekannte.

Die? Die hat gar nichts gemacht, sagte die Wäscherin. Die saß bloß da. Ich hab ihr gesagt, sie soll sich aus meinem Haus scheren, aber sie hat mich bloß ausgelacht.

Was? Und ist sie noch dort?

Ja, Ma'am. Sie kennen diese jungen farbigen Frauen nicht. Sie halten zusammen wie die Kletten. Was die am liebsten haben, sind verheiratete Männer, am allerliebsten junge verheiratete Männer, und sie halten alle zusammen, und wenn wir verheirateten Frauen ihnen in die Quere kommen, schrecken sie vor nichts zurück. Das ist es, was die Ehemänner ruiniert, wenn sie von 'ner Menge junger Mädchen zu ihrem Vergnügen ausgehalten werden.

Rosa und blau

Die Bandlers hatten schon eine ganze Menge Arbeiter auf Fernycrest gehabt, seit sie den Hof vor zehn Jahren kauften. Sehr interessante Typen, einige davon – wenn man so überhaupt von Menschen reden darf –, ihre Aufzählung ergäbe eine Geschichte für sich. Sie blieben einen Monat oder zwei, manchmal vielleicht auch sechs Monate, dann gingen sie oder erreichten, daß sie aus dem einen oder anderen Grund entlassen wurden. George hatte gerade die Stellung inne, George Tompkins, kein schlechter Kerl – auf seine Art.

Sonore Stimme, sah gut aus und ein guter Arbeiter; das einzige war, er liebte starken Obstwein. Das war das erste, wovon er sprach, als er ankam. Er sei bereit, den Winter über zu bleiben, aber das Weinfaß wollte er gefüllt haben.

Nach einer Weile fühlte er sich einsam, ohne Frau. Man erzählte sich, er sei vor mehreren Jahren verheiratet gewesen, habe seine Frau aber bei einer Geburt verloren. Nun, im allgemeinen war er ein guter Mann, und unter seinen sorgsamen Händen liefen die Dinge ziemlich gut.

Dann zeigte er eines Tages, nachdem er etwa einen Monat auf dem Hof war, Mrs. Bandler das Foto einer Frau – das sanfte, runde, lächelnde Gesicht einer Frau, an die dreißig Jahre alt, soweit man das an dem Bild erkennen konnte.

Was halten Sie von ihr?

Sieht gut aus, wer ist das?

Ich werd sie wohl heiraten, sagte George.

Was! rief Mrs. B. und schaute sich das Bild, das sie in der Hand hielt, noch einmal an. Es war ein interessantes, unkompliziertes Gesicht mit einem direkten, unverbindlichen Blick, weder kokett noch ernsthaft, ein Gesicht – wie die Landschaft, eine Frau vom Lande, zum Fotografieren herausgeputzt; dieser vage, undefinierbare Blick unserer ländlichen Namenlosen.

Na, George, die sieht ganz gut aus. Wo hast du sie her?

Ich hab sie noch nicht. Das ist bloß ihr Foto, sagte George.

Einsam und ohne etwas mit seinen Abenden anfangen zu können, war er zufällig auf eine jener seltsamen Rubriken gestoßen, wie man sie manchmal in Provinzzeitungen findet, einen ›Cupido-Club‹, wo Heiratswillige ihren Partner finden konnten. Dort las er eine Anzeige, antwortete darauf, und nun hatte er das Foto der Frau in der Hand, bereit zum nächsten Schritt. Ihm gefiel das Bild.

Mrs. Bandler dachte schnell nach und beschloß, ihm Mut zu machen. Es könnte sich günstig auswirken.

Eine Woche später, während eines kleinen Bridge-Nachmittags, zu dem sie mehrere Freundinnen aus der Stadt eingeladen hatte, klopfte es an der Haustür. Es war George. Als Mrs. Bandler an ihm vorbeischaute, bemerkte sie eine Gestalt, da, mitten auf dem Rasen vor dem Haus. Ihr blieb die Luft weg, als George ihr mit einer Mischung aus Stolz und Scham sagte, wer das war.

Ja, Ma'am, das ist sie.

Belle kam näher, ganz ungeniert, ein rundliches, anziehendes Wesen, von Kopf bis Fuß ganz in Rosa, Hut, Kleid, Strümpfe, Schuhe, selbst die Gesichtsfarbe dazu passend getönt. Sie war wirklich ein schöner Anblick – wahrhaftig ein Azaleenbusch in voller Blüte, nicht ganz so jung, wie das Foto vielleicht vermuten ließ. Doch attraktiv war sie.

George war natürlich ganz außer sich vor Aufregung über die bevorstehenden Freuden. Er wartete auf Mrs. B.s Billigung, und als er merkte, daß sie – in Wahrheit schrecklich belustigt – nicht dagegen war, sagte er: Sie ist gerade von Clinton Springs rübergekommen, damit ich sie mir ansehen kann. Was halten Sie jetzt von ihr, fügte er mit leiser Stimme hinzu.

Prima, sagte Mrs. Bandler.

Das war genug für George. Belle und er entschlossen sich auf der Stelle, sobald wie möglich zu heiraten; sie mußte nur noch einmal nach Hause fahren, ihre Sachen zusammenpacken und wiederkommen. Und binnen einer Woche, getreu ihrem Versprechen, war Belle mit ihren paar Habseligkeiten wieder da.

Mrs. B. war sich der dramatischen Möglichkeiten der Situation vollauf bewußt und hatte sich ungewöhnlich darum bemüht, die Wirkung zu erhöhen. Es war mittlerweile Oktober, und so schmückte sie zusammen mit ihrem kleinen farbigen Hausmädchen die Diele des alten Farmhauses mit Herbstblättern und Wiesenblumen.

Wir hatten alles wirklich hübsch hergerichtet, sagte sie mir später. Bessie sollte die Brautjungfer spielen, und Pa und ich sollten als Brauteltern fungieren. George hatte mit dem Pfarrer gesprochen, und alles war für den Abend vorbereitet.

Nun saßen sie da. Das Abendessen war schon eine ganze Weile vorüber, und George und Belle waren fertig angezogen und warteten, mit ihnen die übrigen und die drei Trauzeugen.

Der Pfarrer kam nicht.

Es war schon gegen zehn. Schließlich wurde George, der schon den ganzen Nachmittag dem starken Obstwein ziemlich freimütig zugesprochen hatte, wütend und verfluchte den Pfarrer nach Strich und Faden. Er wurde immer wütender, aber es half nichts. Nach einer Weile meinte Mrs. Bandler, irgend etwas müsse schief gegangen sein, und sie sollten lieber bis zum nächsten Morgen warten.

Nein, mein Freundchen, nicht Belle. Sie war entschlossen, an diesem Abend zu heiraten, und daher würde sie an diesem Abend heiraten.

So stiegen George und Pa auf den Wagen und kutschten hinunter zum Pfarrer. Er hatte früh am Abend den Weg verfehlt und das Haus nicht gefunden und war daher umgekehrt und nach Hause gegangen, um die weitere Entwicklung abzuwarten, und das war nach Lage der Dinge ganz vernünftig.

Und George und Belle wurden doch noch getraut. Und das war's.

Doch gleich am Tag nach der Feier nahmen die Dinge ihren Lauf. Belles hochaufgeschossener, schlaksiger Sohn und ihr Vater, ein gebrechlicher alter Mann, kamen an und nisteten sich bei dem jungvermählten Paar ein. Belle hatte George kein Wort davon gesagt; das war wahrscheinlich der Grund, weshalb sie am Abend zuvor so darauf gedrängt hatte, die Sache hinter sich zu bringen, denn sie wußte, daß die beiden unterwegs waren. Jedoch war George zu diesem Zeitpunkt schon verrückt nach ihr und nahm, nach den Flüchen der ersten Überraschung, alles gutmütig hin.

Nun ja, jetzt waren sie also da.

Das Arrangement hatte seine beunruhigenden Aspekte, aber Mrs. Bandler, die sich auf den Winter freute, hielt sie zumindest für erträglich. George hingegen fand die Dinge nicht so ganz nach seinem Geschmack. Ganz durchdrungen von der Würde ihres neuen Standes, machte sich Belle schnell ans Werk. Zuerst beschaffte sie eine komplette Küchenausrüstung aus Aluminium – auf Abzahlung –, kaufte völlig wahllos Geschirr, Bettwäsche, Sachen aller Art, weit über Georges Zahlungsfähigkeit hinaus, und schließlich, um allem die Krone aufzusetzen, ließ sie Visitenkarten für sich drucken: Mrs. George Tompkins, Gäste mittwochs willkommen.

Nun, als Mrs. Bandler das sah, spitzte sie die Lippen, nickte und sagte, das sei ja fein. Belle war höchst stolz auf die Karten.

So ging alles seinen Gang; George verhinderte einige Kreditkäufe in den Läden; der schlaksige Junge arbeitete ein bißchen hier und dort, und der alte Mann saß nur herum.

Doch während Woche um Woche verging, wurde George immer mißtrauischer gegen Belle. Sie schrieb immerzu Briefe – in einer schönen Handschrift, das muß man sagen, und auf sehr hübschem Papier. Aber da war allzuoft eine hastige Bewegung, wenn er von draußen ins Wohnzimmer trat, ein Gefühl, als würde etwas versteckt – so glaubte George jedenfalls –, und das gefiel ihm nicht.

Wem schreibst du? hatte er schon mehrmals gefragt.

Ach, Leuten von zu Hause, war alles, was sie ihm antwortete. Aber er wurde immer unruhiger. Bis er schließlich eines Tages, als sie ihrem Sohn mehrere Briefe in die Stadt mitgegeben hatte, um sie zur Post zu bringen, dem Jungen nachstellte und ihm die Briefe wegnahm, um selbst herauszufinden, was gespielt wurde.

Und er traute seinen Augen kaum. Mit den geöffneten Briefen in der Hand stürmte er murmelnd und fluchend nach Hause. Zwei von ihnen waren ziemlich belanglos, aber der dritte war etwas anderes. Er war an einen Mann im Nachbardorf adressiert, der, wie George später entdeckte, neu zugezogen war und offensichtlich in intimsten Beziehungen zu seiner Frau stand.

George raste vor Wut. Er machte Belle alle möglichen Vorwürfe, vernünftige und unvernünftige, schlug sie, drohte, sie hinauszuwerfen, und dann, in Wahrheit noch völlig vernarrt in sie, beruhigte er sich und schloß sie wieder in die Arme.

Angeblich hatte Belle oben in Clinton Springs ein kleines Haus besessen und besaß es immer noch, wo sie viele Jahre mit ihrem alten Vater und dem Jungen gewohnt hatte. Von diesem Haus aus hatte sie an George geschrieben, als sie von ihm eine Antwort auf ihre Anzeige im Cupido-Club erhalten hatte. Aber das Haus gehörte ihr nicht; sie war eine ausgehaltene Frau.

Der Liebhaber, ein älterer Mann, konnte oder wollte sie nicht heiraten; daher offenbar Belles Sehnsucht, ein ehrenhaftes ›Mrs.‹ vor ihren Namen setzen zu können.

Aber dieser Bursche, Favier, fand sich nicht so leicht bereit, die Frau aufzugeben. Als sie George geheiratet hatte, war er in das Nachbardorf gezogen, um in ihrer Nähe zu sein, sie zu beschützen und vielleicht – wer weiß – sie zurückzugewinnen. An ihn war der Brief gerichtet.

Der Winter nahte, und die Bandlers verließen ihr Sommerhaus und die neuen Sorgen, die dort entstanden waren, und zogen zurück in die Stadt, jedoch erst, nachdem

George die volle Wahrheit über Belle und Mr. Favier erfahren hatte. Zum Teufel mit ihm, lautete Georges abschließender Kommentar, und das brachte Mrs. Bandler zu der Überzeugung, alles würde zumindest in den nächsten paar Monaten einigermaßen gut gehen.

Doch schon zuvor hatte sie eines Tages, sehr zu ihrer Überraschung, einen Besuch von diesem seltsamen Mr. Favier erhalten. Er war tatsächlich in das große Haus gekommen, um sich nach Belle zu erkundigen, zu fragen, ob sie wirklich verheiratet sei, zu sehen, ob es ihr gut gehe. Ein gesetzter Mann in mittleren Jahren, respektabel und geduldig, aus jeder Bewegung, die er machte, aus jedem Wort, das er von sich gab, sprachen eine ungewöhnliche Liebe zu Belle und Verehrung für sie.

Und so brach der Winter herein.

Mitte Januar jedoch kam ein Brief, der Mrs. Bandler veranlaßte, spornstreichs in den nächsten Zug zu steigen und wieder auf das nun verlassene Land zu fahren, mitten im tiefsten Winter, nach allem zu urteilen, was man von den Abteilfenstern aus während der zweistündigen Fahrt durch die verschneiten, frostigen Berge sehen konnte. Belle hatte geschrieben, George wolle sie töten, habe es schon versucht, und sie schwebe in höchster Gefahr.

Schon einmal, um den ersten Dezember herum, hatte Mrs. B. zur Farm zurückfahren müssen, um eine Auseinandersetzung zu schlichten, als George Belle verprügelt und sie und ihre Sippschaft in den tiefen Schnee hinausgejagt hatte – durch den sie in die Stadt waten mußten, um die Nacht über irgendwo unterzukommen, so gut es eben ging. Als aber George am nächsten Morgen wie gewöhnlich mit der Milch in die Stadt fuhr und Belle in der Kälte an der Straßenecke beim Wirtshaus stehen sah, war das zuviel für ihn gewesen. Er hatte sie wieder aufgenommen und mit ihr auch ihre Familie zurückgeholt und sie wieder in dem Haus untergebracht. Mrs. B. wußte nicht, ob sie lachen oder weinen sollte.

Aber diesmal war es anders. Als sie auf dem winterlichen

Bahnhof ankam, beschloß Mrs. B., nicht direkt die Farm aufzusuchen. Obgleich sie keine furchtsame Natur war, hatte sie doch das Gefühl, es sei klüger, ein wenig auf der Hut zu sein und sich nicht allein mit einem betrunkenen Verrückten einzulassen. Sie nahm im Wirtshaus Quartier, nachdem sie mit dem Dorfpolizisten – den sie gut kannte – vereinbart hatte, George am Morgen abzupassen und ihn zu verhaften.

Dies geschah wie geplant. Tompkins wurde dem örtlichen Friedensrichter vorgeführt; Mrs. B. erzählte ihre Geschichte und packte ordentlich aus; die Polizei setzte ihn in den nächsten Zug und ermahnte ihn, sich nie wieder im County blicken zu lassen. Auf Wiedersehen, George Tompkins.

Dann ging Mrs. B. zur Farm und erzählte Belle, was geschehen war.

Wer hat ihn verhaftet? fragte sie.

Ed Harris.

Ja, ich kenne ihn, das ist ein gutaussehender Bursche, war alles, was Belle als Antwort zu sagen hatte.

Nach einem ausführlichen Gespräch wurde vereinbart, daß sie dableiben sollte, vorläufig wenigstens, um die Farm zu bewirtschaften, und ein Farmer aus der Nachbarschaft wurde beauftragt, jeden Tag wegen des Melkens, des Transports und anderer Arbeiten zur Farm zu kommen.

Um aber zu sichern, daß es mit den Dingen nicht zu schnell bergab ging, hielt es Mrs. B. für das beste, selbst noch eine Woche oder länger dazubleiben. Und Belle übernahm die Hauswirtschaft und erzählte erneut die ganze Geschichte, von Mr. Favier, von sich selber, von George.

Nach ein paar Tagen fing sie dann wieder an zu schreiben, die schöne, klare Schrift, das makellose Briefpapier. Mrs. Bandler beobachtete die Frau eine Weile, dann unterbrach sie ihre Beschäftigung.

Wozu in aller Welt schreibst du diese ganzen Briefe, Belle, sagte sie schließlich.

Oh, ich schreibe an den Cupido-Club, erwiderte Belle.

Die Frau war unverbesserlich.

Der hier ist von einem Mann, der mich heiraten will, fügte sie lächelnd hinzu und zeigte ihr einen Brief. Aber ich glaub, ich werd ihn nicht nehmen.

Mrs. Bandler schüttelte den Kopf und lachte lauthals, dabei dachte sie im stillen, nun ja, sie ist tatsächlich, was man mannstoll nennt, regelrecht mannstoll. Immer tralala. Sie muß den armen George in den Wahnsinn getrieben haben, sie und der starke Obstwein.

Jahre später, als Belle schließlich aus dieser Gegend weggezogen war, kam eines Tages ein Besucher auf die Farm. Mrs. Bandler lag mit Halsschmerzen im Bett. Das Mädchen sagte, da sei ein alter Mann, der sie unbedingt zu sprechen wünsche, dürfe er heraufkommen?

Na schön, laß ihn kommen.

Es war Mr. Favier, und er blickte sehr ernsthaft und gedemütigt drein. Mrs. B. erschrak, wie sich sein Aussehen verändert hatte, der Mann tat ihr leid, was immer mit ihm los sein mochte, und sie bot ihm einen Platz an.

Es ist wegen Belle, hub er an. Ich dachte, es würde Sie interessieren. Sie ist von uns gegangen.

Er war völlig gebrochen, saß da und weinte sich aus. Dann erzählte er die Geschichte. Nachdem sie die Farm der Bandlers verlassen hatte, vor nunmehr so vielen Jahren, war Belle wieder in ihr Haus in Clinton Springs zurückgekehrt. Und dort blieb sie und schrieb in der Obhut von Mr. Favier ihre Briefe wie gewöhnlich, bis er eines Tages bemerkte, als er bei ihr vorbeikam, daß es ihr nicht mehr gut ging. Er wollte sie bewegen, sich ins Bett zu legen, aber sie weigerte sich. Nein, sagte sie, jetzt nicht. Ich werde bald sterben. Er versuchte, so gut er konnte, sie zu beruhigen, aber ohne Erfolg.

Ja, fuhr Belle gefaßt fort, ich werde bald sterben. Und ich möchte dich um etwas bitten.

Es war zwecklos, sie zum Einhalten zu bewegen; mit der bloßen Sicherheit ihres Auftretens nötigte sie den alten Mann in einen Stuhl und zwang ihn, ihr zuzuhören.

Ich werde bald sterben, wiederholte sie, und ich möchte, daß du etwas für mich tust, wenn ich gestorben bin. Versprich mir jetzt, daß du das tun wirst.

Mr. Favier brachte es nicht übers Herz, noch weiter auf sie einzureden; er versprach es.

Also gut, sagte Belle, das ist es, was ich möchte. Ich möchte, daß du mich in einem blauen Kleid aufbahren läßt, mit blauen Strümpfen und blauen Schuhen, ganz so, wie ich dir das sage; und ich möchte, daß du mir ein Begräbnis mit Blumen richten läßt.

Der Mann vermochte weder zu sprechen noch sich zu rühren. Und ich möchte, daß du mich neben meiner Mama begraben läßt, fuhr sie fort; und ich möchte einen Grabstein, und ich möchte meinen Namen darauf eingemeißelt: Belle Tompkins.

Diese Wünsche erfüllte Mr. Favier getreulich, und als er auf dem Rückweg von dem Begräbnis durch das Dorf kam, hatte er Mrs. Bandler aufgesucht, um ihr diese letzte Nachricht von seiner wahrhaft geliebten Freundin mitzuteilen.

Pferde. An die müßte man unbedingt denken, wenn man Rivers' Situation einschätzen wollte, zusammen mit den schlechten Straßen und den schwierigen Verkehrsbedingungen jener Zeit.

Für einen Arzt hing alles von den Pferden ab. Sie stellten einen Faktor dar, der sein Leben bestimmte.

Rivers war stolz auf seine Gespanne. Es war schon ein Anblick, wenn er mit seinem Wagen mit den beiden gummibereiften roten Rädern die Straße daherkam. Da saß er und schaute unter der Krempe seines Hutes hervor, immer mit diesem Lächeln im Gesicht, zuversichtlich, ein wenig abschätzig, aber nicht unfreundlich.

Er kannte sie alle …

Hallo, Frank, wie geht's der Frau?

Nicht besonders, Doc.

Das alte Leiden, wie? Weißt du, was ich mache? Ich komme heute nachmittag mal vorbei und nehm sie mit ins Krankenhaus.

Dazu kriegen Sie die nicht, Doc.

Angst?

Glaub, sie haben's getroffen.

Na gut, du alter Schweinehund; nimm dir 'ne Zigarre. Und dann wandte er sich ab, während die Pferde mit den Hufen stampften und die Mähnen schüttelten, bereit zur Abfahrt.

Es war die glücklichste Zeit seines Lebens, damals, als er ein junger Mann und Junggeselle war, als er begeistert war von seinem Beruf, der Sonne, der Kälte, der Bewegung der Pferde, das Muskelspiel ihrer Schenkel vor Augen, während er dasaß und rauchte. Vielleicht war es das und ein wilder Impuls, von einem Ort zum anderen zu gelangen; es kam und verging augenblicklich. Er sah es, erkannte es, es gab nichts anderes – und er hatte das ganze Leben noch vor sich.

Und so führte er seine Praxis ...

Komm rein, Jerry – und er winkte ihm mit der offenen Hand – Wie geht's denn, alter Schluckspecht?

Um Gottes willen, Doc, hören Sie bloß auf. Ich bin krank.

Wer ist krank? Nimm 'nen Schluck alten Crater. Er hatte fast immer eine Kruke davon gleich hinter seinem Schreibtisch. Hat dich 'n Hund gebissen?

Schau'n Sie sich meinen verdammten Hals an. Jesus, was zum Teufel ist mit Ihnen los? Sachte, sag ich.

Halt die Klappe, du irischer Angsthase.

Oh, Doc, um Himmels willen, hör'n Sie auf.

Was ist denn, hab ich dir weh getan?

Hör'n Sie, Doc, woll'n Sie nich was da drauftun?

Wo drauf? Bemach dich bloß nicht. Setz dich. Halt dich da an den Lehnen fest. Und laß nicht los, bis ich fertig bin, oder ich schlitz dich auf.

Aua! Jesus, Maria und Joseph! Was machen Sie 'n da mit mir, Doc?

Ich glaub, ich hab dir die Kehle durchgeschnitten, Jerry. Hier, trink das. Leg dich mal 'nen Moment dort drüben hin. Ich hätte nicht gedacht, daß du soviel Schiß hast.

Was! Hinlegen? Wieso? Wofür halten Sie mich, für'n Weib? Hör'n Sie mal! Ham Se noch was von dem Schnaps? Da, Sie sind 'n Mann, Doc. Was kriegen Sie?

Schon gut, Jerry, bring das Geld nächste Woche mit.

Da bin ich aber erleichtert.

Das Telefon klingelte. Es war eins der ersten in der Gegend. Man brauchte ihn im Krankenhaus.

He, Maggie! – zu der mürrischen alten Irin, die sich verdrossen um seine Welt sorgte: Sag John, er soll an der Seitentür vorfahren.

Einen Moment noch, einen Moment. Da ist 'ne Frau draußen, die schon seit drei Tagen zu Ihnen will. Sieht wirklich krank aus. Sie wartet schon den ganzen Vormittag auf Sie.

Rein mit ihr.

Herr Doktor …

Ja, ich weiß – er sah, daß sie ganz verfärbt war. Wo tut's denn weh? Im Bauch?

Ja, Herr Doktor.

Er zog einen Gummihandschuh über, ohne seinen Mantel abzulegen, und untersuchte sie schnell. Die Hände wusch er hinterher im Waschbecken in der Ecke des Zimmers. Die ganze Sache dauerte keine sechs Minuten.

Über seinen Schreibtisch gelehnt, kritzelte er etwas auf zwei Zettel.

Nehmen Sie dreißig Tropfen davon heute abend, mit etwas Wasser. Und hier, der Zettel hier ist für Schwester Rose. Gehen Sie morgen früh ins Krankenhaus. Frühstükken Sie nicht vorher.

Aber, Herr Doktor, was ist denn mit mir?

Na, na. Morgen früh. Keine Sorge, Mutter. Wird schon wieder. Auf Wiedersehen, und er schob sie zur Tür hinaus.

John wartet auf Sie, sagte die dicke Margaret, als er mit seinem Mantel und seinem Hut kämpfte und auf der Veranda stehenblieb, um seine Zigarre anzuzünden. Wenige Augenblicke später saß er im Wagen und war schon losgefahren.

Er lehnte sich zurück und sah nichts. Die Pferde trabten die Plank Road hinauf. Vorbei am Eisenbahntunnel. Es war ein dunkler Frühlingsabend. Auf McGees Grundstück hatten die Kirschen zu blühen begonnen. Vorbei an den Baumschulen. Den steilen Hügel zum Sumpf hinunter. Die Kurve. An der Cadmus-Farm entlang. Rumpelnd über die Bohlen der Countybrücke. Über den Fluß. Das Wasser floß schnell, es war Ebbe, die wenigen Lichter warfen Streifen, kaum ein Laut stieg auf, ein schwaches Plätschern und ein kühles Lüftchen.

Natürlich muß er seinen Preis wert gewesen sein, gute Dienste geleistet haben für sein Geld. Schließlich hatte er dreißig Jahre Dienst hinter sich, er kam (vorausgesetzt, man konnte ihn finden) überallhin, zu jeder Zeit, zu jedermann – Unterschiede machte er keine; und wenn er etwas tat – meist das Richtige – dann ohne zu zögern und aus eigenem Antrieb, wenn er einmal da war.

Er war schnell, energisch und couragiert. Die Leute waren überzeugt, daß er seine Sache verstand – wenn sie je einer verstand. Und sie bezahlten ihn gut für seine Dienste – wenn sie überhaupt bezahlten.

Aber was konnte er tun? Was tat er? Was für ein Arzt war er denn?

Während ich darüber nachdachte, kam es mir in den Sinn, mal das Krankenhaus in der nahegelegenen kleinen Stadt aufzusuchen, wo er viele seiner Operationsfälle hingebracht hatte, um mir selbst ein genaues Bild davon zu machen, was er in all den Jahren geleistet hatte. Um mich also selbst über den Arbeitsbereich des Mannes zu informieren, ging ich ins St. Michael's Hospital, von dem hier die Rede ist, und überredete den Bibliothekar, die alten Krankenbücher herauszusuchen, damit ich hineinsehen konnte.

Wie üblich in solchen Fällen, sticht zuerst etwas anderes ins Auge als das, wonach man sucht.

Es waren schwere Bücher, die seriös und interessant wirkten mit ihren abgenutzten Ledereinbänden und Goldbuchstaben auf der Vorderseite: Register der im St. Michael's Hospital behandelten Fälle usw. usw. Es gab Dutzende davon vom Jahr 1898 an. Ich spürte ein Würgen in der Kehle angesichts der Summe so vielen menschlichen Elends.

Ich schlug eins aufs Geratewohl auf, und da war sie ausgebreitet, die ganze Geschichte des Krankenhauses, das, was getan worden war und das Ergebnis, zusammen mit den Namen der Ärzte und ähnlichen Auskünften, aufgelistet in langen Rubriken. Sie waren sorgfältig die Monate und Jahre hindurch eingetragen, in vielen verschiedenen Handschriften, winzigen und großen, korrekten und lockeren, in blau, in grün, schwarz, purpur und auch rot; mit stumpfer Feder, spitzer Feder und sogar Bleistift; über zwei ganze Seiten hinweg mit zwei schmaleren Blättern dazwischen.

Ich wählte die Jahre 1905 und 1908 und begann zu blättern und den Namen Rivers zu suchen. Mein Blick fiel jedoch statt dessen auf die Spalte mit den Berufen der Patienten. Das war noch gar nicht so lange her, und doch kamen mir einige der Eintragungen seltsam vor: Mietstallbesitzer, Kutscher, Büffetier! Seit Jahren hatte mir nichts so nachdrücklich verdeutlicht, wie schnell doch die Zeit vergeht.

In der Arztspalte stieß ich auf Rivers, gewiß gestorben an seiner Sucht; aber da war ein anderer, der sich aus Verzweiflung erschossen hatte wegen des Ausgangs, so hieß es, eines Verhältnisses mit der Frau eines anderen Arztes auf derselben Seite, der sein Freund war. Während dieser sich von seiner Frau scheiden ließ und wieder heiratete – eine jüngere Frau. Ein anderer hatte sich mit sechzig still auf seine Couch in der Praxis gelegt, sich verabschiedet und war gestorben. Dieser hier hingegen hatte die Stadt in aller Eile verlassen und sich in Richtung Küste aufgemacht, wahrscheinlich, um dem Gefängnis zu entgehen – und ließ Frau und Kind zurück. Manche waren alt geworden im Beruf und in Vergessenheit geraten, obwohl sie noch lebten. Einer von ihnen, über neunzig und völlig taub, wanderte noch griesgrämig durch die Straßen, und kaum jemand erinnerte sich, daß er Arzt gewesen war. Merkwürdig, alles das seit 1908.

Was hatte Rivers tatsächlich vollbracht?

Chirurgisch gab es mit Sicherheit mehr als genug von den üblichen Ausschabungen, und Blinddarmentzündung war verbreitet. Doch hier ist eine Liste von ihm behandelter Fälle; ich zitiere aus den Akten: Gebärmutterentzündung, Eileiterentzündung, Lähmung der Hand, Milzriß, Bruch, Fleischwunden (sicher ein Unfall). Da waren Darmerkrankungen, Schilddrüsenentfernungen, Brustamputationen, ein nicht verwachsener Oberarmbruch, der das Einsetzen einer Platte erforderlich machte und in der letzten Spalte als ›geheilt‹ gekennzeichnet war. Da waren normale Geburten, Kaiserschnitte, unterbrochene Bauchhöhlenschwangerschaften. Er hatte Fisteln behandelt, Vereiterungen, Hodenbrüche; Gebärmuttern entfernt, an Magen und Darm operiert, Gallenblasen herausgenommen. Er ging sogar einer Nasenscheidewandverkrümmung zu Leibe. Es gab Brüche fast aller Knochen des Körpers und viele Schädelbrüche, einfache und komplizierte.

Und ganz am Rand der rechten Seite konnte man hinter seinem Namen den kurzen Eintrag ›geheilt‹ ebensooft lesen wie hinter den Namen anderer Ärzte.

Unter den internistischen Fällen gab es die altvertraute ›Neurasthenie‹, was bedeutete, daß man nicht herausgefunden hatte, was dem Patienten eigentlich fehlte; aber auch Nierenentzündung, Lungenentzündung, Herzbeutelentzündung, Rheumatismus, Malaria und Typhus. Die meisten verließen das Krankenhaus geheilt.

Und was waren das für Leute? Klempner, Baumschulengärtner, Farmer, Gastwirt (mit Schrumpfleber), Maler, Drucker, Hausfrau, und so ging es weiter. Es war eine lange und interessante Liste der Berufe in unserer Region, vom Teehändler bis zum Berufslosen.

Akuter Alkoholismus und Delirium tremens waren häufige Eintragungen.

Es war nicht das Geld. Es rührte von seiner Sensibilität her, seinem verbindlichen Wesen, das war es, was ihn alles das tun ließ, dessen bin ich sicher; das Gegenteil jedenfalls von jener säuischen Selbstzufriedenheit, die so manche Menschen überkommt, wenn sie die Jagd nach dem Geld mit Erfolg betreiben. Mit Elan packte er das Leben, wie es sich ihm bot, und ließ sich niemals unterkriegen – ganz gleich, in welche Misere er geriet.

Aber ich weiß, daß er manchmal mitten in einer Operation abbrechen und sie einen anderen zu Ende führen lassen mußte. Oder manchmal zog er sich für ein Weilchen zurück (wir alle wußten, warum), kam dann wieder, streifte frische Handschuhe über und machte weiter. Seine Verwandlung dann war erstaunlich. Aus einem erschöpften alten Mann wurde im Nu ein energischer, flinker Operateur.

Ich setzte meine Ermittlungen fort und fragte mehrere Leute, die gewöhnlich mit ihm am Operationstisch gestanden hatten, nach ihrer Meinung von ihm als Chirurg – was denn das Geheimnis seines Erfolges gewesen sei.

Erneut fing ich an, hier und da verstreute Informationen zu sammeln. Dr. Jamison, der mehrere Jahre während Rivers' aktivster Zeit im Krankenhaus Assistenzarzt gewesen war, erinnerte sich, wie er öfter nachts in seinem Zimmer im Erdgeschoß aufwachte und Rivers aufgedeckt auf dem Bett neben ihm liegen sah, seelenruhig schnarchend. Und bei einem Besuch in der staatlichen Klinik für Psychiatrie in Nashawan kam einmal ein Wärter auf die Gruppe zu und fragte, ob die Person, die er halb bewußtlos im Korridor an die Wand gelehnt gefunden hatte, zu ihnen gehörte. Es war Rivers; irgend etwas war mit seiner Dosierung schiefgegangen, und er war bis über beide Ohren mit Koks vollgepumpt.

Alles in allem lag seine besondere Fähigkeit vor allem in einem untrüglichen Sinn für Diagnose. Danach ging er unbeirrt vor. Er kam zu einem Entschluß und blieb dabei. Außerdem war er nicht etwa, was man vermuten könnte, radikal und exzentrisch in seiner chirurgischen Technik, sondern konservativ und durchweg gründlich. Er war nicht nervös, sondern gelassen und bedächtig – solange die Droge in ihm wirkte. Seine Grundsätze waren vernünftig, er war auch in keiner Weise auf äußere Wirkung aus.

Und was für ein guter Psychologe er war. In Kingsland war einmal ein Junge, der etwa eine Woche lang Durchfall hatte. Mehrere Ärzte hatten ihn sich angesehen und ihm Medikamente verschrieben, aber der Knabe aß fast alles, was ihm schmeckte. Schließlich ließen sie Rivers kommen. Er zog dem Jungen die Hose runter, schaute ihn an und sagte: Sakrament, was er braucht, ist eine Beschneidung. Und er nahm sie auf der Stelle vor, ließ ihn ein oder zwei Tage hungern (wegen der Operation), und natürlich wurde der Bursche wieder gesund. So raffiniert war Rivers.

Nur zweimal habe ich ihm selbst beim Operieren assistiert.

Der erste Fall war ein Mann namens Millikin, ein riesiger, massiver Bursche in den Enddreißigern, dunkelbraun, mit behaarter Brust und Armen und Beinen, die zu einem Zirkusathleten gepaßt hätten. Er fuhr Milch aus am anderen Ende der Stadt. Es war akute Blinddarmentzündung.

Als wir zu dem Häuschen kamen, in dem er wohnte, ein Doppelhaus, wenn ich mich recht erinnere, erwies sich die Diele als der einzige Raum, der groß genug war, ihn zu behandeln. Wir richteten einen Tisch her in der üblichen Weise. Rivers sagte, wir seien soweit, und forderte den großen Burschen auf, draufzuklettern. Was er auch tat.

Ich habe vergessen zu erwähnen, daß Millikin ein starker Trinker war. Er hatte damals auch vergessen, es mir zu sagen.

Kann losgehn mit dem Äther, sagte Rivers.

Nun, es dauerte nicht lange – nicht mehr als zwanzig Minuten – bis ich merkte, daß Äther diesem Burschen nichts anhaben konnte, wie man ihn auch verabreichte – außer vielleicht mit einem Tubus. Es gibt solche Menschen – kräftige, muskulöse Männer und Alkoholiker.

Inzwischen waren Rivers und sein Assistent bereit.

Moment mal, Doc, vermochte der Patient noch zu murmeln. Es war seltsam, der Mann war bis zu diesem Augenblick ganz still gewesen, so daß wir glaubten, er sei schon ohne Bewußtsein. Aber dem war nicht so.

Ich konnte sehen, wie Rivers die Geduld zu verlieren begann, aber ich goß schon einen Strahl Äther auf die Maske. Sie waren bereit zum Schneiden, die Hände gebürstet, das Laken am Platze, sie warteten nur noch.

Rivers fummelte herum, und ich selbst war auch in keiner besonders angenehmen Stimmung. Schließlich fragte er mich in scharfem Ton, ob ich nicht wüßte, wie man eine Narkose vornimmt. Ich spürte, wie ich rot wurde, sagte aber nichts. Statt dessen nahm ich das Chloroform her und fing an, es vorsichtig zu verabreichen. Rivers machte eine zustimmende Miene, äußerte sich aber nicht. Wir alle warteten ein oder zwei Minuten darauf, daß die Wirkung eintrat. Inzwischen schwitzten wir alle und waren wütend – auf den Patienten, aufeinander und auf uns selber.

Das Ende war, daß Rivers es nach drei Versuchen zu schneiden – jedesmal gab es ein Erdbeben unter unseren Griffen – sein ließ und sich an mich wandte.

He, sagte er, geben Sie mal die Maske her. Kommen Sie hier rüber und assistieren Sie Willie. Ich werde euch zeigen, wie man mit diesem Mann fertig wird.

Ich wollte mir die Hände bürsten. Er sagte: Nein, ziehen Sie die Handschuhe über. Ich gehorchte. Man konnte nichts anderes tun. Asepsis war schon längst im Winde verweht, während wir uns abmühten, daß der Mann nicht etwa zur Tür hinausspazierte.

Rivers nahm bloß die Chloroformflasche und goß sie diesem Klotz in den Schlund. Ich wartete darauf, daß er schwarz werden und die Besinnung verlieren würde.

Aber das tat er nicht.

Nach einigen Minuten befahl uns Rivers anzufangen.

Kaum berührte sein Assistent die Haut mit dem Messer, flogen schon die Knie des Mannes hoch. Ich war zu Tode erschrocken.

Los, los, rief Rivers aufgeregt, haltet ihn fest und fangt an.

Das taten wir auch. Einer hielt den Kopf und die Arme. Ich fiel schließlich als Assistent ganz aus, legte mich bäuchlings über die Oberschenkel des Mannes und klammerte mich an die Tischbeine auf der anderen Seite. Einer allein bewältigte die eigentliche Arbeit. Es gereicht ihm zur Ehre, daß er sie gut machte.

Es muß einen Monat später gewesen sein, als ich den Patienten eines Tages vor dem Spritzenhaus stehen sah. Neugierig ging ich auf ihn zu, um zu erfahren, ob er etwas gespürt habe, während die Operation im Gange war.

Zuerst erkannte er mich nicht, aber als ich ihm sagte,

wer ich sei, und für meine Mühe vielleicht einen Hieb aufs Auge erwartete, fing er sofort zu erzählen an.

Ob ich was gespürt habe? fragte er. Mein Gott, alles, von A bis Z, von A bis Z. Aber zu dieser Zeit war er schon wieder ein gesunder Mann.

Da war jedoch der Fall eines alten deutschen Sattlers aus East Hazleton, Frankel mit Namen, der zuerst Bedenken über Rivers' tatsächlichen Zustand in mir weckte. Ich wurde eines Tages zu ihm gerufen und ging zur angegebenen Adresse, wo meines Wissens der alte Mann mit seiner Frau über einem Laden wohnte.

Die Küche war schon wie ein Operationszimmer hergerichtet: ein einfacher Holztisch, daneben ein kleinerer mit Decken und einem Laken darüber, auf dem der alte Mann liegen sollte. Sterile Tücher waren da, die Instrumente kochten auf dem Gasofen, und alles war in bester Ordnung, soweit ich sehen konnte.

Kaum war ich hereingekommen, rief Rivers in den Flur, der alte Mann solle kommen, wir warteten auf ihn. Er hatte im Vorderflügel des Hauses im Bett gelegen, und ich werde nie die Überraschung vergessen und den Schlag, den es meinem Sinn für Schicklichkeit versetzte, als ich Frankel sah, den ich kannte, wie er den engen, dunklen Korridor der Wohnung barfuß daherkam in einem altmodischen Nachthemd, das nur bis zu den Knien reichte. Er umklammerte seinen schmerzenden Bauch mit beiden Händen, während ihn seine Frau besorgt stützte.

Der alte Mann war zu krank dafür, aber Rivers nötigte ihn wortlos mit einer Handbewegung, auf den Tisch zu klettern, wo man ein anderes Laken über ihn legte, und ich wurde angewiesen, mit der Narkose zu beginnen. Ich tat das, schweigend und nicht allzu erfreut über die Art, wie sich die Dinge entwickelten.

Rivers fragte die Frau, ob sie noch etwas von dem guten Whisky greifbar hätte. Sie holte ihn hervor. Er goß sich fast ein Wasserglas voll ein, füllte das Glas am Ausguß mit Wasser auf und hielt, während er trank, mit der anderen

Hand die Flasche hoch und machte einladende Gesten zu mir und seinem Kollegen. Wir lehnten ab. Darauf leerte er sein Glas, korkte die Flasche zu und steckte sie in die Seitentasche seines Mantels, der über einem Stuhl in der Nähe hing.

Er war in Hemd und Hosenträgern und hatte die Ärmel hochgekrempelt. Von nun an nahmen die Dinge ihren mehr oder weniger normalen, angemessenen Gang gemäß der damals üblichen Operationstechnik.

Rivers machte den Schnitt. Er besah sich die Sache und zuckte mit den Schultern. Es war ein geplatzter Blinddarm mit fortgeschrittener allgemeiner Entzündung des Bauchfells. Er legte einen Drain an und ließ es damit bewenden, was völlig richtig war. Aber der Patient starb am nächsten Tag.

Gab es da ein Geschrei in der Stadt: Hat dieser Drogenteufel Rivers schon wieder einen anständigen Bürger umgebracht! Mehrere meiner Freunde rieten mir, auf der Hut zu sein. Sie können sicher sein, daß ich über alles, was sich ereignet hatte, sorgfältig nachdachte, aber ich bin zu keinem unmittelbaren Schluß gekommen.

Und doch konnte der Mann freundlich, aufmerksam und zuvorkommend sein – war es oft auch. Es ist höchst interessant zu hören, daß er ausgezeichnet Violine spielte und in seinen jüngeren Tagen oft den Abend bei dem einzigen erwähnenswerten Musiker dieser Gegend verbrachte, der diesen Namen verdiente, dem Organisten der nahen Kathedrale, und mit ihm Duette spielte.

Als die kleine Virginia Shippen, fünf Jahre alt, im Gefolge von Scharlach Nierenentzündung bekam, kam Rivers bei Tag und bei Nacht, tat, wie er glaubte, alles, was getan werden konnte, sie zu retten. Doch blieb sie bewußtlos, wassersüchtig; die Nieren hatten aufgehört zu arbeiten. Eines Abends eröffnete Rivers den Eltern, daß er mit seinem Latein am Ende sei – sie wäre am nächsten Morgen tot.

Da fragte die Mutter, ob er etwas dagegen hätte, wenn sie etwas vorschlüge. Sie wollte es mit Leinsamenumschlägen in der Nierengegend versuchen. Machen Sie das, sagte Rivers.

Am nächsten Tag begannen die Nieren des Kindes langsam zu funktionieren, blutiges, schlammiges Zeug kam, aber sie war wieder bei Bewußtsein, und das Fieber war zurückgegangen. Rivers war entzückt, lobte die Mutter und sagte ihr, sie hätte ihn etwas gelehrt. Das Kind gedieh und lebte noch nach dreißig Jahren.

Bei Frauen war er kurz angebunden.

Nun, Mary, wo fehlt's?

Ich habe Schmerzen in der Seite, Herr Doktor.

Wie lange hast du das schon, Mary?

Heute, Herr Doktor. Es ist das erste Mal.

Erst heute.

Ja, Herr Doktor.

Steig auf den Tisch. Nimm dein Kleid hoch. Wirf dir das Tuch über. Los, los, rauf mit dir. Mach schon, Mary. Zieh die Knie an.

Au!

Er konnte grausam und roh sein. Und wie alle, die das sind, konnte er auch auf sentimentale Weise zart sein und über alle Maßen gewissenhaft.

Eine junge Frau, eine meiner frühen Freundinnen und Patientinnen, erzählte mir von seiner Freundlichkeit ihr gegenüber. Ihre Pflegeeltern – denn sie war ein Adoptivkind – wollten nie einen anderen Arzt nehmen. Monatelang ging sie zu ihm, zwei- und dreimal die Woche, während er sie mit der größten Sanftheit und Geduld behandelte. Sie hatte irgendeine Erkrankung des Nasenrachenraumes, die schwierig zu behandeln war. Schritt für Schritt brachte er sie auf den Weg der Besserung, bis sie wieder gesund war, und verlangte fast nichts für seine Dienste.

Geld war nie ein Ziel für ihn.

Das Ergebnis war, daß dieses Mädchen, das schwächlich und zart war, eine seiner lebenslangen Verehrerinnen wurde.

Aber bei einer anderen Gelegenheit kam eines Tages im Drugstore ein etwa zehnjähriger Junge auf ihn zu mit einem ziemlich großen Abszeß im Nacken. In der Praxis war der Doktor nicht anzutreffen gewesen, und so hatte ihn der Junge hier aufgespürt.

Komm her, sagte Rivers, laß mal sehen. Und mit diesen Worten zog er ein Skalpell aus seiner Westentasche und rückte dem Abszeß mit einem Schwung auf den Leib.

Doch der Junge war zu schnell, er zuckte zurück, und das Messer traf ihn an einer tieferen Stelle. Er wandte sich um und rannte blutend und schreiend zur Tür hinaus. Rivers lachte leise und maß dem Vorfall keine weitere Bedeutung bei.

Natürlich hatte er gewisse Lieblingsplätze, die er häufiger aufsuchte als andere. Vor allem war da die Villa der Jeanettes, in Crestboro, zwei Meilen von Hazleton entfernt, im Norden des Höhenzugs, wo sich vor sechzig oder achtzig Jahren eine Reihe französischer Familien angesiedelt hatte.

Sie waren schon eine Klasse für sich, diese Franzosen, verglichen mit so manch anderem, der in dieser Gegend lebte, und sie zeigten das, indem sie meist unter sich blieben in ihren großen Villen, umgeben von der wogenden Pracht großer Bäume.

Ein Zaun, der Anfang aller Kultur, umgab stets das Grundstück wie ein Rahmen und vermittelte den Eindruck von Schicklichkeit und Maß. Wohlstand und Zurückgezogenheit schienen dort zu blühen, obgleich das natürlich oft nur den Anschein hatte.

Ich glaube nicht, daß diese Dinge Rivers bewußt etwas bedeutet hätten, aber sie waren da, und er bewegte sich unter ihnen. Und sie dürften ihn auf diese Weise nicht eben wenig beeinflußt haben. Denn ihm gefiel das alles offensichtlich. Obwohl es gewiß in Wahrheit die Menschen waren, die ihn anzogen.

Er war Franzose, Elsäßer – mir fällt sein Name nicht ein, sagte mein Informant, der alte Dr. Trowbridge. Wenn man älter wird, ist das Gedächtnis nicht mehr so gut. Warten Sie mal. Nein, naja, jedenfalls ist er nach Frankreich zurückgegangen. Soundso wohnt jetzt in dem Hause. Er hatte mehrere Töchter – es war eine sehr fröhliche Familie.

Ich hatte den alten Doktor gefragt, wie es dazu gekommen sei, daß Rivers angefangen hatte, Drogen zu nehmen. Oh, er muß schon etwas genommen haben, ehe er hierher kam. Ich wüßte nicht, wie ich seine Eigenheiten sonst erklären sollte. Jedenfalls, als er nach Europa ging, nach Freiburg, um bei Seibert zu studieren, dem Pathologen (ich glaube nicht, daß er sehr viel studiert hat), mußte dieser Mann, oh, wie heißt er doch gleich? er ist nach Frankreich zurückgegangen – Rivers das Geld für die Rückreise nach Amerika geben.

Jeanette, so hieß er – er war ein großer Lebemann. Er baute sich ein Gewächshaus im Garten und pflanzte darin alles mögliche. Er muß hunderte und aberhunderte von Dollars hineingesteckt haben. Dort saß er dann immer und spielte Karten mit seinen Freunden. Sicher nicht schwer zu verstehen, welche Anziehungskraft das für den geplagten Doktor hatte. Denn wenn Jeanette ein sinnenfreudiger Mensch war, dann war sein Freund Rivers nicht saumselig, wenn er ein Vorbild finden konnte, dem zu folgen mit seinem Gewissen vereinbar war.

Kartenspiel, Lachen, Gespräche und gemeinsam mit dem Franzosen dessen guten Importweinen und -likören zuzusprechen, das war gut. Nach einem Schneesturm am Sonntagmorgen bequem dort zu sitzen – für Patienten unerreichbar –, in einer tropischen Umgebung, zu reden, Wein zu trinken und eine gute Zigarre zu genießen – das war etwas. Es war auch eine eigenartige Situation in der noch rohen Umwelt jener Tage, so durch und durch ausländisch, nicht hierher gehörig und herrlich dem Alltag entrückt.

Es würde eines europäischen Verständnisses bedürfen – das von einer jahrhundertealten Kultur genährt ist –, um das Komplexe und Widersprüchliche einer Natur wie Rivers zu begreifen und zu akzeptieren. Nirgendwo sonst in den provinziellen Niederungen des New Jersey jener Zeit hätte der Doktor derart ausspannen können.

Der Mann stand jetzt auf der Höhe seiner Popularität und seiner Kräfte.

Intelligenz besaß er und Kraft – aber er hatte auch Nerven, eine verfeinerte Sensibilität, die ihn, seinen Fähigkeiten zum Trotz, zum Opfer ebendessen machte, dem er am besten diente. Es war der Mann selber, den die Droge wieder zum Vorschein brachte.

Seinen natürlichen Anlagen nach war er bei weitem der befähigtste Mensch unserer Umgebung, eine ernsthafte Anklage gegen den ganzen Bekehrungseifer im amerikanischen Leben, den ich am meisten haßte – gleichzeitig war er ein Mensch, der versuchte, seinen Platz unter jenen auszufüllen, denen die Kraft fehlte, die ihm innewohnenden Fähigkeiten zu begreifen.

Ich glaube nicht, daß Jeanette Drogen nahm. Es kann nichts anderes gewesen sein als der Glaube, dort eine letzte Hoffnung zu finden, eine wahre Insel der Sicherheit, was Rivers zu der Villa gehen ließ. Der einzige Einfluß, der ihn möglicherweise hätte retten können, so sagt man, wenn es ihm nur bewußt gewesen wäre. Auf alle Fälle war man fröhlich, und die Zeit verging; in der Villa war er frei, von Leben erfüllt – als es dann damit vorbei war, war er wieder ein geschlagener Mann.

Die Villa war eine Erholung für ihn, aber er konnte nicht ständig dort leben, und seine Rastlosigkeit hätte ihn schließlich weiter getrieben.

Zweifellos gab es Zeiten, in denen er monatelang keine Drogen nahm. Dann mußte er wieder darauf zurückgreifen. Schließlich spürte er, wie er ins Rutschen kam, und er fuhr los – manchmal Hals über Kopf – ließ in seiner Praxis alles stehen und liegen – in die Wälder.

Jeder von uns hat sich dann und wann schon einmal danach gesehnt, in die Wälder zu fliehen oder ähnliches zu tun, besonders diejenigen, die in den großen Städten leben.

Wie Rivers. Denn in ihrem Wirrwarr haben wir uns selbst verloren, sind tatsächlich nicht authentische Persönlichkeiten, sondern phantastische Figuren in irgendeinem gigantischen Fiebertraum geworden. Er wenigstens hatte den Mut, damit zu brechen und zu gehen.

Unter diesem Druck tun wir schließlich, was alle Herdenwesen tun; wir fangen an, zu hasten, um ihm zu entkommen, dann steigern wir uns in einen Trab und schließlich in eine wilde Jagd hinein (die Uhren in der Hand), und wissen doch nicht, worauf wir zusteuern, und haben keine Zeit, es herauszufinden.

Er wollte sich in etwas hineinstürzen, das größer war als er selbst. In primitiver, körperlicher Weise. Maine bot das. Rotwildjagd. Er brachte Wildbret mit heim und schenkte allen seinen Freunden ein Stück davon.

Aber auch das endete ziemlich schlimm. Nachdem seine Augen durch Mißbrauch und Krankheit schwach geworden waren, erschoß er eines Tages – es war ein Unfall – seinen besten Freund in den Wäldern, einen Führer, dem er immer gefolgt war, schoß ihn durch die Schläfen tot, mausetot.

Charakteristisch für den Mann ist es, daß er der Familie des Unglücklichen gewissenhaft Entschädigung zahlte, so gut er konnte, alles, was sie von ihm verlangten, auf Heller und Pfennig. Und dann, als die letzte Rate bezahlt war, lud er einen jungen Arzt, mit dem er bekannt war, zu einem Essen nach New York ein – zu einem rauschenden Fest.

Eine Zeitlang war es Rivers' Hobby, Klapperschlangen zu fangen, von denen es in den Bergen von Nord-Jersey nur so wimmelte. Er genoß das Sportliche daran und anscheinend die Gefahr, wobei eine Wendung ins Wissenschaftliche darin bestand, daß das gesammelte Gift in New York für Laborzwecke verwandt werden sollte.

Einer meiner Patienten vermittelte mir einen Eindruck davon, wie seine Praxis zu jener Zeit aussah:

Wir waren sechs Kinder, Brüder und Schwestern. Ich selbst muß ungefähr zehn Jahre alt gewesen sein. An den

Sonntagmorgen gingen wir immer hin und saßen dort herum. Wir waren ganz wild darauf. Wir schauten uns gern seine Trophäen an. Er hatte auch was vorzuweisen, Elch- und Hirschköpfe an der Wand und Fische aller Art.

Er war ein großer Jäger. Ich erinnere mich, daß er einmal meinem Vater erzählte, wie er von einer Klapperschlange in den Arm gebissen worden war. Als Arzt wußte er, was ihn erwartete. Er bat seinen Begleiter, sein Messer zu nehmen und die Bißstelle herauszuschneiden. Aber der Begleiter hatte nicht die Nerven dazu. So nahm der Doc sein eigenes Jagdmesser in die andere Hand und schlitzte den Arm tief auf und saugte das Blut heraus. Ich glaube, er nahm erst eine Dosis Rauschgift, damit er es aushalten konnte. Mein Vater und ich waren in seiner Praxis, und er rollte den Ärmel hoch und zeigte uns den Schnitt – er verlief längs; genau in der Mitte des Arms.

Es war etwa zu dieser Zeit, daß er Charlie Hensel auf einen Besuch eingeladen hatte, als eines Abends noch eine ganze Reihe anderer Leute draußen im Wartezimmer saß. Zieh die Boxhandschuhe an, sagte er – er hatte immer mehrere Paar irgendwo herumliegen –, sehen wir mal, was du kannst.

Aber zu jener Zeit war Charlie gut, und er wußte, daß der Doc nicht in der Form war, in der er es mit ihm hätte aufnehmen können. Er schüttelte den Kopf und sagte: Nein, heute abend nicht, Doc.

Das stachelte Rivers an. Angst? sagte er. Was ist denn los, so 'n junger Bursche wie du? Komm schon, zieh sie an.

Na gut, sagte Charlie mit seiner angenehmen, heiteren Stimme. Wie Sie wollen. Er erzählte mir die Geschichte, kurz nachdem sie sich ereignet hatte.

Nachdem sie den Schreibtisch beiseite geräumt und sich etwas Platz geschaffen hatten, fingen sie mit dem Boxkampf an.

Charlie tippte den alten Jungen ein paarmal leicht ins Gesicht und verschonte den Körper. Daraufhin landete der Doc einen schweren Treffer in Charlies Magengrube.

Komm, komm, sagte er immer wieder.

Aber Charlie sah, daß der Doc in Fahrt kam, und so tippte er ihn wieder und wieder an und wollte dann sagen, er glaube, das sei nun wohl genug für den Abend. Aber der Doc ließ einen schnellen Hieb los, der Charlie an der Schläfe traf, als er gerade seine Arme herunternehmen wollte. Komm, komm, sagte er nochmals, so 'n junger Bursche wie du.

So täuschte Charlie, der die Sache zu Ende bringen wollte, ein wenig und versetzte dem Doc dann einen Kinnhaken, daß der rückwärts an die Wand taumelte. Dort sackte er unerwartet auf den Stuhl für die Patienten, den sie dorthin aus dem Wege gerückt hatten. Es erschütterte das Haus.

Das Problem bei dir, Charlie – das Problem, dich zu treffen, Charlie, sagte der Doc langsam nach einer Weile, liegt darin, daß du überhaupt keinen Bauch hast. Das stimmte wirklich. Charlie hatte damals eine sehr schmale Taille – wie ein Matrose.

Er hatte Perioden, in denen selbst sein Bruder nichts mit ihm anfangen konnte. Er verlor völlig den Verstand. Mehrfach wurde er in die staatliche Irrenanstalt eingewiesen – für sechs Monate oder länger – mindestens zweimal.

Wenn er ungefähr einen Monat dort war, fing er an, den Direktor, mit dem er befreundet war, zu fragen, ob er nicht meine, er könne raus und wieder arbeiten. Du bist ebenso Arzt wie ich, alter Junge, sagte dieser schließlich. Wenn du denkst, du kannst es dir zumuten, dann gehe. Und so kehrte er wieder in die alte Tretmühle zurück.

Dann bekam er eines Winters Typhus, und es ging ihm so schlecht, daß es schien, jetzt sei das Spiel aus. Man suchte eine Pflegerin für ihn; er wollte keine. Und als Patienten wollte ihn auch keiner haben. Drogen und die Krankheit hatten ihn völlig zermürbt. Schließlich fragte er selbst nach einem Mädchen, das er vor einigen Jahren im Blockley Hospital kennengelernt hatte, eine Krankenschwester, der er einmal dort begegnet war und die er schätzte.

Sie übernahm den Fall.

Er heiratete sie, als er wieder auf den Beinen war, und sie machten eine Hochzeitsreise nach Europa. Ohne Zweifel liebte sie ihn.

Ja, ich kann mich an sie erinnern, sagte mir eine Frau. Als sie herkam, war sie ein hübsches, niedliches Ding, wie jede andere auch. Aber ich sehe sie noch vor mir, wie sie eines Tages in den Laden kam und an die Ladentische stieß, erst links, dann rechts; Hände und Hals waren kaum zu sehen vor Brillanten – sie schien nicht mehr zu wissen, wo sie hinlief. Ihr Gesicht sah nicht größer aus als mein Handteller.

Viele von seinen angeseheneren Freunden sagten sich nun von ihm los. Sie ließen sich noch von ihm behandeln – wenn er normal war –, aber das Vertrauen in ihn war zu sehr erschüttert.

Du weißt doch, wie es früher war, sagte zu meiner großen Überraschung eines Tages einer meiner besten Freunde zu mir. Man ging zu einem Arzt und vertrödelte die Zeit mit ihm, und dann ging man zu einem anderen, und jeder sagte was anderes, und man wußte nicht, woran man denn nun eigentlich war. Und das ist die Geschichte, die er mir erzählte:

Also, das passierte vor vielen Jahren. Ich war krank, und mein alter Herr machte sich Sorgen. Schließlich gab uns der Apotheker einen Tip. Gehen Sie zu Rivers, sagte er. Er ist süchtig, aber wenn er normal ist, macht ihm keiner was vor. Und ich sage Ihnen, was ich mache – denn er kannte den alten Knaben gut und war früher selbst ein ziemlicher Schluckspecht gewesen – ich geh bei Rivers vorbei und hole ihn ins Geschäft, und wenn er normal ist, schicke ich ihn rüber.

Und das tat er.

Als der Doc am Nachmittag ins Zimmer kam, warf er bloß einen Blick auf mich. Der Junge hat Typhus, sagte er. Einfach so – das war seine Art. Und ich sage Ihnen, was ich mache. Um das zu beweisen, zapfe ich ihm jetzt Blut ab und schicke das meinem Bruder – er machte damals nur Blutuntersuchungen –, und ich sage Ihnen in ein paar Tagen Bescheid.

Und tatsächlich, er hatte Recht. Er hatte den richtigen Riecher für so was. Das Ergebnis: Ich war ein leichter Fall; und von da an war Rivers viele Jahre lang unser Hausarzt.

Er saß am Schreibtisch und schrieb ein Rezept aus, und man konnte sehen, wie sein Kopf tiefer und tiefer sank – er schlief auf der Stelle ein, direkt vor unseren Augen. Mein Vater rüttelte ihn dann ab und zu, und schließlich stand er auf und ging hinaus.

Als er mit den Drogen anfing, tat sein Bruder sein Bestes, um ihn in einem Krankenhaus in der Stadt unterzubringen. Er wußte, daß er ein guter Mann war, und wenn er ihn dort in der richtigen Atmosphäre unterbringen könnte, glaubte er, könnte er ihn retten. Aber der alte Junge war zu gerissen. Ihm gefiel es draußen, bei seinen Freunden, ihm gefiel sein Leben oder wie man das nennen soll, und er ließ sich nicht dazu bewegen.

Das, was die anderen Ärzte mit am meisten gegen ihn aufbrachte, war seine Gewohnheit, abzuhauen – manchmal einfach zu verschwinden. Er angelte gern, und er schoß sagenhaft gut. Er mochte gerade wichtige Fälle behandeln oder sonst etwas. Aber das spielte keine Rolle. Man konnte ihn aufsuchen, um zu erfahren, warum er nicht gekommen war, und bekam dann zu hören: Er ist weggefahren für ein paar Tage; wohin, wissen wir nicht.

Es blieb einem nur übrig, zu einem anderen Arzt zu gehen.

Als mein alter Herr ein paar Jahre später im Sommer irgendwohin gefahren war, schickte er mich in die einzige Pension in der Stadt – du weißt schon, welche ich meine. Das Jahr zuvor hatte er mich allein zu Hause gelassen und war nicht allzu erfreut gewesen über das, was wir alles angestellt hatten, während er fort war. Nun, diesmal hörte Rivers davon und wollte, daß ich zu ihm rüberkäme und bei ihm wohnte.

Ich weiß nicht, wie er mich dort herausholte, aber es gelang ihm. Die ältere Frau, die die Pension führte, wollte mich nicht gehen lassen, weil sie meinen Vater kannte und so weiter. Doch Rivers, nehme ich an, überzeugte sie, ich sei krank und müßte behandelt werden, und das beste für mich sei, wenn ich in seinem Hause wohnte, wo er ein Auge auf mich haben könnte. So suchte ich innerhalb von zwei Minuten – darauf kannst du wetten – meine paar Sachen zusammen und sprang auf seinen Wagen, und los fuhren wir.

Mein alter Herr hat ihm das bis heute nicht verziehen.

Der Sonntagvormittag war immer eine fabelhafte Zeit. Da gab es eine regelrechte Show. Denn die meisten seiner Patienten waren arme Leute und konnten nur am Sonntag kommen. Ich kann dir sagen, so eine Praxis hast du noch nicht gesehen. Er hatte die richtige Idee, er war für Menschlichkeit – nenn's wie du willst. Sie saßen überall herum, draußen in der Diele, auf der Treppe, auf der Veranda, wo immer sie Platz fanden.

Wenn jemand mich nicht kannte, sagte er, ich sei ein junger Arzt. Ich war damals gerade siebzehn. Er gab mir einen weißen Kittel und hieß mich mitkommen. Mein Gott! Natürlich hielt ich ihn für großartig. Und ich sage dir, in den ganzen vier Monaten habe ich nicht eine der Metzeleien gesehen, von denen die Leute reden. Alles was er machte, war in Ordnung. Vielleicht würde ich jetzt anders denken, aber damals hielt ich ihn für einen Wunderdoktor.

Ich erinnere mich aber an eine Frau. Mein Gott, war das eine böse Sache. Du kannst dir vorstellen, was ich meine. Da war ich, ein Kind, das von nichts eine Ahnung hatte. Es war der eindrucksvollste Tag meines Lebens. Ja, alles, du hast Recht. Ich hielt sie fest, während er die Arbeit machte. Ich denke noch oft daran.

Das war die romantische Episode in meinem Leben, diese vier Monate, die ich bei ihm wohnte.

Er kümmerte sich nie um Geld. In der ganzen Praxis gab es kein Einnahmebuch. Alles Geld, was er erhielt, steckte er in die Tasche. Er hat andererseits auch nie etwas bezahlt.

Schlau? Das war der Bursche. Er ging rüber zu seinem Schreibtisch, und man sah ihn mit verschiedenen Instrumenten herumhantieren. Und direkt vor einem verpaßte er sich eine Spritze, und wenn man nicht genau hinschaute, merkte man nichts davon.

Verschlagen war er auch. Er ließ sich ein paar Minuten Zeit, bis die Wirkung eintrat. Das war, wenn er etwas Wichtiges vorhatte. Dann wartete er ein paar Minuten und kam mit stählernem Blick und so ruhig und gefaßt heraus wie nur die Besten.

Das war der Unterschied zwischen ihm und ihr. Ihr raubte es den Verstand. Sie war nicht fähig, die Sache unter Kontrolle zu halten, aber ihn stabilisierte sie.

Oft weckte er mich mitten in der Nacht, um mit mir auszugehen. Unten bei Johny Kessler war eine seiner Stammkneipen, wo er Weichschalenkrabben und Muschelsuppe aß.

Einmal schenkte er mir Karten für eine Nachtklubshow in New York. In irgendeinem miesen Schuppen, wo, hab ich vergessen. Er sagte mir, ich solle mit ein paar Freunden hingehen und mich amüsieren. Er gab uns die Karten und führte uns in seine eigene Gewohnheit ein. Es war das erste Mal, daß ich je in einem solchen Lokal war.

Als ich am nächsten Morgen nach Hause kam, kümmerte er sich um mich, zog mich aus und brachte mich ins Bett.

Ich weiß auch, wie er mich einmal, als ich dort wohnte, nachts um zwei weckte. Es war im Sommer, eine heiße, schwüle Nacht. Ich war gerade operiert worden am Tag zuvor, er hatte mir die Mandeln herausgenommen oder so was, und ich fühlte mich elend. Aber das war ihm egal, ich mußte trotzdem mit ihm ausgehen.

Wir nahmen den alten Wagen und fuhren los. Wir fuhren durch die Wiesen, um zwei Uhr nachts, wohlgemerkt, hinunter zu Mooneys Saloon, auf halber Höhe, du weißt ja, wo er steht. Er ging hinein und ließ mich draußen. Die Mücken haben mich fast aufgefressen. Er hatte einen Patienten drin oder so was, vielleicht hat er auch ein paar Glas getrunken.

Jedenfalls saß ich da und schlug Mücken tot. Nach einer Weile kam der Wirt heraus und sagte mir, der Doc sei eingeschlafen, und sie wollten ihn nicht wecken. Darauf sagte ich, weil ich ein braver Junge war und kein Aufhebens oder sonst was machen wollte: Ist gut, und blieb sitzen. Er ließ mich in der Kutsche bis fünf Uhr morgens. Mein Gott!

Dann kam er heraus, und wir fuhren nach Hause. Als wir ankamen, sagte er: Machen wir uns doch ein paar Hammelkoteletts! So fuhren wir wieder los, zum Fleischer. Er ging zur Tür, und die war natürlich verschlossen. Da ging er über die Veranda um das Haus herum und klopfte und trommelte, bis der Bursche aufstehen und herunterkommen und ihm seine Koteletts aus dem Eisschrank holen mußte.

Dann fuhren wir nach Hause, und er briet sie in der Küche. Und alles, was recht ist, er konnte kochen. Er war ein wunderbarer Koch. Er konnte ein Stück Fleisch so zubereiten, daß es besser schmeckte als irgend etwas sonst auf der Welt.

Wir aßen die Koteletts, und dann ging ich ins Bett.

Wenn der Doc nicht in seiner Praxis war, dann war er nicht zu Hause, so einfach war das.

Wenn nicht viel Betrieb war im Sommer und es sonst nichts weiter zu tun gab, wie es uns allen manchmal ergeht, rief er gewöhnlich nach seinem Kutscher und sagte: Spann an, Johnny – oder Jake, oder wer immer gerade für ihn kutschierte – und fuhr los, niemand wußte zunächst, wo es hinging.

Wo soll's hingehen, Doc?

Er nickte nach links, den Hügel hinunter.

Es war ein klarer Junitag – die Kinder waren noch in der Schule – ungefähr nachmittags um zwei. John ließ die Pferde faul die Chaussee hinabtraben.

Jemand rief ihm zu: He, Doc, wo woll'n Sie denn hin? Schwimmen? Der Doc machte dem Mann eine ausladende Geste, als wollte er sagen: Hau ab.

An der Eisenbahn, beim Eiskeller, stand eine Gruppe von Weiden an der Kurve, bevor die Straße in einer langen Geraden durch das Röhricht führt. Vielleicht nahm er sie wahr, vielleicht auch nicht, das wußte man nie.

Hallo, Doc. Wohin geht's denn?

Er nickte nur. Sie lächelten bloß und nickten zurück.

Kärpflinge kräuselten das Wasser im Straßengraben, es gab einen winzigen Sturm, als der Wagen und die Hufschläge der Pferde im Vorüberfahren den Boden leicht erschütterten.

Ohne ein weiteres Zeichen vom Doc bog John bei Mooneys Gasthaus links ab und fuhr die Straße weiter hinauf. An dieser Straße, so hat man mir erzählt – und das Haus existiert noch – wohnte eine Frau, die Rivers regelmäßig Zuflucht bot. Vielleicht war es eine allgemeine Absteige, ich weiß es nicht, aber so habe ich die Leute nicht reden hören.

Gewiß, es war eine ungewöhnlich abgelegene Stelle, eins von den alten Häusern, wie die Villen auf dem Hügel, nur kleiner, eher geeignet als Farm. Die Frau war ein Nachkomme der ursprünglichen Erbauer.

Hallo, Jimmie, wie geht's? Komm rein, bring deine Zigarre mit.

So fing es an. So fing es immer an. Er war gerade dabei, sich eine anzuzünden.

Hallo, Doc, wie geht's dem Jungen? sagte gewöhnlich ihr Bruder. Er führte die Farm für sie, seit ihr Mann davongelaufen war.

Ich hoffe, er ist im Schlamm versunken, war immer alles, was sie sagte, wenn es eine Bemerkung zu diesem Thema zu machen gab.

Unterdessen hatte John die Pferde gewendet und war auf dem Heimweg.

Das Haus steht noch und sieht immer noch fast wie damals aus; ganz dicht an der Straße, mit den Scheunen und Schuppen dahinter. Jetzt gehört es hauptsächlich den Tauben. Es war bekannt, daß Rivers eine Zeitlang beinahe dort wohnte.

Jedenfalls konnte man die Hühner den ganzen Tag im Hof herumspazieren sehen. Sie hatten einen Farbigen, der auf dem Anwesen aufgewachsen war und sich um das kümmerte, was vom Garten noch übrig war; nachmittags ging er an den Fenstern entlang, und man konnte hören, wie er die Hühner rief, und sehen, wie sie angerannt kamen.

Was kann ihn angezogen haben? Nur eines. Jemand anders, etwas anderes, das ihn aus allem herausriß. Sie war eine starke Trinkerin. Sie verschaffte ihm Ruhe.

Aber sie hatte ganz sicher, und ich nehme an, daß auch er das ziemlich genau wußte, eine ganze Menge auf die hohe Kante gelegt. Sie wissen ja, wie diese alten Farmer manchmal sind. Der Wertzuwachs des Bodens ist mittlerweile enorm; sie brauchen keinen Finger krumm zu machen, um reich zu werden, wenn sie ihr altes Farmland stückweise an die Polacken und die Spekulanten verkaufen. Sie gehörte zu denen, die von Städten hören und Züge Tag und Nacht direkt vor ihren Augen dahinkriechen sehen und die doch isoliert bleiben – eine merkwürdig kindische Person. Hitzig und launisch.

Rivers war gewitzt genug, um eine solche verlassene Ecke wie diese zu finden und sich darin einzunisten.

Der Alkohol allein hätte genügt, ihn anzuziehen. Aber sie war eine Frau. Die Nichtstuer in Donnellys Bar waren ja ganz in Ordnung. Aber sie war eine Frau. Vielleicht hat er darüber nie viel nachgedacht, aber sie *war* dennoch eine.

Durch und durch.

Seine Sensibilität, seine Kultiviertheit, seine Zartheit – sie wurden vielleicht auf diese verdrehte Weise freigesetzt. Glauben Sie das?

Mein Gott, konnte sie vom Leder ziehen, wenn sie wollte.

Sie gab keinen Pfifferling auf diese ganze dämliche

Welt – falls man ihr glauben konnte, wenn sie betrunken war. Und sie sagte das – viele Male – zu ihrem Bruder und zum Doc, der sie ins Bett brachte, bevor er nach Hause ging.

Dann mußte er am nächsten Tage wiederkommen und sie herausholen – wenn er zu finden war. Das war es gewesen, warum er zum ersten Mal zu ihr gerufen wurde.

Komm, Jimmy, heiraten wir, pflegte sie zu sagen.

Sicher, wo ist der Pfarrer?, und man merkte seinem Tonfall an, daß man ihn das besser nicht zu oft fragte; sonst würde er auf Nimmerwiedersehen verschwinden.

Dann verließ er sie. Sie hatten alles ausgetrunken, oder ihr Bruder machte der Sache ein Ende, jedenfalls verließ er sie.

Ich habe sie nur einmal wiedergesehen nach vielen Jahren, als sie völlig heruntergekommen war.

Es war an jenem Abend, als wir sie auf der Polizeiwache hatten, weil sie durch die Schranken am Bahnübergang gefahren war. Sie waren zu fünft in dem Auto. Es war ein Wunder, daß der Zug sie nicht überrollte. Ich war damals Polizeiarzt. Ich sollte feststellen, ob sie betrunken war oder nicht.

Sie schob ihr Gesicht dicht gegen meins und schrie mich an: Hast du eine Schwester? Hast du einen Bruder? Dann sage mir, daß ich betrunken bin. Ihr Atem stank durchs halbe Zimmer. Sieh mich an! Und dann brach sie in einen Strom von nicht wiederzugebenden unflätigen Beschimpfungen und Flüchen aus. Und genau das halt ich von dir, du. Ich hab's dir gesagt. Du hast's gehört.

Das war das erste und einzige Mal, daß ich sie gesehen habe – wenn es tatsächlich die war, von der ich hatte reden hören. Sie muß früher bestimmt ein Gutteil attraktiver gewesen sein.

Soweit ich weiß, nahm er alle gewöhnlichen Rauschmittel – Morphium, Heroin und auch Kokain. Zu welcher Dosis er sich steigerte, ist schwer zu sagen. Ich habe erlebt, daß drei Gran Morphium nicht mehr bewirkten, als eine Frau – in einer Geburtsabteilung – normal ruhigzustellen.

Natürlich hat es ihn schließlich erwischt; er fing in späteren Jahren mächtig zu schlittern an, machte schlimme Fehler. Aber diese Schlußphase war gekennzeichnet durch jene seltsame Bewunderung, die manchmal Leute zu einem Mann hinzieht, gerade weil sein Name so einen gefährlichen Klang hat. Sie lebte wieder auf in der Art und Weise, wie viele Leute, nicht alle, noch an Rivers hingen, je tiefer und tiefer es mit ihm bergab ging.

Sie schienen sich sein Bild im Geiste für sich selbst zu schaffen, der geliebte Sündenbock für ihre eigenen schweifenden Begierden – und sie glaubten, er allein könnte sie heilen.

Er wurde zu einer Legende und ließ sich immer mehr gehen.

Aber er machte schreckliche Sachen. Es heißt, er hätte die Bemerkung von sich gegeben, alle Frauen brauchten bloß die Hälfte ihrer Organe – die anderen wären nur eine Gelegenheit für Chirurgen. Die Hälfte der jungen Frauen von Creston lebten ohne die Hälfte ihrer Organe, durch seine Dienste, wenn man seinen Reden glauben kann.

Es war amüsant zu hören, wie Jack Hardt den alten Rivers schilderte, der gelegentlich zu seiner winzigen Farm im Schilf an der Straße beim Zedernsumpf hinauskam. Es war ein sehr kleines Anwesen, nur ein paar Fußbreit Land, dem Sumpf abgerungen, das nur einem Hühnerstall, einer Hundehütte, einer Scheune und einem Heuschober Platz bot. Der alte Mann schlug daraus früher jedoch einen ganz anständigen Lebensunterhalt heraus, indem er Salzheu verkaufte. Ich erinnere mich noch, wie mir Jack erzählte, die Lohnarbeiter würden im Winter auf dem Heu schlafen, während der Schnee zwischen den Brettern hindurch auf sie herabrieselte und derjenige, der in der Mitte lag, durch die Körperwärme seiner Nachbarn ins Schwitzen käme.

Rivers kam öfter zu diesem Haus und war dort immer willkommen. Der Junge kannte ihn gut. Der Doc pflegte hinauszugehen zu dem alten Örtchen, das draußen auf dem Hof stand, und blieb dort eine Stunde oder manchmal noch länger. Die Kinder gingen hinaus und spähten durch die Ritzen, wie er schlafend auf der Brille saß.

Das machte er auch anderswo. Eine Frau oben auf dem Hügel, die ihn noch nicht gut kannte, ließ ihn eines Tages zu sich rufen. Er fragte, ob sie ein freies Zimmer mit einem Bett darin hätte. Sie sagte ja, da sie nicht wußte, was er im Sinn hatte. Er ging hinein und blieb. Sie war zu Tode erschrocken. Sie wandte sich verzweifelt an verschiedene Freunde, konnte aber niemand für die Sache interessieren. Rivers hatte sich auf das Bett gelegt, und dort schlief er bis fast fünf Uhr nachmittags, als sein Dienstmann kam, um ihn abzuholen.

Dieser Mann wußte genau, wann er kommen mußte. Als Rivers am Morgen nicht auftauchte, war er einfach losgefahren. Als die Wirkung der Droge abklang, war er zur Stelle.

Rivers stand nur auf, sagte nichts und fuhr nach Hause.

Manchmal verlief es allerdings nicht ganz so harmlos.

Wie kam er damit durch?

Es liegt ein bißchen in der Medizin selbst – Geheimnis, Geisterbeschwörung, Wunderkuren – Zauberei aller Art, und er kannte und praktizierte diese schwarze Kunst. Gegen das Ende seines Lebens hatte er ein Schielauge, und man glaubte, er sei ein wenig besessen.

Eine leicht beeindruckbare Dame verursachte ihm einmal eine unangenehme halbe Stunde wegen dieser Dinge. Es scheint, er hatte aus irgendeinem Grund ein Experiment in Sachen Hypnose mit ihr gemacht, und es war ihm unerwarteterweise gelungen, sie in einen Trancezustand zu versetzen. Aber er konnte sie nicht wieder zu ihrem normalen Bewußtsein zurückbringen, nachdem er mit dem Experiment fertig war; und schließlich bekam er es selbst mit der Angst zu tun und rief verzweifelt nach seinem Freund Willie, er solle doch herunterkommen und ihm helfen, sie aus der Praxis wegzuschaffen. Die beiden Männer waren ohne Zweifel ebenso verblüfft über die Wendung der Sache wie die Patientin selbst und zutiefst erschrocken, bis es ihnen – nach großen Anstrengungen – gelang, die Dame wieder zu sich zu bringen.

Meine Frau erinnert sich, wie er durch die Sichtblende an unserer Haustür hereinstarrte. Er war gekommen, um zu fragen, ob ich noch Totenscheine hätte. Sie wußte nicht, mit welchem Auge er sie anschaute. Aber sie bemerkte das Schmachtende seiner Verbeugung, sein bereitwilliges Lächeln, seine Stimme, seine Gesten. Er tat ihr leid.

Aber die meisten hatten Angst vor ihm – kurzum, sie wagten es nicht, ihm etwas anzuhaben, selbst wenn sie wußten, daß er tatsächlich jemand auf dem Gewissen hatte.

Ein Heilmittel für die Krankheit? Er wußte, worauf das hinauslief. Denn wovon sollte man geheilt werden? In diesem Falle war es Arbeit durch bloße intuitive Fähigkeit, die ihn in die Flut zog. Drogen richteten ihn auf.

In Furcht versetzt, unter Stress, schlägt das Herz schneller, das Blut wird zu den äußersten Nervenenden getrieben, durchströmt das Zentrum des Handelns, und der Mensch fühlt sich entflammt. Das ist es, was Rivers wollte, gewollt haben mußte. Die aus einem solchen Zustand resultierende Reaktion erforderte auch ihre eigenen Stärkungsmittel.

Jenes schreckliche Fieber der Überarbeitung, das wir in den Vereinigten Staaten besonders spüren – er hatte es. Ein Zittern in den Armen und Schenkeln, eine Spannung im Nacken und im Kopf oberhalb der Augen – schneller Atem, unbestimmte Schmerzen in den Muskeln und in den Füßen. Gefolgt von einer heftigen Erregung, eine Sache durchzuziehen, sie wie im glühenden Fieber zu Ende zu bringen. Dann das Gefühl der Erschlaffung danach. Nicht angenehm. Aber es ist da. Dann Zigaretten, ein Schuß Gin. Das ist alles, was dran ist. Auch bei Frauen, immer mehr.

Er hatte keine Zeit, mußte schnell sein, mußte improvisieren, und das tat er – bis zum Wunderbaren.

Als ein Straßenarbeiter einmal von einem Trolleybus überfahren und sein Arm nahe der Schulter fast abgetrennt wurde, war Rivers als erster zur Stelle. Solche Fälle waren ihm immer ein besonderes Vergnügen. Mit einem Blick erfaßte er die Situation wie gewöhnlich, kam zu einem Entschluß, und mit der Bemerkung, der Arm könnte künftig keinen möglichen Nutzen mehr für den Mann haben, amputierte er ihn auf der Stelle – mit einer Verbandschere.

Solche Taten beherrschten die Phantasie der Leute, und ihr Ruf verbreitete sich wie durch Magie.

Seltsam auch die Antwort der Schwestern im Krankenhaus, wenn ein paar Ärzte ihn daran hindern wollten, dort zu operieren – hauptsächlich, weil er schließlich mittendrin ohnmächtig werden würde und jemand anders einspringen und die Sache bereinigen müßte. Auf solche Beschwerden antworteten die Schwestern: Was sollen wir denn Ihrer Meinung nach tun? Solange die Leute zu dem Mann gehen, werden wir ein Bett für sie hier freihalten. Wollen Sie, daß wir sie im Stich lassen?

Es war ein unwiderlegbares Argument.

Er war einer der wenigen, die jemals in dieser Gegend wußten, was es heißt, sich vollständig zu verausgaben. Er fragte nie nach dem Warum, ließ sich nie beirren, dachte nie daran, daß es noch etwas anderes geben könnte. Er war so, die Dinge hatten einen absoluten Wert für ihn.

Aber einer der jüngeren Ärzte, ein erstklassiger Internist, der in der Stadt ein oder zwei Monate vor meiner eigenen Ankunft zu praktizieren begann, legte sich mit Rivers an. Meine Frau sagte manchmal zu mir: Wenn ihr wißt, daß er Leute umbringt, warum tut ihr Ärzte euch nicht zusammen und sorgt dafür, daß er seine Approbation verliert?

Ich antwortete dann, daß ich keine Ahnung hätte. Ich bezweifelte, daß wir irgend etwas beweisen könnten. Niemand wollte es probieren.

Dr. Grimley wollte jedoch etwas tun an jenem Tag.

Er hatte ein ungarisches Mädchen, das sich vor dem Messer fürchtete wie vor dem Teufel, wegen eines eingeklemmten Bruchs in Behandlung gehabt. Grimley versuchte sein Bestes, ihn zurückzudrängen, aber ohne Erfolg. Er wußte um die Gefahr und bedrängte sie mit allen ihm zu Gebote stehenden Mitteln, ins Krankenhaus zu gehen und sich operieren zu lassen. Sie weigerte sich.

Er sagte ihr mit allem Nachdruck, wenn sie seiner Aufforderung nicht folgte, würde er den Fall nicht länger behandeln, und sie müsse sterben.

Am nächsten Tag ließ sie ihn wieder rufen. Sobald er das Zimmer betrat, sah er, daß alles vorbei war. Sie hatte Rivers hinzugezogen. Er hatte ihr gesagt, er könne sie heilen. Gott allein weiß, in welchem Zustand er sich zu dieser Zeit befand. Er drückte auf den Bruchsack, bis er platzte. Am nächsten Tag starb sie.

Grimley war wütend. Ich traf ihn an der Ecke beim Drugstore. Obwohl er ein ziemlich ruhiger Mann war, stand ihm nahezu Schaum vor dem Mund. Er wollte Rivers verhaften lassen, er wollte Anzeige gegen ihn erstatten wegen Pfuscherei und ihn ein für allemal aus dem Wege räumen – sagte, daß er das tun wollte.

Er hat es nie getan.

In Wirklichkeit waren die Menschen hier verzweifelt, außer Rand und Band, ohne jede Disziplin, trieben einander blindwütig hin und her, dem Glauben an das Wunderbare verhaftet, an das Trunkene gegebenenfalls. Hier war, für viele, wenn auch ihre Zahl schnell abnimmt, etwas, das sie verehren konnten, eine lokale Reliquie; alles, was blieb, war das Maß der Armut, die sie umgab. Sie glaubten an ihn: Rivers, betrunken oder nüchtern. Es ist eine klägliche Geschichte des Versagens.

Charakteristisch für ihr Verhalten ist der Fall eines sehr vernünftigen und gewitzten Fleischermeisters, den ich gut kenne. Er hatte eine kleine Tochter, die, wie mir schien, an typisch epileptischen Anfällen litt. Sie konsultierten mich, und ich sagte den Eltern, ich könnte kaum etwas für sie tun.

Als ich sie später wiedertraf, gestanden sie mir freimütig, sie hätten das Kind zu Dr. Rivers gebracht. Ich wünschte ihnen Glück.

Ein Jahr später hatte ich wieder Gelegenheit, mit ihnen über das Kind zu sprechen. Sie hatte schon mehrere Monate keinen Anfall mehr gehabt. Rivers hatte sie geheilt. Wie, weiß ich nicht.

Ja, sagte der Vater, wir haben ziemlich lange gebraucht, bis wir ihn soweit hatten, daß er mit der Arbeit begann, aber nachdem er einmal seine Gedanken richtig auf den Fall konzentriert hatte, dauerte es nicht lange, bis er sie dort hatte, wo er sie haben wollte. Sie glaubten es, und so war es.

Die Leute suchten ihn auf, sie warteten schließlich Monate auf ihn – obwohl er gegen Ende Entbindungsfälle aus freien Stücken aufgab. Wenn alle anderen versagten, glaubten sie, er würde sie durchbringen: ein mächtiger Fetisch. Er würde sie retten.

Einer meiner jungen Patienten, ein Bankkassierer, erzählte mir, wie es mit ihm zu Ende ging. Sein Vater hatte immer Rivers gehabt. Als der alte Mann stürzte und sich den Arm brach, riefen sie den Doc, der auch kam und sich absichtlich direkt vor den Augen des Patienten fixte – unverhohlen, so gleichgültig war er geworden.

Das gab ihm den Rest. Es war der Blick in seinen Augen. Der ist doch verrückt, sagte der Patient. Schafft ihn fort. Ich will nicht, daß er an mir herumhantiert. Ich nehme mir einen anderen Arzt.

Aber es wäre nicht gerecht, wenn ich sagte, das wäre tatsächlich das Ende gewesen, denn das gäbe einen falschen Eindruck. Rivers war unten durch, ja, in mancher Hinsicht, aber er gab keineswegs auf. Die Wahrheit ist, daß er in seinen letzten Jahren ein Grundstück von ansehnlicher Größe am Platz vor dem Rathaus im Zentrum der Stadt kaufte. Hier ließ er sich ein schönes Haus bauen, hatte einen großen Garten, Rasenflächen und eine Doppelgarage, denn er hielt sich zwei Autos, die immer einsatzbereit waren.

Hier praktizierte er noch mehrere Jahre weiter, während seine Frau zu ihrem Vergnügen und zum Verkauf kleine

Hunde züchtete – blaue Spitze, glaube ich. Einen oder mehrere davon nahm Rivers oft im Auto mit, wenn er seine Besuche machen fuhr, wobei er sie auf seinem Schoß festhielt, denn in jenen Tagen saß er nie mehr am Steuer.

Das Mädchen mit dem Pickelgesicht

Einer der Apotheker im Ort gab den Hilferuf an mich weiter: 50 Summer Street, erster Stock, linke Tür. Ein Baby, das gerade aus dem Krankenhaus kommt. Ziemlich ernster Zustand, scheint mir. Wollen Sie das übernehmen? Ich glaube, sie hatten schon einen anderen, mögen den aber nicht, fügte er noch hinzu.

Es war halb eins. Ich wollte mich gerade zum Mittagessen hinsetzen. Können die nicht bis nach der Sprechstunde warten?

Oh, ich glaube schon. Aber es sind Ausländer, und Sie wissen ja, wie die sind. Gehen Sie halt, sobald Sie können. Ich fürchte, dem Baby geht's ziemlich schlecht.

Es war halb drei, als ich zu der Wohnung kam; sie lag über einem Laden im Geschäftsviertel der Stadt. Eine jener Haustüren an der Straße zwischen Schaufensterscheiben. Ein enger Eingang mit zerbeulten Briefkästen auf der einen Seite und einer dunklen Treppe, die gerade hinaufführte. Ich war in den letzten Jahren schon mehrfach in diesem Haus gewesen und hatte verschiedene Leute besucht, die dort gewohnt hatten.

Als ich hinaufkam, fand ich keine Klingel, und so klopfte ich kräftig an die Milchglas-Türscheibe auf der linken Seite. Ich wußte, daß dies die Tür zur Küche war, die den hinteren Teil der Wohnung einnahm.

Herein, sagte eine laute, kindliche Stimme.

Ich öffnete die Tür und sah ein Mädchen von ungefähr fünfzehn Jahren, das kaugummikauend neben dem Küchentisch stand und mich neugierig anschaute. Das glatte Haar war kohlschwarz, und eines ihrer Augenlider hing etwas herab, während sie sprach. Eh, was wollen Sie? sagte sie. Junge, war die kess und, ohne Scherz, sie gefiel mir sofort. Es war etwas Festes, Geradliniges an ihr, das schon für sich allein den Eindruck des Vortrefflichen vermittelt.

Ich bin der Doktor, sagte ich.

Ach, Sie sind der Doktor. Das Baby ist drin. Sie schaute mich an. Woll'n Sie's sehn?

Sicher, deshalb bin ich ja gekommen. Wo ist deine Mutter?

Sie's weggegangen. Ich weiß nicht, wenn sie wiederkommt. Aber Sie können sich das Baby ansehn, wenn Sie wollen.

Na schön. Schauen wir's uns an.

Sie ging voraus ins Schlafzimmer, im vorderen Teil der Wohnung, eins der Zimmer ohne Licht, die einzigen Fenster waren in der Küche und an der Fassade des Hauses.

Da ist sie.

Ich schaute auf das Bett und sah ein schmales Gesicht, abgemagert, aber ruhig, unnatürlich ruhig, das oben aus einer blauen Baumwolldecke herausschaute, mit der man das Baby zu einem straff gerollten Bündel gewickelt hatte. Das Ganze war nicht viel größer als ein kräftiger Laib Roggenbrot. Die Hände und alles andere waren eingewickelt. Nur das gelbliche Gesicht war zu sehen, der Kopf fest verhüllt und umrahmt von einem Zipfel der Decke.

Was fehlt ihr denn, fragte ich.

Weiß nich', sagte das Mädchen keck wie ein Rohrspatz und gab sich so unbeteiligt, als ginge es um eine Stockfremde und nicht um ihre Schwester. Ich blickte sie ganz schön amüsiert an, und sie erwiderte meinen Blick, kräftig Gummi kauend, die Füße weit auseinander. Sie neigte den Kopf etwas zur Seite und blickte mir direkt in die Augen, als wollte sie sagen: Na und? Ich erwiderte ihren Blick. Sie hatte eins von jenen schmalen, gedrückten Gesichtern, Stupsnase, vorstehende Augenbrauen, niedrige Stirn und eine schreckliche Haut, pickelig und rauh.

Wann, *denkst* du, kommt deine Mutter zurück? fragte ich noch einmal.

Vielleicht in 'ner Stunde. Aber vielleicht komm Sie besser mal, wenn mein Vater da ist. Er kann Englisch. Er müßte so gegen fünf dasein, schätz ich.

Kannst du mir nicht etwas über das Baby sagen? Es soll doch krank sein. Hat es Fieber?

Ich weiß nich'.

Hat es denn Durchfall, ist der Stuhl grün?

Bestimmt, sagte sie, denke schon. 's ist im Krankenhaus gewesen, aber es wurde schlimmer, und da hat's mein Vater heute heimgebracht.

Was bekommt es zu essen?

'ne Flasche. Könn' Sie selber sehn. Dort is' se.

Eine Flasche mit kalter Milch lag, halb ausgetrunken, auf dem Kopfkissen, das obere Ende mit dem Nuckel war hinter den Kopf des Babys gerutscht.

Wie alt ist sie? Ein Mädchen, hast du gesagt?

Ja, 's 'n Mädchen.

Deine Schwester?

Klar. Woll'n Sie sie untersuchen?

Nein, danke, antwortete ich. Für den Augenblick wenigstens hatte ich alles Interesse an dem Baby verloren. Dieses junge Ding, das das Haus führte, hatte es mir angetan. Sie war noch ein Kind, aber sie ließ sich von niemand etwas vormachen, wenn sie es besser wußte, das Wesentliche aber an ihr war, daß ihr der muffige Geruch des Lügners vollkommen fehlte. Sie war nicht im geringsten anmaßend. Nur geradezu.

Aber eigentlich war sie gar nicht mehr solch ein Kind. Sie hatte Brüste, die sich, das war klar, in der Hand wie kleine Steine anfühlen würden, kräftige, muskulöse Arme und schöne, feste Beine. Ihre bloßen Füße steckten in abgerissenen Ledersandalen, wie man sie Kinder im Sommer am Strand tragen sieht. Auch war sie ganz braun gebrannt, wo immer ihre Haut zu sehen war. Ganz wie eins von den Kindern, wie man sie an den Teichen herumlungern findet, die es heutzutage überall vor den Toren der Städte und Großstädte gibt. Eine schwierige kleine Person, die ihren Weg in der Welt finden würde.

Was hast du an deinen Beinen? fragte ich. Sie waren nackt und voller schorfiger Wunden.

Giftsumach, antwortete sie und zog ihren Rock hoch, um sie mir zu zeigen.

Ach Gott, das hätten Sie vor zwei Tagen sehn sollen. Das is' gar nichts. Sie sind 'n Doktor. Was kann ich da machen?

Laß mal sehen, sagte ich.

Sie stützte ein Bein auf einen Stuhl. Es war von Mücken schlimm zerstochen, wie ich die Sache sah, aber sie bestand auf Giftsumach. Sie hatte die betroffenen Stellen mit dem Fingernagel aufgekratzt, und das ließ es noch schlimmer aussehen.

Ach, das ist nicht so schlimm, sagte ich, du mußt das nur in Ruhe lassen und nicht mehr kratzen.

Na ja, weiß ich, aber ich kann nich'. Kratzen ist das einzige, was gut tut.

Was ist das an deinem Fuß?

Wo? sie schaute nach.

Der große braune Fleck an deiner Ferse.

Dreck, wahrscheinlich. Sie hörte keinen Moment auf, Gummi zu kauen, und ihr ausdrucksloses Gesicht blieb starr und abwehrend.

Warum wäschst du ihn nicht ab?

Mach ich ja. Hören Sie, was könnte ich für mein Gesicht tun?

Ich schaute es mir näher an. Du hast Akne, wie man das nennt, erklärte ich ihr. Die ganzen Mitesser und Pickel hier, nun, hm, das erste, was du machen müßtest, nimm ein Stück gute Seife.

Was für Seife? Lifebuoy?

Nein, ich rate dir zu Lux. Nicht die Flocken, sondern das Stück.

Na ja, weiß ich, sagte sie. Drei für siebzehn.

Nimm sie. Nimm sie jeden Morgen. Bade dein Gesicht in sehr heißem Wasser. Weißt du, bis die Haut richtig rot davon wird. Das bringt das Blut in die Haut. Dann nimm ein Stück Eis. Ihr habt doch Eis, nicht?

Klar, wir haben Eis.

Tu es in einen Waschlappen – oder was du sonst hast – und reibe damit über dein ganzes Gesicht. Mach das gleich, nachdem du es in dem sehr heißen Wasser gewaschen hast – bevor es abkühlt. Reib es ganz mit Eis ab. Und mach das jeden Tag – einen Monat lang. Deine Haut wird besser werden. Wenn du willst, kannst du gelegentlich etwas Cold Cream drauf tun, nicht viel, nur ein bißchen, und reib das ganz zuletzt ein, wenn sich dein Gesicht zu trocken anfühlt.

Hilft mir das?

Wenn du durchhältst, wird's dir helfen.

Na gut.

Es gibt ein Gesichtswasser, das ich dir verschreiben könnte, zusätzlich. Erinnere mich daran, wenn ich später wiederkomme. Warum bist du nicht in der Schule?

Och, ich geh nicht mehr hin. Sie können mich nicht zwingen, nicht wahr?

Sie könnten es versuchen.

Wie denn? Ich kenne ein Mädchen, die ist dreizehn, die geht auch nicht, und die können sie auch nicht zwingen.

Willst du nicht was lernen?

Ich weiß schon genug.

Suchst du einen Job?

Ich hab 'nen Job. Ich helfe den Juden drüben auf der anderen Seite des Flurs. Sie geben mir drei fünfzig die Woche – den ganzen Sommer.

Da hast du Glück, sagte ich. Du meinst, dein Vater wird gegen fünf hier sein?

Denke schon. Da müßte er da sein.

Ich komme dann wieder. Gilt alles als ein Besuch.

In Ordnung, sagte sie, blickte mir direkt ins Gesicht und kaute auf ihrem Gummi so kräftig herum wie nur je.

In diesem Augenblick kam ein kleines blondes Ding von ungefähr sieben durch die Küche herein, ging auf mich zu und blickte neugierig auf meine Tasche und dann auf das Baby.

Wer bist du, der Doktor?

Bis später, sagte ich zu dem älteren Mädchen und ging hinaus. Um halb sechs stieg ich wieder die Holztreppe hinauf, nachdem ich an zwei Frauen an der Haustür vorbeigekommen war, die an der Hausmauer lehnten und sich unterhielten und die mich von Kopf bis Fuß musterten.

Diesmal sagte eine Frauenstimme: Herein, als ich an die Küchentür klopfte.

Es war die Mutter. Sie war beeindruckend, eine massige Frau, an die fünfzig, in einem schwarzen Kleid, mit glattem ergrauendem Haar und einem schmalen, faltigen Gesicht. Sie stand neben dem lackierten Küchentisch. Eine jüngere, rundliche Frau mit blondem Haar, gut gepflegt und in einem hübschen Hauskleid – als ob sie sich für die Gelegenheit herausgeputzt hätte – stand neben ihr. Das kleine blasse Kind war auch da und das ältere Mädchen, hinter den anderen, ganz im Schatten ihrer Mutter, die beiden älteren Frauen mindestens einen Kopf größer als sie. Niemand sagte ein Wort.

Hallo, sagte ich zu dem Mädchen, mit dem ich beim ersten Besuch gesprochen hatte. Sie antwortete mir nicht.

Doktor, fing die Mutter an, retten Sie mein Baby. Es sehr krank sein. Die Frau sprach mit einer belegten, schweren Stimme und schien überwältigt von Leid und Angst. Doktor, Doktor! sie brach fast in Tränen aus.

Schon gut, sagte ich, um der Frau das Wort abzuschneiden, schauen wir's uns erst mal an.

Damit begab sich jedermann in den vorderen Teil des Hauses, die Mutter voran. Als sie losgingen, blieb ich etwas zurück, um mit der zweiten Frau zu sprechen, der Dolmetscherin. Was war passiert?

Dem Baby ging es nicht sehr gut. Daher haben sie es ins Krankenhaus gebracht, um zu sehen, ob ihm die Ärzte helfen können. Aber es wurde schlimmer. So hat es ihr Mann heute früh herausgeholt.

Sieht mir nicht gut aus.

Ja, sagte die Mutter, die unser Gespräch gehört hatte. Ich haben sieben Kinder. Eine Tochter verheiratet. Das mein Kind, und sie zeigte auf das Kind auf dem Bett. Mit dem Handrücken wischte sie sich übers Gesicht. Dieses

Baby gehen schlecht. Ich halb verrückt. Weiß nicht, wer kann helfen. Was für Doktor. Ich nicht wissen. Jemand sagen mir, bringen in Krankenhaus. Ich denken, vielleicht machen etwas gut. Fünf Tage sie dort. Kosten mir zwei Dollar jeden Tag. Zehn Dollar. Ich nicht haben Geld. Und wenn ich sehen mein Baby, sie schlimmer. Sie sehen aus wie tot. Ich kann sie nicht lassen dort. Nein, nein. Ich sagen allen nein. Ich nehmen sie heim. Doktor, Sie müssen retten mein Baby. Ich bezahlen Sie. Ich bezahlen Sie alles –

Einen Moment, einen Moment, sagte ich. Dann wandte ich mich an die andere Frau. Was war passiert?

Das Baby bekam so was wie Durchfall im Krankenhaus. Und sie war ganz schmutzig, als sie sie besuchen kamen. Sie waren ganz aufgeregt –

Ganz wund hinten, warf die Mutter dazwischen –

Die jüngere Frau sagte ein paar Worte zu ihr in einer Sprache, die wie russisch klang, aber das brachte sie nicht zum Schweigen.

Nein. Nein. Ich schicken ihr in Krankenhaus. Und wenn ich finden mein Baby, sehen so aus, ich kann ihr nicht lassen dort. Meine Babies sehen nicht so aus. Niemals, sagte sie mit Nachdruck. Niemals! Ich nehmen ihr nach Hause.

Alles mit der Ruhe, sagte ich. Ziehen Sie sie aus. Alles runter. Das ist ja eine richtige Party. Es ist warm genug hier drin. Muß sie brechen?

Sie nicht essen. Wie kann sie brechen? sagte die Mutter.

Aber die andere Frau widersprach ihr. Ja, im Krankenhaus mußte sie brechen, hat die Schwester gesagt.

Wie es sich ergab, hatten wir in diesem September auch in meinem Krankenhaus eine Menge solcher Fälle, eine infektiöse Diarrhoe, die praktisch alle Kinder bekamen, die aus irgendeinem Grund eingeliefert wurden. Ich vermute, daß das auch mit diesem Kind geschah. Ohne Zweifel ging es ihm schon vorher nicht gut, falsche Ernährung usw., usw. Und als sie es dann eingeliefert hatten, aus welchem Grund auch immer, hatte sich die Diarrhoe entwickelt. So was kann ziemlich schlimm ausgehen. Es war zweifellos ein Glück, daß sie es zu diesem Zeitpunkt nach Hause geholt hatten. Ich sagte ihnen das so und erklärte ihnen gleichzeitig: Eine Schwester für zehn oder zwanzig Babies, sie tun alles, was sie können, aber man kann nicht herumrennen und alle fünf Minuten die ganze Station trockenlegen. Doch der Säugling sah zu leblos aus, als daß es allein daran hätte liegen können.

Sie wünschen alles ganz ausziehen, fragte die Mutter noch einmal und zögerte und wollte das Baby mit der Baumwolldecke verhüllen, während sie es auszog.

Alles runter, erwiderte ich.

Da lag es, nur Haut und Knochen mit einem runden fleischlosen Kopf oben und dem üblichen aufgequollenen Bauch, den man in solchen Fällen findet.

Schauen Sie, sagte die Mutter und drehte mit ihren großen Händen den Säugling auf seine rechte Seite, damit ich den roten Hintern sehen konnte. Was für Schwester sein das. Meine Babies nie so gewesen.

Alles mit der Ruhe, sagte ich ihr. Das ist nicht so schlimm. Und das war es auch nicht. Jedes Kind mit Durchfall hätte eine halbe Stunde, nachdem es versorgt worden ist, einen solchen Popo haben können. Kommen Sie. Rücken Sie mal zur Seite, sagte ich, und lassen Sie mich mal ran. Sie blieb über das Baby gebeugt, als hätte sie Angst, ich könnte es gefährden.

Es hatte keine Temperatur. Es hatte keinen Ausschlag. Der Mund war in einigermaßen gutem Zustand. Augen, Ohren negativ. Doch in dem Augenblick, da ich mein Stethoskop auf die kleine knochige Brust setzte, wurde mir alles klar. Der Säugling hatte einen schweren angeborenen Herzfehler, ein Dröhnen, wenn man über dem Herzen abhorchte, was bedeutete, um es ganz unverwunden zu sagen, daß bei ihm nichts zu machen war, auch künftig nicht.

Die Mutter beobachtete mich. Ich richtete mich auf, schaute sie an und sagte ihr offen: Sie hat ein schlimmes Herz.

Das war das Zeichen für die Tränen. Die kräftige Frau weinte beim Sprechen. Doktor, flehte sie schluchzend vor Schmerz, Sie retten mein Baby.

Ich will ihr ja helfen, sagte ich, aber sie hat ein schlimmes Herz. Das wird nie besser werden. Aber mir war vollkommen klar, daß sie dem, was ich sagte, nicht die geringste Beachtung schenken würde.

Ich geben Ihnen sonst was, fuhr sie fort. Ich zahlen Sie. Ich zahlen Sie zwanzig Dollar. Doktor, Sie machen mein Baby gesund. Sie guter Doktor. Sie machen gesund.

Schon gut, schon gut, entgegnete ich. Was geben Sie ihr zu essen?

Sie sagten es mir, und es war ein lächerliches Zeug, ungekocht obendrein. Ich nannte ihnen die richtige Dosierung und sagte ihnen, wie die Zubereitung vor sich gehen müsse. Habt ihr genug Flaschen? fragte ich das junge Mädchen.

Klar haben wir Flaschen, gab sie mir zur Antwort.

Gut, dann fangt mal an.

Sie denken, Sie machen wieder gesund? Die Mutter mit ihrem langen, verweinten Gesicht, so verschieden von der kessen Fünfzehnjährigen, hatte mich wieder beim Wickel.

Machen Sie, was ich Ihnen gesagt habe, drei Tage lang, sagte ich, und dann komme ich wieder und sehe nach, wie es vorangeht.

Danke, Doktor, so sehr. Ich bezahlen Sie. Ich heute haben kein Geld. Ich bezahlen zehn Dollar an Krankenhaus. Sie mich betrügen. Ich haben kein Geld mehr. Ich bezahlen Sie Freitag, wenn mein Mann bekommt Lohn. Sie retten mein Baby.

Junge, was für eine Frau! Ich kam nicht weg.

Sie mein Baby. Doktor. Ich nicht wollen verlieren. Ich sieben Kinder –

Ja, das haben Sie mir schon gesagt.

Aber das mein Baby. Sie verstehen. Sie sehr krank. Sie guter Doktor –

Oh, mein Gott! Um von ihr loszukommen, wandte ich

mich wieder an das Mädchen. Mache dich lieber auf den Weg und hole noch ein paar Flaschen, ehe die Läden schließen. Ich komme am Freitag vormittag wieder.

Was ist mit dem Zeug für mein Gesicht, das Sie mir geben wollten?

Ach ja. Warte einen Moment. Und ich setzte mich auf die Bettkante und schrieb ein Rezept aus für Lotio alba comp., wie wir es bei Akne verwenden. Die beiden älteren Frauen schauten mich erstaunt an – sie fragten sich vermutlich, woher ich das Mädchen kannte. Ich schrieb das Ding zu Ende und gab es ihr. Mach dein Gesicht damit feucht, bevor du ins Bett gehst, sagte ich, und laß es eintrocknen. Reibe es dir nicht in die Augen.

Nein, ich pass auf.

Bis in ein paar Tagen, sagte ich zu allen.

Doktor! die alte Frau war noch immer hinter mir her. Sie kommen zurück. Ich Sie bezahlen. Aber immer knapp bei Kasse. Immer morgen kommen Milchmann. Müssen bezahlen Miete, müssen bezahlen Kohle. Und kein Geld. Zuviel arbeiten. Zuviel waschen. Zuviel kochen. Niemand helfen. Ich nicht wissen, was los. Diese Tür, Doktor, diese Tür. Dieses Haus machen mich krank. Machen krank.

Ich tu mein Bestes, sagte ich im Hinausgehen.

Das Mädchen folgte mir auf die Treppe. Was wird 'n das kosten, fragte sie pfiffig und hielt mir das Rezept entgegen.

Nicht viel, antwortete ich und fing dann an nachzudenken. Sag ihnen, du hättest nur einen halben Dollar. Sag ihnen, ich hätte gesagt, mehr wäre es nicht wert.

Stimmt das? fragte sie.

Ganz sicher. Du bezahlst keinen Cent mehr dafür.

Sie sind aber in Ordnung, sie sah mich anerkennend an.

Hast du einen halben Dollar?

Na klar. Warum nicht.

Was soll das alles, fragte mich meine Frau am Abend. Sie hatte von dem Fall gehört. Herrgott! Habe ich heute aber ein wirklich tolles Mädchen kennengelernt, erzählte ich ihr.

Was! Schon wieder eins?

Eine kesse Kleine. Ich bin ganz versessen auf sie. Erzähl mir was Ordentliches ... Und ich berichtete ihr, um was es ging und was ich getan hatte. Die Mutter ist auch eine komische Nudel. Ich werde aus ihr nicht recht schlau.

Haben sie dich bezahlt?

Nein. Ich glaube, sie haben kein Geld.

Gehst du wieder hin?

Natürlich. Muß ja.

Also, ich verstehe nicht, warum du so viel in Wohltätigkeit machst. Das ist ja ein Fall, den du der Nothilfe melden solltest. Von denen würdest du wenigstens zwei Dollar pro Besuch bekommen.

Aber der Vater hat Arbeit, wie ich höre. Das enthebt mich der Meldepflicht.

Was für eine Arbeit hat er denn?

Ich weiß nicht. Zu fragen vergessen.

Wie heißt das Baby, damit ich's in das Buch eintragen kann?

Verdammt. Das hab ich auch zu fragen vergessen. Ich glaube, sie müssen es mir gesagt haben, ich kann mich aber nicht mehr erinnern. Irgendein russischer Name –

Du bist der Größte. Dummkopf, lachte sie. Ehrlich – Wer sind die überhaupt.

Weißt du, ich glaube, es muß die Familie sein, von der uns Kate einmal erzählt hat. Weißt du nicht mehr? Als das kleine Mädchen eines Nachmittags nach der Schule beim Spielen die Treppe hinuntergefallen und vom Aufschlag bewußtlos war.

Ich erinnere mich nicht.

Du erinnerst dich bestimmt ... Das ist die Familie. Mir fällt's jetzt wieder ein. Kate brachte das Wurm mit dem Taxi nach Hause und ging mit ihr hinauf, um sich zu vergewissern, daß alles seine Ordnung hatte. Jaja, genau. Die Alte packte das größere Mädchen bei den Haaren, weil sie nicht auf ihre Schwester aufgepaßt hatte. Und was für Hiebe sie dann bezogen hat. Kannst du dich nicht mehr erinnern, wie Kate uns hinterher alles erzählt hat? Sie dachte, die alte Frau würde die Kleine ermorden, so hat sie geschrien und sie herumgestoßen. Ein altes Luder. Du merkst, wie alle Angst vor ihr haben. Was für eine Welt. Ich glaube, die verdammte Göre macht sie verrückt. Aber mein Gott, wie sie an dem Baby hängt!

Die letzte Hoffnung, nehme ich an, sagte meine Frau.

Ja, und der größte Reinfall von allen. Nun hör aber auf.

Sie wird es trotzdem lieben.

Mehr, gewöhnlich.

Drei Tage später sprach ich wieder in der Wohnung vor. Herein. Diesmal eine wohlklingende Männerstimme. Gespannt trat ich ein.

Am selben Küchentisch stand ein kleiner, stämmiger Mann in ausgebeulten Arbeitshosen und einem groben Baumwollunterhemd. Er schien die Stabilität eines Würfels zu haben, der auf einer seiner Seitenflächen ruht; ein glattes, hochrotes slawisches Gesicht, ein langer schwarzer Schnurrbart und weit auseinanderstehende, vollkommen klare blaue Augen. Sein glänzendes und dichtes schwarzes Haar wuchs unbekümmert überall auf seinem runden Kopf. In seiner großen Gelassenheit erinnerte er mich sofort an seine blondhaarige Tochter. Die Schultern wie ein Stier. Sie der Doktor, sagte er. Kommen Sie rein.

Das Mädchen und das kleine Kind standen neben ihm, die Mutter war im Schlafzimmer.

Das Baby nicht besser. Will nicht essen, sagte der Mann als Antwort auf meine erste Frage.

Was macht die Verdauung?

Nicht schlecht.

Erbricht es?

Nein.

Dann geht's doch besser, entgegnete ich. Aber da hatte uns die Mutter sprechen gehört und kam herein. Sie schien in einem schlimmeren Zustand als letztes Mal. Ganz und gar untröstlich. Doktor! Doktor! kam sie auf mich zu.

Etwas gereizt schob ich sie beiseite und ging hinein zu

dem Baby. Natürlich ging es ihm besser, viel besser. Ich sagte ihnen das. Aber das Herz war natürlich noch genau so.

Wie sein ihr Herz? bedrängte mich die Mutter. Heute etwas besser?

Ich fing an, dem Mann alles zu erklären, der sich im Hintergrund hielt, um seiner Frau den Vortritt zu lassen, aber sobald sie den Kern von dem begriff, was ich erklärte, fiel sie wieder über mich her, und die Tränen begannen zu fließen. Etwas zu sagen war völlig sinnlos. Doktor, Sie guter Doktor. Sie machen mein Baby gesund. Und noch ehe ich mich bewegen konnte, nahm sie mit beiden Händen meine linke Hand und küßte sie unter Tränen. Daran, wie sie das tat, bemerkte ich schließlich, daß sie getrunken hatte.

Ich wandte mich dem Mann zu, der so ziemlich wie die Sonne am Mittag aussah und ebenso unbeteiligt, dann wieder der Frau, und sie tat mir sehr leid.

Und dann, ohne zu wissen, warum ich es sagte, noch wen genau ich meinte, spürte ich, wie mich im Inneren die Worte erstickten: Zum Teufel! Verflucht noch mal. Diese Mistkerle. Warum muß es so etwas geben?

Als ich am nächsten Morgen in die Garderobe des Krankenhauses kam, standen mehrere Visite-Ärzte mit ihren Zigaretten herum und unterhielten sich. Es ging um einen Jagdhund, der einem der Ärzte gehörte. Er hatte die Staupe gekriegt und würde wahrscheinlich sterben.

Ich habe ein halbes Dutzend Tierärzte in der Umgebung angerufen, sagte einer von ihnen. Ich habe sogar einen in deiner Stadt angerufen, fügte er hinzu, als ich hereinkam. Und wißt ihr, was sie dafür verlangen wollten, dem Tier das Serum zu geben?

Niemand antwortete.

Sie hatten die Stirn, von mir fünf Dollar je Spritze zu verlangen. Kommt ihr da noch mit? Fünf Dollar die Spritze.

Hast du sie das machen lassen? witzelte einer.

Ob ich? Ich ganz bestimmt nicht, antwortete der erste. Aber kommt ihr da noch mit? Wir sind nichts als ein paar Waschlappen verglichen mit diesen Kerlen. Wenn wir verhungern, geschieht uns das recht.

Gebt's ihnen doch mal, krächzte einer im Spaß. Das wäre was.

Dann fuhr der, der zuerst gesprochen hatte, fort und hielt mich fest, während die anderen nach und nach aus dem Raum verschwanden. Hast du je erlebt, daß das Praktizieren so heruntergekommen ist? Übrigens wurde ich vor etwa einer Woche in deine Stadt hinübergerufen zu einem Kind, das ich hier im vorigen Sommer zur Welt gebracht habe. Weißt du etwas von dem Fall?

Ich habe ihn wahrscheinlich auf meiner Liste, sagte ich. Russen?

Ja, dachte ich mir's doch. Hat einen Job als Straßenarbeiter oder so etwas. Sagten, sie könnten mich nicht bezahlen. Nun, ich hab mir die Mühe gemacht und bin auf euer Rathaus gegangen, um zu erfahren, wieviel er verdient. Achtzehn Dollar die Woche. Genau der Typ. Und sie hatten die Frechheit, mir zu sagen, sie könnten mich nicht bezahlen.

Mir sagte sie zehn.

Sie lügt.

Natürlicher Mutterinstinkt, vermutlich.

Whiskydurst, wenn du mich fragst.

Ein und dasselbe.

Schon gut, mein Lieber. Ich sag's dir ja nur. Und *ihnen* habe ich es auch gesagt. Die werden mich nie wieder holen, glaub mir. So viel Genugtuung habe ich mir jedenfalls verschafft. Laß sie dich ja bezahlen. Mache nichts für sie, wenn sie dich nicht bezahlen. Er bekommt seinen Lohn vom County. Ich sage dir, wenn ich dort Steuern bezahlen müßte, würde ich hingehen und sie von seinem Lohn pfänden lassen.

Du und wie viele andere?

Mann, das sind doch schlechte Schauspieler, die ganze Truppe. Weißt du, wofür sie in Wirklichkeit ihr Geld ausgeben? Whisky. Und jetzt sage ich dir noch etwas. Die Alte ist der gerissenste Kunde, der dir je über den Weg gelaufen ist. Sie ist die ganze Zeit betrunken. Hast du das nicht bemerkt?

Nicht als ich dort war.

Fall bloß nicht auf ihre Mitleid-Masche rein. Ich habe gehört, sie läßt das Baby auf dem Bett liegen und sich den ganzen langen Tag die Lunge aus dem Leib schreien, bis sich die Nachbarn bei der Polizei darüber beschweren. Ich erzähle dir keine Märchen.

Ja, der alte Drachen hat Nerven, das sieht jeder. Ich kann mir vorstellen, was für ein Aas sie ist, wenn sie auf Touren kommt.

Aber was ist mit dem jungen Mädchen, fragte ich verzagt. Sie machte mir den Eindruck eines ziemlich unverdorbenen Kindes.

Mein Kollege stieß ein wildes Geheul aus. Dieses Ding! Du meinst dieses kleine Biest mit dem Pickelgesicht? Mann, wenn es nach mir ginge, ließe ich sie morgen früh aus der Stadt rausschaffen. Jeden Abend in der Woche hängen ihr etwa ein Dutzend Mistkerle an den Fersen. Frag die Polizei. Frag sie nur. Die wissen Bescheid. Nur will niemand Anzeige erstatten. Man erzählt sich, man stolpert über sie, auf dem Dach, hinter der Treppe, zu jeder beliebigen Tages- und Nachtzeit. Junge, Junge, haben die dich aber reingelegt.

Ja, ich glaube, das haben sie, sagte ich.

Aber die Alte ist der Anführer. Sie hat den Grips. Beherzige meinen Rat und lasse sie bezahlen.

Als ich das letzte Mal hinging, hörte ich das Herein! von der vorderen Seite des Hauses. Die Fünfzehnjährige saß da in einem Schaukelstuhl am Fenster mit dem fest eingehüllten Baby im Arm. Sie stand auf. Ihre Beine waren bis zu den Hüften nackt. Ein kräftiges kleines Tier.

Was machst du? Gehst du schwimmen? fragte ich.

Nee, das is' mein Turnanzug. Was die Kinder anziehn in der Schule zum Sportunterricht.

Wie geht's dem Baby?

Ihr geht's gut.

Tatsächlich?

Sicher, sie ißt jetzt gut.

Sage deiner Mutter, sie soll sie demnächst mal in die Praxis bringen, damit ich sie wiegen kann. Die Nahrungsmenge muß in der nächsten oder übernächsten Woche sowieso erhöht werden.

Ich werd's ihr sagen.

Was macht dein Gesicht?

Wird besser.

Mein Gott, *tatsächlich*, sagte ich. Und es war viel besser. Gehst du jetzt wieder zur Schule?

Na ja, ich mußte.

Da waren ’n paar Typen, die lungerten heute morgen hier rum, aber wie sie mich sahen, hauten sie ab.

Danke.

Glück gehabt?

Nein. Nicht mit diesen Händen.

Was willst du denn machen, den ganzen Winter auf diesem Kahn rumhängen? Und he, wo zum Teufel hast du überhaupt den Schlüssel für den ganzen Schnaps? Ich wette, du hast ihn um den Hals. Scotch.

Du sagst es, mit ’nem Säufer wie du an Bord. Ist Pauline mit der Wäsche gekommen?

Hm, hat sie gebracht.

Hat sie die dreckige mitgenommen?

Nein. Sie wollte nicht an Bord, wie sie merkte, daß du nicht da bist. Sagte, sie kommt später wieder.

Die Männer schauten einander an, und der Eigentümer des Bootes grinste breit. Der andere, mit einem alten Schlapphut und einem vertrockneten, mürrischen Gesicht darunter, verzog keine Miene.

Warum bleibst du nicht beim Schnaps und läßt die Weiber in Ruhe?

Was dagegen, wenn ich’s nicht mache?

Diese Negerweiber sind die reinsten Tripperbomben und sonst was, du dämlicher Pinsel. Geh heim und mach dich ins Bett, sonst denkt die Alte, du bist in den Fluß gefallen oder so was.

Soll sie zum Teufel gehn. Läßt du mich zappeln mit dem Schnaps? Was willst du damit, hebst’n auf, um das Ende der Prohibition zu feiern? Rück ihn raus.

Die Hauptstraße führte am gegenüberliegenden Ufer des Flusses zur Stadt drei Kilometer weiter unten. Da es schon zu dunkeln begonnen hatte, konnte man die ersten Lichter der Autos sehen, die gelegentlich hin und her fuhren hinter den zwei oder drei verfallenen Häusern am jenseitigen Ufer, alten Häusern, bewohnt von Negern, in deren Fenstern nun auch schwache Lichter aufleuchteten.

Der jüngere Mann war nach vorn gegangen in den Laderaum seines Bootes, wo man ihn eine Tür aufschließen hören konnte. Einen Moment später kam er zurück in den kleinen Salon und stellte eine ungeöffnete Flasche Bourbon Whisky auf den Tisch. Sein Gefährte hatte schon Gläser hervorgeholt und einen Korkenzieher.

Nimmst du'n pur, oder soll ich'n dir in den Hals gießen, du alter Süßhahn?

Du tust gerade, als wenn du deinem besten Freund mal deine Frau leihst. Wieviel von dem Zeug hast du noch da drin?

Geht dich 'n Dreck an.

So? Nun, nehmen wir mal an, ich akzeptiere dein Angebot nicht und will nicht, daß –

Spuck's aus, dir klebt ja die Zunge schon am Gaumen, und du kannst nich' mal mehr richtig reden. Willst du ihn nun, oder soll ich ihn in den Fluß kippen?

Nein! um Gottes willen, Ed, mach so was nicht, sagte der ältere Mann, wurde blaß und stand plötzlich auf.

Der andere ließ ein brüllendes Gelächter los, so daß sein Freund sich mürrisch wieder niederließ und die Arme auf den kleinen Tisch stützte. Du würdest mich hier alleine sitzen lassen und deinen Spaß dran haben, wie ich vor Kälte und Hunger sterbe, wenn er mir mal ausgehen sollte, sagte Ed mit gespieltem Ernst.

Schenk aus, bevor du 'n fallen läßt. Die Männer tranken jeder drei Fingerbreit. Der Ältere langte sofort nach der Flasche und wollte das Glas seines Freundes wieder füllen.

Nein danke, nicht heute abend.

Was ist los? Denkst du an Mama und Papa in Miami?

Vielleicht.

Heißt das, daß ich Schluß machen muß?

Der andere gab keine Antwort, so nahm Ed die Flasche und schenkte nach.

Paß auf, Junge.

Hör einmal her, Ed. Was zum Teufel ist mit dir los? Böse auf jemand oder über was? Warum bringst du deine lausige Jacht nicht in die Werft und läßt sie rausziehen?

Ich bin pleite, du Esel. Kriegst du das nicht mit? Kein Geld. Kapiert? Ich liege hier fest, diesen Winter, gratis. Kapiert? Gratis. So trink aus und scher dich verdammt noch mal nach Hause, damit du mal wiederkommen kannst, wenn ich dich brauche.

Wenn *du* pleite bist, ist's der König von England auch. Verkauf den verrotteten Kahn ...

Hast du schon mal versucht, heutzutage eine gebrauchte Jacht zu verkaufen? Das Problem mit dir, Fred, ist, du hast noch nie in deinem Leben fünfzig Dollar auf einem Haufen gesehen, und du glaubst immer noch, der Klapperstorch bringt sie.

Ach ja? Mensch, ich hab schon mehr Geld verdient und verloren, bevor du auf die Welt kamst, als du jemals zu sehen kriegen wirst.

Mit gezinkten Karten?

Vielleicht, vielleicht auch nicht. Was macht dir das aus? Ich hab's jetzt nicht. Und wenn ich's hätte, würde ich mir nicht solchen Quatsch anhören von einem verhätschelten Baby wie dir, das mault und schmollt, weil Papa ihm nicht einen hübschen neuen Platz an der Börse kauft, damit er einer anderen Meute von Ausputzern so richtig das Fell über die Ohren ziehen kann. Hör zu, Kleiner, mach den Schuppen dicht und schwirr ab nach Süden zu deiner Familie.

Du kapierst's nicht, Fred. Paß auf. Nimm deinen ganzen Grips zusammen. Jetzt gib dir mal Mühe und krieg das in deinen dicken Schädel rein: Ich bin pleite. Pleite. Kein Geld. Weißt du, Geld. Was man braucht, um was zu kaufen. Und mein alter Herr bringt sich morgen um. Die ganze Familie ist pleite. Ruiniert. Kaputt. Die Diener halten sie noch am Leben, bringen ihnen was zu essen.

Vielleicht hast du Recht, Junge. Vielleicht hast du Recht. Kriegst deine Wäsche umsonst gewaschen, was!

Bloß weil sie dich lieben. Irgend jemand. Einem Lügner wie dir sollte es nie an was fehlen in dieser miesen Welt.

O. K., Kleiner. Wie du meinst.

Ich wette, sie ist in spätestens einer Stunde wieder da. Was dagegen, wenn ich bleibe?

Bleib die ganze Nacht, wenn du willst, Junge. Ich mache Abendbrot.

Der Raum wurde von einem gewöhnlichen Kohleherd beheizt, an den ein eisernes Rohr angebaut war, das durch die aus alten Brettern bestehende provisorische Verkleidung der ursprünglichen Kabine führte. Ed nahm eine Pfanne aus der Backröhre, hob den Ofendeckel hoch, setzte die Pfanne darauf und ließ etwas Butter hineinfallen. Die Butter begann sofort zu schmelzen und lief in der Pfanne breit. Ed führte sie gedankenverloren mit einer Gabel herum und sah zu, wie sie schmolz.

Hast du mal *›Das Kapital‹** gelesen, Ed? fragte der Mann, der noch am Tisch saß und trank.

Was! Sag das noch mal.

Du hast mich schon beim ersten Mal verstanden. Hast du's gelesen? Du denkst, ich bin ein versoffener Penner, nicht wahr. Bloß weil ich so 'n Gesicht habe –

Du bist besoffen.

Kluges Kind. Du weißt alles, nicht wahr? Also, wenn du jemals erwachsen und alt genug sein solltest, deine Hose selber runterzulassen, ohne deine Mutter zu bitten, daß sie's für dich tut, dann wirst du merken, daß ich nicht besoffen bin. Und daß du nicht halb so schlau bist, wie du glaubst.

Du verstehst mich falsch, Fred. Ich bilde mir nicht ein, daß ich schlau bin. Aber ich bin schlau genug, aus diesem Loch allein wieder rauszukommen. Wart ab, du wirst's sehen.

* Alle im Text kursiv gedruckten und mit einem Sternchen gekennzeichneten Worte sind im Original deutsch. Bloße Kursiva bezeichnen Hervorhebungen.

Brauchst niemand, he? Bloß 'ne Gelegenheit, deinen Grips zu gebrauchen. Das große Geschäft, he? Selbstbewußtes, knallhartes Amerikanertum ...

Und ich hab auch Glück. Glück, einen Fleck zu haben, wo ich unterkriechen kann ohne Miete. Und Glück, weil ich dich habe, der mich davor bewahrt, daß ich mich mit teurem Schnaps zu Tode saufe. Hast nicht lange gebraucht, Herr Senator, den zu riechen, als ich hier festgemacht hatte. Wie willst du die Eier haben?

Wende sie mal. Weißt du, ich habe mal viel gelesen.

Wie lange hast du gesessen?

– und ich will dir was sagen: Ich bin Kommunist. Ich sage dir, ich bin Kommunist, und ich nehme dir dein schwarzes Weibstück direkt unter deiner Rotznase weg. Du bist so verdammt dämlich, daß du nicht merkst –

Komm, komm. Zieh dich an deiner eigenen Nase, Rosenblatt. Rück den Tisch ran und erzähl uns, wie man die Welt in Hölle und Morast fahren läßt –

Jetzt hör mir mal zu, du junger Hüpfer, sagte der, der Fred hieß und der sich auf seine Würde besann und seinen Freund mit einem glasigen Blick ansah. Mein Vater war Ire und meine Mutter war Deutsche, und ich sage dir, das sind die beiden besten Rassen der Welt. Aber ich bin Demokrat – Nun warte doch 'nen Moment. Warte 'nen Moment. Du kannst mich nicht für dumm verkaufen. Ich bin auch auf 'm College gewesen. Das hättest du vielleicht nicht gedacht, aber es stimmt. Ich hab in der Baseballmannschaft gespielt. Ich bin Demokrat, und ich bin Kommunist. Du hast nicht gewußt, daß ich deutsch reden und lesen kann. Ich bin drüben gewesen, als ich zwanzig war, und habe das Buch gelesen. Und ich sage dir, alles, was der gottverdammte Itzig darin sagt, wird wahr. Man hat mir arg mitgespielt, und ich hatte ein schweres Leben, aber ich bin nie ein Angeber gewesen wie die Leute, von denen du abstammst.

Meinst du das im Ernst?

Gott, nein, ich mein das nicht ernst. Was sollte ich ohne

dich machen, Ed? Aber bei Gott, irgendwie mein ich es trotzdem ernst.

Iß deine Eier und hör auf zu saufen, sonst bist du in 'nem verdammt guten Zustand, wenn du Pauline umlegen willst, wenn sie wiederkommt, du alter Krüppel.

Kann ich's mal versuchen?

Was soll ich machen, über Bord springen? Komm zu dir. Sie könnte tatsächlich Knoten aus dir binden, du armer Pinsel. Hast du dir schon mal ihre Arme richtig angeguckt?

Hast du dir schon mal ihre Beine angeschaut, mein Junge, weißt du – von hinten? Und was für 'nen Hintern! Da wir gerade drüber reden, Eddie, ich verstehe diese Generation nicht. Ihr seid alle gleich besoffen, wenn bloß Tee und Ingwerbier in euren Gedärmen herumgluckern.

Du bist also Kommunist.

Ich glaube an die Revolution. Es gibt sie. Es muß sie geben. Ich habe das ganze verdammte Buch dreimal gelesen, auf Deutsch. Glaubst du mir das?

Nein.

Ich hab das dämliche Buch gelesen, bis ich's fast auswendig konnte. Und der alte Knochen hat Recht. Zum Teufel mit den Kapitalisten, die die Reichtümer der Nation beherrschen. Du weißt selber, fünf Prozent der Einwohner der Vereinigten Staaten besitzen fünfundneunzig Prozent des Geldes. Und fünfundneunzig Prozent der Leute besitzen bloß fünf Prozent des Geldes. Das ist doch nicht in Ordnung. Wir brauchen eine Revolution, damit wir's ihnen wegnehmen.

Du brauchst keine hochtrabende Theorie für 'ne Revolution durch das Proletariat dazu. Komm zu dir, Fred. Wir stecken nicht mehr im letzten Jahrhundert. Rußland tat das. Braucht also mehr Macht. Ich bin für Rußland. Wir wären miserable Gesellen, wenn wir es nicht unterstützen würden. Sollen sie doch mal die Sache vorbereiten. Aber sie sind bloß 'ne Herde Affen, ein Haufen Dusseltiere..So was kann in Amerika nicht passieren. So dumm sind wir nicht. Man braucht nichts weiter als Grips. Paß auf. Du willst das Spiel der Kapitalisten sprengen? Du willst wissen, wie man das macht?

Klar, Schlaumeier, sag's uns.

Du brauchst bloß die Erbschaften abschaffen. Verteile alles wieder, was ein Mensch am Ende seines Lebens akkumuliert hat.

Ach ja! Und wie willst du das machen? Du mußt damit anfangen, daß du jeden Kerl, der sein Juristenexamen bestanden hat, sieben Tage nach seiner Zulassung kastrierst. Wenn du das für schlau hältst, dann ist's kein Wunder, daß du den Winter über auf einer ausrangierten Jacht wohnst – wenn du das durchhältst. Geh lieber zurück zu deiner Frau und den Kindern und nassauere dich bei deiner reichen Schwiegermutter durch. Sie hat's doch noch. Hab ich recht?

Ja, du hast recht.

Und du bist pleite. Stimmt's?

Du sagst es. Aber ich werd nicht lange pleite bleiben. Das kann ich dir versichern.

Oh, wirst du bestimmt nicht. Der Reichtum des Landes ist grenzenlos! Du wirst aus deiner Asche aufsteigen wie der Phoenix, aus Steuereinnahmen, und du wirst wieder reich werden, indem du Schmarotzern wie mir das Mark aus den Knochen saugst.

Nein. Aber wenn du 'n Amerikaner bist und deine Nerven behältst, brauchst du keinen Kapitalismus. – Ist mir schnuppe, wie du's nennst. Kommunismus. Deine verdammte Revolution –

Weiter. Weiter. Hast du das Buch jemals gelesen?

Ich dachte, du wärst bedudelt.

Das dachtest du. Hast du das Buch nun gelesen? Beantworte mir das. Na, wenn du das nicht hast, dann besorg dir's und lies es. Und lies nicht bloß Kapitel 14, wie die übrigen Sonntagsredner, die heutzutage das Maul aufreißen. Lies das ganze. Dann wirst du auch nicht mehr daherreden wie 'n verdammter Idiot. Das ist ja wirklich ein Meisterstück der Rechenkunst. Wie zum Teufel willst du denn Erbschaften wegnehmen? Mann Gottes, sie haben die Armee und die Marine und jeden gottverdammten Bullen im Land, die dich als Feind der Allgemeinheit jagen und dich mit ihren Schüssen so durchlöchern, daß – Her mit der Flasche. Was ist denn das hier, 'n Billigladen? Gib dein Glas her, wenn du nicht willst, daß ich die Flasche alleine niedermache. Komm schon. Sei 'n Mann.

O. K. Gieß noch mal nach – damit's dir nicht in die Lungen überläuft und du jämmerlich ersäufst.

Ich kann's noch vertragen. Ja Sir, fing Fred wieder an –

Ach halt die Klappe. Ich gehe mal an Deck eine rauchen. Es ist zu verstänkert und heiß hier, fuhr er fort und drosselte den Ofen, von den ganzen schwitzenden und herumfurzenden Kommunisten. Hier, nimm dir 'ne Zigarre. Ich habe noch 'n paar übrig. Und steck dir nicht das falsche Ende in den Mund. Hier, zieh! sagte er und hielt ihm ein Streichholz hin. Dann nahm er seinem Freund die Zigarre wieder aus dem Mund und fügte hinzu: Du verdammter Blödmann, muß ich sogar noch das Ende für dich abbeißen.

Ed öffnete die Kabinentür, ließ einen Stoß kühle Luft von draußen herein und ging an Deck. Es war eine bewölkte Novembernacht. Der Mann schlang seinen Mantel dicht um sich und sprang – es war Flut – vom Bootsrand zwei Fuß hinunter auf den Rand des alten Kais, wo die Jacht festgemacht war.

Er drehte sich um und blickte hinunter zwischen das Boot und die alten Planken des Kais und fragte sich, wie es das wohl überstehen würde, wenn es im Winter viel Eis geben sollte.

Da es frisch war, ging er auf die Straße zu, paffte seine Zigarre und dachte nach. Er blieb stehen und glaubte, er hätte jemand weglaufen sehen vom Eingang des Schuttplatzes zwischen Flußufer und Straße.

Bist du's, Pauline?

Wer ist da? kam eine Frauenstimme zurück.

Alles in Ordnung, rief der Mann zurück und wußte, daß sie seine Stimme erkennen würde. Du kannst herkommen.

Er sah, wie sie vorsichtig auf dem schwer zu erkennenden Pfad zum Wasser dahergeschritten kam. Sie war kein Mädchen, sondern eine kleine, gut gebaute Frau von etwa dreißig.

Huch, bin ich froh, daß du's bist. Beinahe hätte ich die Nerven verloren. Ist dieser Kerl noch da?

Ja, er ist drin. Danke dir, Pauline, daß du heute nachmittag meine Wäsche gebracht hast. Ich hatte vergessen, dir zu sagen, daß ich weg mußte.

Der einzige Grund, weshalb ich heute abend komm überhaupt, ist, ich wasche morgen schon früh, und sag mal, warum hast du eigentlich so'n Kerl wie den bei dir. Das bist du doch gar nicht gewöhnt.

Er ist für mich 'ne große Hilfe. Weißt du Pauline, es ist verdammt nett von dir, daß du dich so um mich kümmerst.

Sag mal, du brauchst paar neue Hemden. Ich hab dir deine Socken gestopft, aber die Bündchen krieg ich nicht mehr hin, da mußt du was unternehmen. Mach schon, hol die dreckige Wäsche, ich muß heim zu meinem Mann.

Wünschte, du hättest sie heute nachmittag mitnehmen können. Du hättest dir 'nen Weg erspart.

Nicht, wenn der da ist.

So'n faules Ei ist er nun auch wieder nicht. Wart 'nen Moment, ich hol das Zeug.

Der letzte Streifen orangefarbenen Lichts war im Westen hinter den kahlen Bäumen verblichen, als der Mann und die Frau im Gespräch am Rande der Mole neben der vertäuten Jacht standen. Ed schwang sich mit einem großen Schritt wieder auf das Boot, öffnete die Kabinentür und ging hinein. Dabei ließ er die Tür absichtlich offen. Die junge farbige Frau ging neugierig bis an den Rand der Mole und versuchte, einen Blick hineinzuwerfen. In der tiefen Stille dieses abgelegenen Ortes, über dem leichten Plätschern des Wassers irgendwo unter ihren Füßen, konnte sie die langsamen, schweren Atemzüge eines betrunkenen und schlafenden Mannes hören. Als Ed wieder herauskam mit einem kleinen Paket Wäsche, verschnürt mit den Ärmeln eines Hemdes, das als Behältnis diente, lachte sie leise.

Laß mich mal reinschauen.

Natürlich. Komm doch.

Ist das nicht 'n hübscher Anblick! Dieser alte Säufer. Warum geht er nicht heim und kümmert sich um seine Familie, in seinem Alter. Ich kann nicht verstehen, warum du so 'n Mann bei dir wohnen läßt. Alles, was er will, ist der Whisky, den du dort unten irgendwo verstaut hast. Sein Gesicht reicht mir schon. Ich kenn ihn, keine Sorge. Und ist der häßlich. Richtig häßlich. Ääks. Und sie trat schaudernd zurück.

Du hast 'n falschen Eindruck von ihm, Pauline. Du würdest staunen. Er ist ein gebildeter Mann.

So sieht der nich' aus.

Nein, so sieht er nicht aus. Das stimmt.

Wie haltet ihr's hier aus? 's wird jetzt nachts schon ziemlich kalt. Meinst du, ihr könnt das durchhalten?

Ich hoff's.

Warum treibst du dich hier herum überhaupt? Es muß doch 'nen Platz geben, wo du hingehen kannst. Ich kann mir da keinen richtigen Vers drauf machen. Ich weiß nicht, was machst du denn, wenn's richtig Winter wird?

Um dir die Wahrheit zu sagen, Pauline, ich weiß es auch nicht. Vergiß es. Ich bin heute ziemlich am Boden, red eben nicht gern drüber.

Wenn es doch einen Weg gäbe, wie ich für dich sorgen könnte.

Du würdest mir nicht von Nutzen sein, Pauline, wenn die Kerle hier rumlungern.

Aber du bist das nicht gewöhnt. Du bist gewöhnt, daß Frauen um dich sind, die sich um dich kümmern. Du wirst krank werden.

Also schönen Dank, Pauline, daß du wegen der Wäsche noch so spät gekommen bist, und für alles andere. Ich geh mit dir bis zur Straße.

Schön draußen heute abend, nicht wahr, sagte die Frau und ging an seiner Seite. Als sie zur Straße kamen, blieben sie einen Augenblick verlegen stehen, sie schwang die Wäsche hin und her wie ein Baby, und er stand einfach da.

Schön, ich muß gehen, sagte sie schließlich. Paß auf dich auf.

Wart 'n Moment.

Was willst du.

Irgendwie möchte ich dich nicht gehen lassen. Bleib noch ein Weilchen und unterhalte dich mit mir.

Worüber wollen wir reden?

Ich bin ziemlich am Boden heute abend, Pauline. Ziemlich am Boden. Mir ist zumute, als möchte ich am liebsten auf und davon gehen und die ganze Nacht laufen, immer geradeaus, und nie zurückkommen.

Das kannst du nicht machen. Du hast zu viele gute Sachen dort drin.

Ich fühle mich ziemlich erbärmlich heute abend. Ich hätte gern einen bequemen Stuhl, ein warmes Zimmer, Licht, ein gutes Buch zum Lesen –

Kann ich dir nicht verdenken.

Und ein schönes, warmes, bequemes Bett.

Die Frau kicherte vor sich hin. Also, muß gehen, sagte sie nach einem Weilchen.

Bleib noch ein bißchen. Du mußt doch noch nicht gehen.

Hör mal, Junge. Wenn du anfängst von schönen warmen bequemen Betten zu reden, dann läuft's mir kalt den Rükken runter. Und ich glaube, das kommt von keiner Kälte nicht. Ich muß gehen.

Was soll das heißen?

Du weißt, was das heißt. Ich muß mich auf den Weg machen.

Wart noch 'n Moment. Wart noch 'n Moment. Nicht so eilig. Hör zu, Pauline …

No Sir. Ich hör auf niemand. Nich' mal auf dich. Ich muß gehen.

Komm mit aufs Schiff zu mir.

Wo doch der Kerl da unten schläft? Ich nicht.

Er wacht nicht auf. Er hat fast einen Dreiviertelliter Whisky intus. Der wacht vor morgen mittag nicht auf. Den könntest du mit einem Gewehr nicht wecken. Komm mit.

Moment, Junge. Du bist ziemlich schnell.

O. K., sagte der Mann und ließ sie los, vielleicht hast du recht. Das war vielleicht ein bißchen Hals über Kopf von mir. Tut mir leid, Pauline. Sollte keine Beleidigung sein.

Ich glaube, du bildest dir ein, ich brenn drauf, mit dir dorthin zurückzugehen, sagte die Frau und beobachtete ihn genau.

Hab nie daran gedacht, gab er ihr zur Antwort. Brauch nur Gesellschaft. Wirkliche Gesellschaft. Und ich bin heute abend gar nicht gern allein.

Mehrere Augenblicke lang sprach keiner. Du willst mich nicht, sagte sie schließlich.

Und wie, war alles, was er ihr diesmal antwortete.

Sie grinste. Klingt gut in meinen Ohren.

Gutes Mädchen. Komm mit. Und er drehte sich abrupt um, dem Boot zu.

He, was ist mit dem Kerl?

An dem kommen wir vorbei. Sie bewegten sich wieder auf das Boot zu, gingen aber weit auseinander und er ein wenig vor ihr. Kein weiteres Wort fiel, bis sie an den Rand des Kais kamen.

Warte 'n Moment, hier, kündigte er ihr an.

Nein, will auch sehen.

Ed stieg auf das Deck des Bootes und reichte Pauline die Hand, und sie machte einen großen Schritt ihm nach. Sie hatte eine schmale, kräftige Hand und gab ein leichtes Schnaufen und unterdrücktes Grunzen von sich, als sie an Deck kam. Er öffnete die Kabinentür und schaute hinein, während sie hinter ihm eine Hand auf seine Schulter stützte und ebenfalls neugierig hinabstarrte.

Fred lag ausgestreckt auf dem Polstersitz an der gegenüberliegenden Wand. Ed stieg hinunter und riskierte es, ihn zu rütteln.

He, wach auf, du Penner!

Keine Bewegung.

Da verschwand er nach vorn und kam nach einem Moment mit einer Decke und einem Kissen wieder. Er legte seinen Freund grade, schob das Kissen unter seinen Kopf, deckte ihn mit der Decke zu, drehte sich dann um, kam herüber und reichte der Frau die Hand hinauf, um ihr die zwei Stufen hinabzuhelfen, in den engen Salon des Bootes.

Ed führte sie um den Mitteltisch herum zu der Tür, die nach vorn zu den Kabinen führte. Pauline biß sich auf die Unterlippe und trat ganz vorsichtig auf. Er schloß die Tür hinter sich und führte sie noch einen oder zwei Schritte im Dunkeln zu einer weiteren Tür, durch die sie hindurchgingen und die er ebenfalls wieder schloß. Es gab kein Licht, außer dem von der Nacht draußen, das von der Wasserseite durch das Bullauge hereinfiel. Jenseits des Flusses waren die gleichen Scheinwerfer der vorbeifahrenden Autos und das schwächere Licht aus den Fenstern der alten Häuser am Rande des Wassers zu sehen. Es war kühl und feucht in dem Raum.

Nicht viel Platz hier, wie? flüsterte die Frau.

Mehr als wir brauchen. Hör mal, Pauline, eh' wir weitermachen, du bist doch in Ordnung? Du weißt, was ich meine.

Du brauchst keine Angst zu haben.

Sie zog sich aus, und Ed legte ihr eine Decke um. Sie war eine kräftige, muskulöse Frau mit schönen Armen und der samtenen Haut ihrer Rasse. Beeil dich, beeil dich, sagte sie, laß mich nicht hier in dieser Kälte warten.

Warum bist du mit so einem Körper, wie du ihn hast, nicht zum Theater gegangen? Aus dir hätte ein Star werden können.

Nichts für mich. Nicht so ein Leben. Ich will nicht in 'nem Graben enden mit 'nem Messer im Rücken. Sie lassen einen nie in Ruhe. Komm schon, Junge. Hab mich lieb! Sie lud ihn zärtlich ein und drängte ihn zur Eile.

Es war nicht viel Platz, aber sie machten es sich schließlich bequem, so gut sie konnten. Dann, nach einer Weile, schlief Ed sanft ein. Als er erwachte, hielt ihn Pauline in ihren Armen. Er rührte sich nicht.

Weißt du, Pauline, begann er ruhig, da ist Gefühl nötig, und zwar tiefes Gefühl, um die Gedanken und Gewohnheiten eines ganzen Lebens zu verändern. Und Gefahr – so wie ich das seit kurzem sehe.

He, sei still! Nicht so laut.

Er hört uns nicht. Du hast mir heute abend was gegeben – plötzlich einfach so. Etwas, was ich nie für möglich gehalten hätte. Du bist wunderbar.

Du bist selber auch nicht so schlecht, Junge.

Weißt du, wo ich es am meisten spüre? fuhr Ed langsam fort. Im Kopf. Sie kicherte und drängte sich an ihn. Da ging was einfach los, tief in meinem Innersten: Peng!

Sag mal, was ist denn das für ein verrücktes Gerede?

Klassenbewußtsein. Etwas, was ich schon lange mit mir herumgeschleppt habe, ohne zu wissen, was es eigentlich damit auf sich hat.

Komm, nimm mich noch mal.

Jetzt hör mal, laß mir mal 'ne Minute Ruhe. Ich muß das jemanden sagen, und du mußt mir zuhören.

Also, hör du mal zu, ich muß nach Hause, mein Mann wartet, der bringt mich sonst um. Komm.

Als sie sich angezogen hatten und auf dem Weg nach draußen waren, war Pauline so neugierig, daß sie noch einmal einen Blick auf Fred werfen mußte, der noch in trunkenem Schlaf dort lag, wo ihn sein Freund gebettet hatte. Ich verstehe nicht, wie du ihn ertragen kannst, sagte die Frau. Beim Umdrehen fiel ihr Blick auf eine kleine Uhr an der Salonwand. Geht die richtig? wandte sie sich an Ed. Elf Uhr?

Ja, ich pass immer auf, daß sie ziemlich genau geht.

Du meinst, die kleine Weile, die wir da hinten drin waren, ist fast zwei Stunden gewesen! Oh Junge!

Macht das was?

Ach, er weiß nicht, wo ich gewesen bin. Gute Nacht! Ich gehe. Was für ein Penner! sie wandte sich wieder dem Mann zu, der noch schwer atmend auf der Wandbank schlief.

Ich gehe mit dir bis zur Brücke, sagte Ed zu ihr, als sie wieder auf dem Kai standen in der Dunkelheit.

Willst du?

Natürlich.

Der Himmel war vollkommen klar geworden, und man konnte das Siebengestirn drüben im Osten sehen. Sie gingen schweigend bis zur Straße und wandten sich dann auf der verlassenen, unbeleuchteten Straße nach links zur Brücke, deren rote Lichter da und dort leuchteten. Warum schmeißt du den dreckigen Penner nicht raus? fragte sie Ed schließlich.

Kann ich nicht machen, Pauline.

Er gehört doch nicht zu deiner Klasse. Sie gingen nebeneinander in der Dunkelheit weiter auf die Brücke zu.

Pauline, es gibt da ein paar Dinge, von denen du überhaupt keine Ahnung hast. Das Komische dabei ist …

Ich weiß bloß, der Kerl macht mich krank. Er gehört doch nicht zu dir. Ich kann ihn nicht ausstehen. Wie alt ist er überhaupt? Er sollte sich schämen.

Vergiß das, Frau. Der Mann bedeutet mir eine Menge. Er hat mir nie mehr bedeutet als gerade jetzt. Für eine Weile, bevor du heute abend kamst, war ich grade dabei, furchtbar rückfällig zu werden. Aber du hast heute abend etwas für mich getan, was ich dir niemals vergessen werde, Schwester. Ich hatte nie richtig verstanden, worum es eigentlich geht, bis heute abend, wo du das für mich getan hast.

Hat's dir gefallen?

Vielleicht verstehst du mich nicht, Pauline. Es hat mir prima gefallen. Ich kann dir gar nicht sagen, wie gut es mir gefallen hat. Aber …

Nun, was?

Du hast mich innerlich ganz umgekrempelt. Irgendwas hat klick gemacht in meinem Kopf. Komm mal einen Moment her. Ich will dich küssen.

He, bist du denn ganz verrückt? Jemand wird dich bestimmt sehen – hier bei den Lichtern.

Komm her. Und er küßte sie liebevoll auf den Mund.

Willst du nun alles im Stich lassen und fortlaufen, wie du das heute abend gesagt hast?

Wart's ab, du wirst's sehen.

Aber ich kann nicht wieder dort hinkommen und dich besuchen, wenn der Kerl da Tag und Nacht herumgeistert. Kannst du ihn nicht rausschmeißen?

Hör zu, Schwester. Ich will mich von dem Mann nicht trennen. Das ist endgültig. Wiedersehen.

O.K., Bruder. Sie ging zur Brücke, während er durch die besternte Nacht zum Boot zurückkehrte.

Jean Beicke

In einer Zeit wie dieser wird unter den Ärzten und Schwestern von der Entbindungsstation viel gewitzelt über die Babyschwemme, die dort oben fast immer herrscht. Das kommt von der Krise, sagen sie, niemand hat Geld, und da bleiben die Leute abends zu Hause. Aber eine traurige Folge der Sache ist, daß man in der Kinderabteilung, eine Etage darüber, eine Menge ungewollter Kinder findet.

Die Eltern bringen sie unter allen möglichen Vorwänden dorthin. Zum Beispiel haben wir da zwei Frühgeburten, Navarro und Cryschka, ein Junge und ein Mädchen; die Mutter starb bei Cryschkas Geburt, glaube ich. Sie kamen im Abstand von nur wenigen Tagen zu uns, das eine wog vier Pfund, das andere ein paar Gramm mehr. Ihr Gewicht fiel unter vier Pfund ab, bis wir sie richtig auf dem Posten hatten, aber wir haben es geschafft; wir wetteten immer, wieviel sie täglich zunehmen würden, und hatten eine Menge Spaß dabei, und wir haben sie noch immer bei uns. Jetzt sind sie jedoch in ziemlich guter Verfassung. Die meisten Babies, die auf diese Weise ausgesetzt werden, gedeihen prächtig. Die Schwestern freunden ich mit ihnen an, und es packt sie richtig, wenn sie merken, daß sie sich zu entwikkeln beginnen. Es ist wunderbar, das zu beobachten. Und die Eltern kommen sie manchmal nicht einmal besuchen, vermutlich weil sie Angst haben, wir könnten sie zu fassen kriegen und sie veranlassen, die Babies wieder mitzunehmen!

Ein komisches kleines Ding ist das ungarische Zigeunermädchen, das schon einen Monat dort oben ist. Sie war vielleicht acht Wochen alt, als sie hergebracht wurde, weil sie etwas an der Unterlippe hatte, das wie ein Schanker aussah. Alle waren neugierig, aber der Wassermann war negativ. Schließlich stellte sich heraus, daß es nichts weiter als ein ungewöhnlich plaziertes Muttermal war. Aber auch das Kind ist noch da. Niemand kann die Eltern ausfindig machen. Vielleicht tauchen sie eines Tages auf.

Selbst wenn wir sie wieder los werden, kommen sie oft nach einer Woche oder so zurück – manchmal in einem schrecklichen Zustand, voller Ausschlag, abgemagert – mit der ganzen Behandlung müssen wir wieder von vorn anfangen. Ich glaube, in den meisten Fällen werden sie absichtlich vernachlässigt. So war es auch mit dem kleinen Zigeunermädchen. Die Schwester war ganz aufgebracht, nachdem die Mutter zum zweiten Male fortgegangen war. Ich konnte nicht mal mit ihr reden, sagte sie. Ich brachte kein Wort heraus, so wütend war ich. Ich hätte ihr am liebsten eine runtergehauen.

Vor einiger Zeit hatten wir zwei irische Mädchen namens Cowley. Die eine war ein Rotkopf mit schön gelocktem Haar, die andere eine glatthaarige Blonde. Sie sahen wirklich hübsch aus und waren gar keine Säuglinge mehr. Ich denke, sie müssen ungefähr zwei bis drei Jahre alt gewesen sein. Ich kann mir nicht vorstellen, wie es die Eltern fertiggebracht haben, sie im Stich zu lassen. Aber das haben sie. Ich glaube, sie waren Gewohnheitstrinker, und außerdem mußten sie wohl sehr schnell untertauchen. Vielleicht nicht ihre Schuld.

Aber das ist dennoch nicht die Sorte von Kindern, die ich im Auge habe. Die ich meine, das sind die, die stinkend und schmutzig eingeliefert werden, und ich meine wirklich stinkend. Die armen Würmer sind manchmal halb tot, bloß lebende Skelette, in Lumpen gehüllt, die Köpfe mit Schmutz verschmiert, die Augen von Eiter verklebt, und die Beine ganz wund von nassen Windeln, die regelmäßig zu wechseln sich niemand bemüßigt gefühlt hat. Eine arme kleine Krabbe, die jetzt bei uns ist, mit dünner, purpurner Haut und dicken Adern, die überall am Kopf hervortreten, hatte eine große wunde Stelle in der Falte am Hals unter dem Kinn. Die Schwester erzählte mir, daß sie, als sie sie auszuziehen begann, ein Hemdchen anhatte mit einem Band um den Hals, das an dieser Stelle richtig einschnitt. Nichts als Dreck. Die Mutter erzählte eine Geschichte, sie hätte sie in etwas wie einem Heim in Paterson gehabt. Wir wurden nicht schlau draus. Wir versuchen das auch nie. Warum zum Teufel sollten wir? Wir nehmen sie auf und bemühen uns, etwas aus ihnen zu machen.

Manchmal, Sie werden staunen, kommt es auch vor, daß ein Arzt die Eltern schröpft, bevor sie das Kind in die Klinik bringen. Sie werden's nicht glauben. Er holt alles aus ihnen heraus, vielleicht fünfundzwanzig Dollar – die sie vielleicht noch borgen mußten – und dann sagt er ihnen, sie sollten Leine ziehen. Das kommt vor. Das tun selbst Männer, die wir alle kennen. Ziemlich schlimm. Aber was kann man schon machen?

Und manchmal sind die Kinder nicht nur schmutzig und vernachlässigt, sondern krank, todkrank. Dann sollten Sie mal die Schwestern arbeiten sehen. Man könnte meinen, es seien die Gören ihrer besten Freundin. Sie behandeln diese Kinder, als seien sie eine Million Dollar wert. Nicht, daß nicht manche Schwestern besser wären als andere, aber im allgemeinen reißen sie sich ein Bein raus wegen solcher Kinder; oft auch, wenn ich meinerseits wünschte, sie würden nie gesund werden.

Gelegentlich mache ich mir mit den Schwestern meinen Spaß. Warum nicht? Wenn ich morgens Visite mache, schaue ich mir so ein jämmerliches Exemplar an, das sie für mich herausgeputzt haben, und sage zu ihnen: Macht ihr einen Einlauf, vielleicht wird sie dann gesund und später mal eine billige Prostituierte oder so was. Das Land braucht dich, du Wurm. Einmal schlug ich vor, wir sollten doch mal zum Scherz eine Hochzeit arrangieren zwischen einem geborenen Müllkutscher, dem wir das Leben gerettet hatten, und einem kleinen Weibsstück mit einem so frechen Gesicht, daß jeder drüber lachen mußte.

Arme Kinder! Manchmal fragt man sich wirklich, ob es nicht ganz falsch ist, wenn die Medizin überhaupt versucht, etwas für sie zu tun. Man möchte sie tatsächlich lieber sterben sehen, besonders wenn sie mißgestaltet sind oder – manchmal sehen sie grauenvoll aus. Jedes hat Rachitis im fortgeschrittenen Stadium, auch Skorbut, eine flache Brust, spindeldürre Arme und Beine. Sie werden mit Lungenentzündung eingeliefert, vielleicht mit 41 Fieber, und bevor man etwas für sie tun kann, sind sie tot.

Die kleine Jean Beicke war ein solcher Fall. Sie war so ziemlich das Schlimmste, das man sich vorstellen kann. Elf Monate alt. Wenn sie nackt auf dem Untersuchungstisch lag, den Unterkörper in eine Decke gewickelt, wenn sie so dalag, hätte man sie für ein fünf Monate altes Baby halten können, sie war gerade so groß. Aber wenn die Schwester die Decke wegnahm, waren ihre Beine noch gute zwanzig Zentimeter länger. Ich konnte mich nicht daran gewöhnen. Ich deckte sie zu und bat zwei Männer, sie sollten raten, wie groß sie sei. Beide schätzten sie fast fünfzehn Zentimeter zu klein. Etwas, was außer ihrem kleinen Gesichtchen diesen Eindruck verstärkte, waren ihre Arme. Sie reichten ihr ungefähr bis zu den Hüften. Ich weiß nicht, woher das kam. Sie hätten eigentlich ja bis zu den Oberschenkeln reichen müssen.

Sie war nur Haut und Knochen, aber ihre Augen waren gut, und sie sah einen direkt an. Nur wenn man sie irgendwo berührte, fing sie an zu wimmern und dann zu weinen, mit einem schrillen, qualvollen Ton, den niemand hören wollte. Wir faßten sie so sanft an, wie wir das nur vermochten, aber sie mußte trotzdem weinen.

Von allen Säuglingen, die ich je gesehen habe, bot sie den scheußlichsten Anblick. Ihr Kopf war an der Stirn hochgewölbt und hinten ganz flach, weil sie, wie ich vermute, so lange auf dem Rücken gelegen hatte, daß der Kopf durch sein Gewicht und die Weichheit der Knochen infolge Rachitis sich hinten verflacht und nach vorn verschoben hatte. Und ihre Beine und Arme schienen lose an der Seite zu hängen wie die Arme und Beine einer billigen Puppe. Die Füße ließen sich ganz flach bis an die Schienbeine hochbiegen – aber es gab keine wirkliche Mißbildung, es war einfach alles locker. Niemand war bei ihr, als ich sie zum ersten Mal sah, obgleich ihre Mutter sie hergebracht hatte.

Es war gegen zehn Uhr abends, der Assistenzarzt hatte mich gebeten, sie mir anzusehen, weil sie einen steifen Hals hatte, und wie! und der Gedanke an Hirnhautentzündung lag nahe – vielleicht Kinderlähmung. Jedenfalls wollten sie sie nicht die Nacht über ohne wenigstens eine Lumbalpunktion lassen, wenn sie sie brauchte. Sie hatte heftigen Husten und ziemlich hohes Fieber. Ich erkannte es als einen Fall von bronchialer Lungenentzündung mit Meningismus, aber ohne daß das zentrale Nervensystem wirklich beeinträchtigt gewesen wäre. Außerdem hatte sie Mittelohrentzündung.

Ich wollte das Trommelfell durchstechen, besonders das linke, und hätte das auch gemacht, wenn nicht die Nachtoberschwester gerade in dem Moment vorbeigekommen wäre und mich veranlaßt hätte, den diensthabenden Ohrenarzt hinzuzuziehen. Sie wissen schon. Sie schaute auch nach, ob die Einwilligung der Eltern zu einer Operation vorlag. Sie lag vor. So ging ich nach Hause – der Ohrenarzt kam eine Weile später und öffnete die Ohren – auf beiden Seiten kam etwas blutiges Serum heraus, und das war alles.

Am nächsten Tag nahmen wir eine Lumbalpunktion vor, das heißt, wir zapften das Rückenmark an und fanden eine klare Flüssigkeit mit nur wenigen Lymphozyten darin, nichts Symptomatisches. Die Röntgenaufnahme der Brust stützte die Diagnose einer bronchialen Lungenentzündung mit ausgedehnter Komplikation. Sie war ziemlich krank. Wir nahmen alle an, sie würde binnen kurzem vor Erschöpfung sterben.

Ich mußte jedesmal lachen, wenn ich mir das Würmchen später ansah, es sah so komisch aus, aber das einzige, was es davor bewahrte, draufzugehen, war, daß es ordentlich aß. Junge, was dieses Kind verdrücken konnte! So krank, wie es war, nahm es sein Essen pünktlich alle drei Stunden zu sich, eine große Viertelliterflasche Vollmilch, und verdaute es hervorragend. Gerade in dieser Wirtschaftskrise mußt du so ein hungriges Baby sein, hörte ich die Schwester einmal zu ihr sagen. Das ist ein Zeichen von Intelligenz, sagte ich zu ihr. Jedenfalls waren wir alle ganz hingerissen von Jean. Sie lag immer bloß da und nahm die Flasche und schlief. Oder sie lag da und schaute stundenlang geradeaus. Ihre Augen waren blau, blaßblau. Aber wenn man sie anfaßte, fing sie an zu schreien. So haben wir es einfach gelassen, wenn es nicht unbedingt sein mußte. Und sie nahm allmählich zu. Können Sie sich das vorstellen? Ich glaube, sie war so schrecklich heruntergekommen, daß Nahrung, wirkliche Nahrung, eine gänzlich neue Erfahrung für sie war. Jedenfalls nahm sie ihre Nahrung und wurde kräftiger davon, obwohl ihre Temperatur in den ersten acht oder zehn Tagen immer zwischen neununddreißig vier und vierzig schwankte. Wir wunderten uns darüber.

Als wir dann aber erwarteten, daß eine Besserung einsetzen müßte, trat diese nicht ein. Wir machten noch eine Lumbalpunktion und fanden weniger Zellen. Das war schön, und die zweite Röntgenaufnahme der Brust zeigte auch eine Besserung. Das allerdings war nicht so gut, weil die Temperatur hoch blieb, und wir konnten uns das nicht erklären. Ich schaute mir die Ohren noch einmal an und glaubte, sie müßten nochmals geöffnet werden. Der Ohrenarzt war anderer Meinung, aber ich ließ nicht locker, und am nächsten Tag machte er es, um mir einen Gefallen zu tun. Er erhielt nicht mehr als einen Tropfen Serum auf beiden Seiten.

Nun, Jean ging es nicht besser. Wir taten alles, was wir konnten, nur nicht das Richtige. Sie hielt noch zwei – nein, ich glaube es waren drei – Wochen durch. Ein paarmal schoß ihre Temperatur auf zweiundvierzig zwei. Natürlich wußten wir dann, daß es zu Ende ging. Wir haben sie sechs- oder achtmal gründlich untersucht, drei oder vier von uns, einer nach dem anderen, aber keiner dachte daran, die Gegend hinter den Ohren zu röntgen. Es war dumm, wenn man so will, aber es gab keinerlei Anzeichen, abgesehen vom Krankheitsverlauf, das darauf hingedeutet hätte. Die Ohren waren zu einem frühen Zeitpunkt geöffnet, sie waren sorgfältig beobachtet worden, es gab zu keiner Zeit einen nennenswerten Ausfluß, und bei der äußeren Untersuchung zeigten die Warzenfortsätze keinen vom Normalen abweichenden Befund. Und doch war das die Todesursache, akute eitrige linksseitige Mastoiditis mit Wanderung in den linken Sinus und schließlich die Hirnhaut. Wir hätten jedoch eine Bakterienkultur von dem Eiter ansetzen können, als wir das Ohr zum ersten Mal öffneten, und ich mache das seitdem immer in verdächtigen Fällen. Später habe ich mir sagen lassen, daß man, wenn man es mit einem virulenten Bazillus wie dem streptococcus mucosus capsulatus zu tun hat, zur Drainage auch hinters Ohr gehen soll, wenn die Temperatur hoch bleibt. Jedenfalls starb sie.

Ich kam rein, als sie dalag und nach Luft rang. Irgendwie ging es mir gegen den Strich, das Kind sterben zu sehen. Alle fühlten sich miserabel. Sie war ein solches dürres, mißgestaltetes, wertloses Stück Mensch, daß ich schon oft gesagt hatte, jemand müßte sie in den Müllschlucker werfen – aber nachdem ich sie einen Monat lang beobachtet hatte, wie sie ihre Milch saugte und dabei gedieh – und wenn man diese wachen blauen Augen in dem Gesicht gesehen hatte – nun, es war nicht gerade erfreulich. Ihre Mutter saß am Bett und weinte leise, als ich am Morgen des letzten Tages ins Zimmer kam. Sie war eine junge Frau, sah noch eher wie ein Mädchen aus, sie saß nur da und schaute das Kind an und weinte lautlos.

Ich erwartete, sie würde anfangen, mir Fragen zu stellen mit diesem Ausdruck im Gesicht, den alle Ärzte hassen – aber sie tat es nicht. Ich legte meine Hand auf ihre Schulter und sagte ihr, wir hätten alles getan, was wir für Jean hätten tun können, aber daß wir wirklich nicht wüßten, woran sie jetzt starb. Der Frau war nicht anzumerken, ob sie mich gehört hatte. Saß nur da und schaute durch die Stäbe des Kinderbetts. Nachdem ich einen Moment das arme Kind neben ihr angesehen hatte, wandte ich mich dem

Säugling im Nachbarbett zu, um in meiner Runde voranzukommen. Es war noch eine ältere Frau da, die sich das Kind auch ansah – das sicherlich nicht besser dran war als Jean. Ich sprach sie an, da ich glaubte, sie sei die Mutter dieses Kindes, aber das war sie nicht.

Ehe ich etwas sagen konnte, erklärte sie mir, sie sei die ältere Schwester von Jeans Mutter und sie wüßte, daß Jean sterben würde und daß das gut sei. Da kam mir eine Idee – ich wollte nicht gern mit Jeans Mutter selbst reden – und daher gab ich der Frau ein Zeichen, sie solle auf den Flur hinauskommen.

Ich bin froh, daß das Kind stirbt, sagte sie. Sie hat noch zwei zu Hause, ältere, und ihr Mann ist mit einer anderen Frau davongelaufen. Das Kind ist besser dran, wenn es tot ist – war sowieso nie viel mit ihm los. Wissen Sie, ihr Mann kam vor etwa eineinhalb Jahren von Kanada herunter. Sie hat ihn wiedergesehen und ihn gebeten, zurückzukommen und wieder mit ihr und den Kindern zu leben. Er ist gerade so lange geblieben, bis sie wieder schwanger war mit diesem hier, und dann hat er sie wieder verlassen und ist zu der anderen Frau zurückgegangen. Und ich vermute, daß sie sehr viel Kummer hatte, weil sie wieder schwanger war und weil sie litt und kein Geld hatte und nicht wußte, wo sie welches herbekommen sollte, und so hat sich das Kind nicht richtig entwickeln können. Ich hab's gesehen, als es zur Welt kam. Ich denke, ihr Zustand war daran schuld. Sie hat genug Sorgen auch ohne das hier. Der Mann ist wieder nach Kanada gegangen, und wir kriegen keinen Pfennig aus ihm raus. Ich habe sie versorgt, aber wir können nicht viel mehr tun. Sie würde ja arbeiten gehen, wenn sie was fände, aber was kann man schon machen mit drei Kindern in solchen Zeiten? Sie hat noch einen neunjährigen Jungen, aber ihre Schwiegermutter hat ihn ihr abspenstig gemacht, und jetzt ist er bei seinem Vater in Kanada. Sie macht sich auch Sorgen um ihn, und das macht ihr's auch nicht leichter.

Hören Sie, sagte ich, ich möchte Sie was fragen. Meinen

Sie, sie läßt uns eine Autopsie machen, wenn Jean stirbt? Ich möchte jetzt nicht mit ihr über so etwas reden, aber um Ihnen die Wahrheit zu sagen, wir haben uns sehr viel Mühe mit dem armen Kind gemacht, und wir wissen nicht genau, was mit ihr los ist. Wir wissen, daß sie Lungenentzündung hatte, aber die wurde schon besser. Könnten Sie an meiner Stelle mit ihr die Sache besprechen, natürlich nur, wenn Jean stirbt?

Oh, sie wird ganz bestimmt sterben, sagte die Frau. Gewiß werde ich das. Wenn Sie etwas daraus lernen können, ist das nur gut. Ich werde dafür sorgen, daß Sie dazu kommen. Sie wird keinen Aufruhr machen, ich werd's ihr sagen.

Danke, sagte ich.

Der Säugling starb gegen fünf Uhr nachmittags. Der Pathologe war hundemüde von einer Menge zusätzlicher Arbeit, die er mit erledigen mußte, weil seine Assistentin im Urlaub war. Daher verschob er die Autopsie auf den nächsten Morgen. Sie packten die Leiche in Eis auf einen der Karren. Es funktionierte vorzüglich.

Am nächsten Morgen wurde die Autopsie gemacht. Ich konnte die Schwester nicht dazu bewegen, mit hinunterzugehen. Ich bin vielleicht ein Dussel, sagte sie, aber ich kann das einfach nicht. Ich kann's nicht. Nicht, wenn ich sie in Pflege gehabt habe. Sie kommen mir dann vor wie meine eigenen.

Ich war erstaunt, wie gut sich die Lungen wieder erholt hatten. Sie waren fast normal, bis auf kleine Stellen von Restpneumonie hier und dort, die kaum ins Gewicht fielen. Brust und Unterleib waren sonst durchweg in ausgezeichnetem Zustand – nichts außer der geringfügigen Pneumonie. Dann öffnete der Pathologe den Kopf.

Mir schienen die Gehirnwindungen des armen Kindes ungewöhnlich gut entwickelt. Ich dachte unentwegt, wie unglaublich es doch ist, daß sich dieser komplizierte Mechanismus des Gehirns nur dafür herausgebildet hat. Ich kann mich nie so richtig an Autopsien gewöhnen.

Das erste Indiz für eine wirkliche Krankheit – denn es gab kein deutliches Anzeichen für Meningitis – kam zum Vorschein, als der Pathologe das Gehirn in die Hand nahm und den langen geraden Schnitt machte, der die linke Hirnkammer öffnete. Da war nur eine ganz schwache Eiterfärbung auf dem Adergeflecht vorhanden. Dann wurde die Diagnose rasch klar. Der linke Seitensinus war vollkommen thrombotisch, und da der Prozeß von innen auf das linke Schläfenbein übergegriffen hatte, war der ganze Warzenfortsatz zusammengebrochen.

Ich rief den Ohrenarzt an, und er kam sofort herunter. Eine klare Fehldiagnose, sagte er. Ich glaube, wenn wir früher hier hereingegangen wären, hätten wir sie retten können.

Wozu? fragte ich. Um die Kommunisten zu wählen?

Würde uns das dümmer machen? erwiderte der Ohrenarzt.

Ein Gesicht aus Stein

Er war einer dieser frechen jüdischen Typen, die du, wenn du sie bloß siehst, umbringen willst, die vorgeblichen Armen, deren Blick sich in dem Moment ändert, wo Geld erwähnt wird. Aber sie sind hartnäckig, versuchen deine Aufmerksamkeit zu erzwingen, nützen bei der ersten Gelegenheit deine Gutmütigkeit aus. Sie haben zu kommen, wenn ich rufe, dieser Typ. Er versetzte mich in schlechte Laune, bevor er seinen Mund aufgetan hatte, bloß durch den halb lächelnden, halb unverschämten Blick in den Augen, ein kleines, untersetztes Individuum in fettigem, schwarzem Anzug, ein Mann Mitte zwanzig, würde ich sagen.

Sie sah andererseits wie eine Italienerin aus, ziegenartig geschlitzte Augen, ein Gesicht, das man oft bei italienischen Einwanderern findet. Sie hielt ein kleines Baby fest in ihren Armen. Sie stand neben ihrem lächelnden Mann und blickte mich ohne den geringsten Ausdruck im spitzen Gesicht an, falls man nicht keinen Ausdruck einen Ausdruck nennen möchte. Ein Gesicht aus Stein. Es war das Mißtrauen von Tieren, nicht Scheu. Sie war nicht scheu, sondern sah aus, als wittere sie Gefahr, als wäre sie dagegen auf der Hut. Sie sah schmutzig aus. Ebenso er. Ihre Hände waren ausgesprochen schmierig, mit schwarzen Nägeln. Und sie roch, dieser übliche Geruch aus Schweiß und Dreck, den man bei all denen findet, die sich gewohnheitsmäßig weder waschen noch baden.

Das Kind schlief, als sie ins Sprechzimmer kamen, ein Kind von etwa fünf Monaten vielleicht, nicht mehr.

Solche Leute gehören in Kliniken, dachte ich bei mir. Ich würde mir für die kein Bein ausreißen, nicht heute, jedenfalls. Ganz dumme Ochsen. Warum zum Teufel läßt man solches Pack ins Land. Halbidioten bestenfalls. Guck sie doch an.

Mein Bruder hat uns gesagt, wir sollten das Baby hierher

bringen, sagte der Mann. Wir haben einen Arzt gehabt, aber der taugte nichts.

Woher wissen Sie denn, daß er nichts taugt. Wahrscheinlich haben Sie ihm keine Gelegenheit gegeben. Haben Sie ihn bezahlt?

'türlich ham wir ihn bezahlt.

Also was wollen Sie von mir? Zum Teufel mit euch, dachte ich bei mir. Holt euch die Schwindsucht und macht, daß ihr hier rauskommt. Ich muß zum Essen zu Hause sein.

Ich will, daß Sie das Baby gesund kriegen, Doc. Mein Bruder hat gesagt, Sie sind der beste Kinderarzt hier in der Gegend. Und unser Kleiner ist krank.

Also legen Sie ihn da auf den Tisch, und ziehn Sie ihm dann die Sachen aus. Warum sind Sie denn nicht früher gekommen, statt hier bis zum Ende der Sprechstunde zu warten. Ich muß schließlich auch leben.

Der Mann wandte sich zu seiner Frau. Gib mir das Baby, sagte er.

Nein. Sie tat's nicht. Auf ihrem Gesicht zeigte sich lediglich ein noch dümmerer Ausdruck von Halsstarrigkeit, aber sie klammerte sich an das Kind.

Na los, na los, sagte ich. Ich kann hier nicht den ganzen Tag warten.

Gib ihn her, sagte er noch einmal zu ihr. Er will ihn ja nur untersuchen.

Ich halte ihr, sagte die Frau und preßte das Kind fest in ihre Arme.

Hören Sie, sprach ich sie an. Wollen Sie nun, daß ich das Kind untersuche, oder nicht? Wenn nicht, dann bringen Sie's anderswo hin.

Augenblick, Augenblick, Doc, sagte der Mann und lächelte liebedienerisch.

Sie sehen in Hals, schlug die Mutter vor.

Sie legen das Baby hier auf den Tisch und ziehn ihm die Sachen aus, sagte ich zu ihr. Die Frau schüttelte den Kopf. Doch währenddessen gab sie allmählich nach und blickte mich dabei verstohlen aus argwöhnischen Augen an. Ihre Nasenflügel bewegten sich leicht.

Nun, was ist los?

Sie wird dünner, Doc, schätze irgendwas ist mit ihr los.

Was meinen Sie mit ›dünner‹?

Ich fragte nach ihrem Alter, welche Art Wehen sie gehabt hätte. Wie sie das Baby fütterten. Auswurf, Schlaf, Hunger. Es war das erste Kind, und die Mutter mußte sich aufs Stillen erst einstellen. Es war viereinhalb Monate alt und wog dreizehneinhalb Pfund. Nicht schlecht.

Ich glaube meine Milch nichts taugen, sagte die Frau und klammerte sich noch immer an das Kind, das sie erst auszuziehen begonnen hatte. Als ich auf sie zuging, warf das Kind einen Blick auf mich und gab einen wilden Schrei von sich. Alarmiert riß die Mutter es an ihre Brust und rannte nach der Tür.

Ich brach in Gelächter aus. Der Mann wurde rot im Gesicht, zwang sich aber zu einem Lächeln. Hab doch nicht solche Angst, sagte er zu seiner Frau. Er, mit einem Nicken nach mir hin, tut dir schon nichts. Sie ist noch nicht lang in diesem Land, wissen Sie, Doc. Sie hat Angst, daß Sie dem Baby was tun. Bring es hierher, sagte er zu ihr, und zieh ihm seine Sachen aus. Hier, gib mir's. Und er nahm das Kind, das kräftig schrie, in seine eigenen Hände, und trug es zum Tisch, um es auszuziehen. Die Mutter, gepeinigt von Angst, mischte sich ständig, bei jeder Bewegung, von hinten ein.

Was für ein Theater! Ich konnte nicht viel feststellen und sagte ihnen das. Bloß die Ergebnisse unregelmäßiger, verrückter Ernährung und wahrscheinlich unzureichender Muttermilch. Ich gab ihnen ein Rezept für Zusatzkost. Das Honorar drückte er um einen Dollar, und im Hinausgehen sagte er noch: Doc, wenn wir Sie mal brauchen, möchte ich, daß Sie zu uns ins Haus kommen und nach ihm sehen. Auf das Kind müssen Sie aufpassen.

Wo wohnen Sie, fragte ich.

Er sagte mir, wo es war, weit draußen, bei den Müllhalden.

Ich komme, wenn Sie mir rechtzeitig Bescheid geben, sagte ich ihm. Wenn Sie mich brauchen, rufen Sie mich morgens an. Nun merken Sie sich: Sie können von mir nicht erwarten, daß ich jedesmal für nichts und wieder nichts losrenne, wenn das Kind Bauchschmerzen hat. Oder bloß weil sie glaubt, es stirbt. Wenn Sie mich zum Abendbrot anrufen oder mitten in einem Schneesturm oder früh um zwei, komme ich vielleicht nicht. Ich sage Ihnen das, damit Sie Bescheid wissen. Ich hab so schon zuviel zu tun.

Is recht, Doc, sagte er lächelnd. Aber Sie kommen.

Ich komme zu diesen Bedingungen.

Is recht, Doc.

Und richtig, eines Sonntagabends gegen neun, das Thermometer zeigte einundzwanzig Grad unter Null und die Straßen waren die reinsten Eisbahnen, da riefen sie mich an.

Nichts zu machen, sagte ich.

Aber Doc, Sie haben gesagt, Sie würden kommen.

Heute abend komm ich da nicht hin, beharrte ich. Das mache ich nicht. Ich frage meinen Partner, ob er gehen will oder einen guten jüngeren Mann, der in der Gegend da wohnt, aber ich komm heute abend nicht dahin.

Aber wir brauchen Sie, Doc, dem Baby geht's sehr schlecht.

Da kann ich nicht helfen. Ich hab Ihnen doch gesagt, ich komm nicht. Und ich warf den Hörer auf die Gabel.

Mit wem in aller Welt redest du denn bloß in diesem Ton, sagte meine Frau, die ihr Buch beiseite gelegt hatte, als meine Stimme lauter wurde. Das kannst du doch nicht.

Laß mich zufrieden, ich weiß, was ich tu.

Aber mein Lieber!

Vier Monate später, nach drei Monaten miserabler Praxis der erste warme Tag im April, kamen etwa zwanzig Frauen mit Babies in meine Sprechstunde. Ich fing um ein Uhr an, und um drei hatte ich immer noch alle Hände voll zu tun. Ich hatte nicht gebummelt. Noch jemand draußen? Ich fragte die, wie mir schien, letzte Frau, die auf mich gewartet hatte. O ja, da ist ein Ehepaar mit 'nem Baby. O Gott, stöhnte ich. Es war inzwischen halb vier und eine Reihe von Besuchen in der Stadt mußte noch gemacht werden.

Da waren sie. Dieselbe freche Visage und dasselbe Gesicht aus Stein, immer noch das Baby im Arm, das inzwischen allerdings zweimal so groß geworden war.

Hello Doc, sagte der Mann lächelnd.

Einen Augenblick wußte ich nicht, wo ich sie hintun sollte.

Hello, sagte ich. Dann erinnerte ich mich. Was kann ich für Sie tun – um diese Tageszeit. Machen Sie's kurz, ich muß weg.

Woll'n bloß, daß Sie sich's Baby angucken, Doc.

Lieber Himmel.

Hör'n Sie, Doc, wir haben zwei Stunden hier draußen gewartet.

Gute Nacht! Damit ist der Nachmittag hin, sagte ich mir. Gut, legen Sie's auf den Tisch. Während ich das sagte und zur selben Zeit ein Gefühl hilfloser Gereiztheit und Zorn verspürte, bemerkte ich eine Ansammlung roter Pikkel im Gesicht des Mannes, die sich von der rechten Augenbraue bis zur Nasenwurzel hinzog. Wie Wanzenbisse, dachte ich bei mir. Er wird auch dagegen was von mir haben wollen, bevor sie mich in Frieden lassen, nahm ich an. Also, was ist jetzt los? fragte ich sie.

Es ist wieder das Baby, Doc, sagte der Mann.

Was ist mit dem Baby los. Mir scheint's in Ordnung zu sein. Und so war es. Ein Kind von etwa zehn Monaten, schätzte ich, mit einem ausgesprochen glücklichen, runden Gesicht.

Ja, aber sein Körper ist nicht so gut.

Ich möchte, Sie sollen ihm überall untersuchen, sagte die Mutter.

Das möchten Sie, sagte ich. Wissen Sie, wie spät es ist?

Soll sie ihm seine Sachen ausziehn? unterbrach uns der Mann.

Wie Sie wollen, antwortete ich und hoffte, sie würde es nicht tun. Aber sie legte das Kind auf den Tisch und begann vorsichtig, es auszuziehen.

Zwecklos. Ich setzte mich und zog eine Karte für die üblichen Notizen heraus. Wie alt ist es?

Wie alt ist es? fragte er seine Frau.

Zehn Monate. Nächster Dienstag zehn Monate, sagte sie mit dem selben Zug im Gesicht wie immer.

Stillen Sie es immer noch?

Klar, sagte sie. Er nimmt nicht Flasche.

Wollen Sie damit sagen, daß Sie nach allem, was ich Ihnen das letzte Mal gesagt habe, das Baby nicht entwöhnt haben?

Was kann sie tun, Doc. Sie hat's versucht, aber er läßt sich nicht von der Brust wegbringen. Man kann ihn nicht zur Flasche zwingen.

Ißt er?

Jo, er ißt 'n bißchen, aber er will nich viel.

Lebertran?

Er nimmt's schon, spuckt's aber 'ne halbe Stunde später wieder raus. Sie gibt's ihm jetzt nich mehr.

Orangensaft.

Klar. Meistens.

So, stillt sie ihn also und gibt ihm ein bißchen Haferflokken, und das ist alles.

Klar, das is richtig.

Wie oft stillt sie ihn denn?

Immer, wenn er will, der Mann grinste. Manchmal alle zwei Stunden. Manchmal schläft er. So etwa.

Aber habe ich Ihnen nicht gesagt, habe ich ihr nicht gesagt, sie soll ihn regelmäßig füttern.

Das kann sie nicht, Doc. Das Baby schreit, und sie gibt's ihm.

Warum legen Sie's nicht in ein Kinderbett?

Sie läßt's nicht von sich. Wissen Sie, so ist sie nun mal, Doc. Sie können sie nicht zu was anderem bringen. Sie will, daß das Baby neben ihr liegt, damit sie's fühlen kann.

Haben Sie's fertig ausgezogen? Ich wandte mich an die Mutter, die mit dem Rücken zu mir stand.

Wollen Sie Schuhe aus? antwortete sie mir.

Ich stand auf, ging zu dem Kind und zog Schuhe und Strümpfe zusammen aus, hob das Ding an Füßen und Genick hoch und trug es zur Waage. Sie kam hinter mir her und betrachtete mit halbausgestreckten Armen das Kind bei jeder Bewegung, die ich machte. Zum Glück grinste das Kind und ließ sich ohne Widerstand in meinen Griff sacken. Da sah ich es mir genauer an, ein hübsch aussehendes kleines Ding und ein völlig glückliches, frisches Gesichtchen, das mich gegen meinen Willen amüsierte.

Zwanzig Pfund und hundert Gramm, sagte ich. Was wollen Sie mehr bei einem zehn Monate alten Baby! Es ist alles in Ordnung. Ziehn Sie ihm seine Sachen an.

Ich möchte, Sie sollen ihn erst untersuchen, sagte die Mutter.

Vor Wut schoß mir das Blut ins Gesicht, aber sie achtete nicht auf mich.

Er zu dünn, sagte sie. Sehn Sie sein Körper.

Um mich abzuregen, nahm ich mein Stethoskop und fuhr damit geschwind über die Brust des Kindes, sah, daß dort alles in Ordnung war, daß es keine Anzeichen für Rachitis gab und sagte ihnen das – und nun los. Ziehn Sie ihn an. Ich muß jetzt fort.

Er in Ordnung? fragte mich die Frau mit ihren blaßgrünen Augen aus Stein. Ich hielt ein, um sie mir anzusehen, sie waren ganz merkwürdig, standen fast rechtwinklig zueinander – in gewisser Hinsicht wie die Augen einer weiblichen Gestalt, die ich irgendwo gesehen hatte – Mantegna – Botticelli – ich wußte es nicht mehr.

Ja, bloß nehmen Sie ihn um Gottes willen von der Brust. Füttern Sie ihn so, wie ich Ihnen gesagt habe.

Nimmt nicht Flasche.

Gut. Ich schere mich den Teufel um die Flasche. Füttern Sie ihn aus der Tasse, mit dem Löffel, ganz gleich wie. Aber füttern Sie ihn regelmäßig. Das ist alles.

Als ich mich umdrehte, um mir die Hände zu waschen als Auftakt zu meinem Verlassen des Sprechzimmers, unterbrach mich der Mann. Doc, sagte er, ich möchte, daß Sie meine Frau untersuchen.

Er wurde rot im Gesicht, als ich mich zu ihm umdrehte. Wer zum Teufel glauben Sie eigentlich, daß ich bin. Sie haben Nerven wie Drahtseile. Wissen Sie nicht ...

Wir haben zwei Stunden und zehn Minuten auf Sie gewartet, Doc, erwiderte er lächelnd. Werfen Sie mal einen Blick auf sie und sehen Sie, was mit ihr los ist.

Einen Augenblick konnte ich es kaum wagen zu sprechen, aber statt dessen drehte ich mich nach ihr um und sah sie an, wie sie da neben dem Baby stand, das sie inzwischen fertig angezogen hatte und das auf dem Tisch saß und mich anblickte. Was für ein Wesen. Was für ein Gesicht. Und was für ein Körper. Ich musterte sie kalt von oben bis unten, von Kopf bis Fuß. In ihrem Kleid war ein Riß, ein dreieckiger Riß direkt über dem linken Knie.

Na schön. Hat keinen Zweck, sich deshalb über Leute wie die da aufzuregen – oder überhaupt über jemanden – sagte ich mir verzweifelt. Keiner kann zweierlei zur gleichen Zeit machen, vor allem nicht an zwei verschiedenen Orten. Ich gab es schlicht auf und ging zum Schreibtischstuhl zurück.

Also los. Was fehlt ihr?

Sie kriegt Schmerzen in den Beinen, besonders nachts. Und sie hat einen Fleck neben ihrem rechten Knie. Er ist letzte Woche gekommen, eine große, blau aussehende Art von Fleck.

Hat sie schon mal Rheuma gehabt? Wissen Sie, mit geschwollenen Gelenken ins Bett gehen – sechs Wochen lang – oder so.

Sie zuckte bloß die Achseln.

Hast du Rheuma gehabt? wandte er sich an sie.

Sie weiß nicht, sagte er dolmetschend und wurde wieder rot im Gesicht. Diesmal fiel es mir besonders auf, und ich erinnerte mich, daß es schon zwei- oder dreimal passiert war, während wir sprachen.

Sagen Sie ihr, sie soll ihr Kleid aufmachen.

Mach das Kleid auf, sagte er.

Setzen Sie sich, sagte ich zu ihr, und lassen Sie mich Ihre Beine sehn.

Während sie das tat, bemerkte ich wieder den dreieckigen Riß im Rock über dem linken Schenkel, schmutzige Seide, und daß ihre Haut direkt darunter war. Sie band weiße Lumpen über ihren Knien auf und ließ ihre schwarzen Strümpfe herunter. Erst das linke, sagte ich.

Ihre Unterschenkel waren eigenartig gebogen, wirklich wie türkische Krummschwerter, abgeflacht und irgendwie in sich selbst gedreht, auf eine merkwürdige Weise, die durch nichts als schwere Rachitis ziemlich spät in der Kindheit verursacht worden sein konnte. Das ganze Bein, zwar nicht ausgesprochen schwach, war so häßlich und mißgestalt, wie ein brauchbares Bein bei einer so jungen Frau nur sein konnte. Beim Knie war eine breite, verfärbte Zone, wo aller Wahrscheinlichkeit nach eine Krampfader aufgebrochen war.

Dieser Fleck, sagte ich zu ihrem Mann, kommt von einer geplatzten Krampfader.

Jo, schien mir auch so, sie hat die überall, beide Beine hoch.

Das kommt vom Kinderaustragen.

Nein. Sie hat die schon vorher gehabt. Die sind immer schon so gewesen, seitdem ich sie kenne. Hat sie deshalb die Schmerzen?

Ich glaube kaum, sagte ich und sah mir noch einmal die Beine an, von denen ich eins in jedem Handteller liegen hatte. Nein, ich glaube nicht.

Was ist es dann? Es tut ihr sehr weh, besonders nachts.

Zunächst einmal ist sie wahnsinnig o-beinig. Dadurch wird die Spannung auf eine falsche Stelle verlagert, und sehen Sie sich diese Schuhe an –

Jo, 'ch weiß.

Die Frau hatte ein altes Paar Ballschuhe mit hohen Absätzen an, Schuhe, wie sie eine Frau zur Abendtoilette tragen mochte. Sie waren ganz zerschlissen und unglaublich ausgelatscht. Ich kann mir nicht vorstellen, wie sie in so was gehn kann.

Das hab ich ihr auch gesagt, erwiderte der Mann. Ich wollte, daß sie sich ein Paar Schuhe kauft, die ihr passen, aber sie hat's einfach nicht gemacht.

Also, das muß sie tun, sagte ich. Werfen Sie diese Schuhe fort, sagte ich zu ihr, und schaffen Sie sich Schuhe mit flachen Absätzen an. Und graden Absätzen. Ich versuchte sie zu beeindrucken. Das, was man kubanische Absätze nennt, wenn es sein muß. Neue Schuhe, wiederholte ich nachdrücklich. Wie alt ist sie, fragte ich den Mann.

Sein Gesicht färbte sich wieder, aus Gründen, die mir verschlossen blieben. Vierundzwanzig, sagte er.

Wo ist sie geboren?

In Polen.

In Polen! Na. Ich sah sie an und glaubte ihm nicht.

Jo, warum?

Na. Vierundzwanzig Jahre alt, sagen Sie. Woll'n mal sehn. Das ist anders. Ein ungewöhnlicher Typ für eine Jüdin, dachte ich. Das ist wahrscheinlich die Erklärung für ihre Beine, sagte ich zu ihrem Mann. Sie muß während des Krieges da drüben ein kleines Mädchen gewesen sein. Ein Kind von vielleicht fünf oder sechs Jahren, stell ich mir vor. Stimmt das, fragte ich sie. Aber sie gab mir keine Antwort, sondern sah mir bloß mit diesem leeren Blick in die Augen.

Was haben Sie zu essen gekriegt?

Sie schien mich nicht gehört zu haben und wandte sich zu ihrem Mann.

Hat sie von ihren Leuten welche verloren, fragte ich ihn weiter.

Welche? Sie hat alle verloren, sagte er ruhig.

Wie ist sie denn dann hier rübergekommen?

Sie ist vor vier Jahren gekommen. Sie hat hier drüben eine Schwester.

Also das ist es, dachte ich bei mir und sah sie an, wie sie, völlig versunken in das Baby, herumhantierte, es anblickte, in einer Art Lallsprache auf es einredete und mir nicht die geringste Beachtung schenkte. Kein Wunder, daß sie so gebaut ist, in Anbetracht dessen, was sie in dem besetzten Gebiet durchgemacht haben muß. Und dieser Bursche hier –

Was wollen wir wegen der Schmerzen machen, Doc?

Besorgen Sie ihr ein Paar anständige Schuhe, das ist das erste.

Is recht, Doc.

Man könnte sie wegen dieser Venen operieren. Aber ich würde es nicht raten, im Augenblick. Ich sag Ihnen was. Kaufen Sie so eine elastische Bandage für sie, die kosten nicht viel. Eine siebeneinhalb Zentimeter breite. Und ich sagte ihm, was er kaufen sollte.

Können Sie ihr nicht Pillen geben, damit die Schmerzen aufhörn?

Ich nicht, sagte ich ihm. Aber Sie könnten vielleicht ihre Zähne nachsehn lassen, wenn Sie wollen. So was alles – und, na ja, ich werde Ihnen was geben. Ist kein Rauschmittel. Es hilft nur, falls Rheuma mit im Spiel ist.

Können Sie eine Pille schlucken, ich wandte mich an sie und gewann ihre Aufmerksamkeit.

Sie blickte mich an. Wie groß? fragte sie.

Sie schluckt eine Aspirinpille, wenn ich sie ihr manchmal gebe, sagte ihr Mann, aber sie tut sie gewöhnlich erst in einen Löffel Wasser und löst sie auf. Sein Gesicht rötete sich wieder, und plötzlich verstand ich seine halb verschämte Liebe für die Frau und gleichzeitig das Ausmaß an Zutrauen, das sie ihm gegenüber hatte.

Ich war gerührt.

Die Pillen sind ziemlich groß, sagte ich. Sehn Sie mal, die sind grün. Das ist der Überzug, dadurch lösen sie sich in Ihrem Magen nicht auf und bringen Ihre Verdauung nicht durcheinander.

Zeigen Sie, sagte die Frau.

Ich zeigte ihr ein paar von den Pillen auf meiner Handfläche.

Für Schmerzen in Bein?

Ja, antwortete ich.

Sie blickte sie noch einmal an. Dann – das erste Mal seit ich sie kannte – ging ein breites Lächeln über ihr ganzes Gesicht.

Jo, sagte sie, ich schlucke ihm.

Einschlafen

Sie hatten ihm das Bett ihres Sohnes gegeben, der fort war, auf einem Internat. Müde vom warmen Septemberwetter, der Lauferei, die die Ausschiffung mit sich brachte, einem großen Festessen und langen Stunden des Gesprächs mit diesen lieben Freunden in der Vorstadt, war er rasch eingeschlafen.

Aber bevor er sich hinlegte, gegen Mitternacht, hatte er am Schlafzimmerfenster gestanden, das nach hinten hinausging, und hatte hinausgeschaut, durch das Fliegengitter, in den hübschen, kleinen Garten. Der Mond war schon halb verschwunden hinter dem Dachfirst des Nachbarhauses, sein Licht fiel schräg über den winzigen Rasen und die Blumenbeete, über den Weg aus unbehauenen, flachen Steinen und ließ die Garage an der Rückseite in tiefem Schatten. *America Suburbia*, murmelte er vor sich hin und lächelte über die Notwendigkeit solcher Latinität, Heimat des billigen Fertighauses (und so billig auch wieder nicht), das ganz mit Strom betrieben wird und dem Betätigen von Schaltern und Drücken von Knöpfen. Aber nicht dieses Haus. Dieses Haus, denke ich, muß mindestens fünfzig Jahre alt sein!

Nach dem Deutschland von heute, nach Frankreich – wenn es sein muß, aber besonders nach Moskau! was für eine Sorte Menschen lebt, zum Teufel, in solchen Häusern? Faschismus, Sowjetismus scheinen hier farblos geworden zu sein – wie jene Malven im Mondlicht. Ich war nur vier Monate fort, und wie fremd kommt mir dies alles vor.

Er wußte nicht, wie lange er geschlafen hatte. Er öffnete die Augen und hob den Kopf vom Kissen, um besser hören zu können, den Körper reglos auf einen Ellbogen gestützt. Kein Laut. Für einen Moment war er verwirrt und konnte noch das lange Rollen des Schiffes spüren. Die Stille war vollkommen.

Dann kam der Laut wieder. Ein sehr sanftes Poch-poch-

poch an seiner Tür. Er setzte sich auf im Bett. Was zum Teufel ist das? An den Türritzen war keine Spur von Licht zu sehen. Dann wurde in der Stille der Türknopf gedreht, und die Tür begann sich langsam zu öffnen.

Er paßte weiter auf.

Jetzt öffnete sich die Tür schnell, und mit einem länglichen Flecken Mondlicht trat seine Gastgeberin ins Zimmer. Sie schloß die Tür hinter sich, lehnte sich dann mit dem Rücken gegen sie und sah ihn an.

Ich kann nicht schlafen, Bill, sagte sie, so dachte ich, ich komme rein und rede mit dir. Stör ich dich? Sie war im Pyjama und barfuß. Nein, mach das Licht nicht an. Bleib dort. Es tut mir schrecklich leid. Ich setz mich ein bißchen hier hin. 's ist so heiß. Und sie hob seine Sachen auf den Tisch und sank zurück in einen großen Polsterstuhl und setzte sich zurecht in der Mitte des Zimmers wie ein Bildnis. Das Mondlicht fiel über ihre Knie und ließ deren Konturen klar durch den dünnen Stoff erkennen.

Der Mann lehnte sich zurück und verschränkte beide Arme unter dem Kopf. Was in aller Welt ist mit Fritz los? Oder was?

Überrascht?

Schon, ziemlich.

Es ist so still hier. Das Licht von der Straße und der Lärm der Lastwagen und Autos in unserem Zimmer sind furchtbar.

Er gab keine Antwort.

Du hast nie geheiratet, nicht wahr, Bill?

Praktisch nie.

Sie lächelte. Hast du nie gewollt?

Also Sally, sagte der Mann im Bett – doch ohne sich zu bewegen, was – Wo zum Teufel ist Fritz?

Er ist vor einer Stunde zu einem Kranken gerufen worden. Hast du das Telefon nicht gehört?

Wann kommt er wieder?

Kann sicher ein paar Stunden dauern. Er macht das manchmal.

Macht was?

Bekommt nachts einen Anruf und ist zum Frühstück zurück. Inzwischen bleib ich wach und warte auf ihn. Oh, nicht immer, aber manchmal. Du mußt morgen früh weg, nicht wahr, Bill? Bist du sicher, daß du nicht doch lieber schlafen möchtest?

Meinst du nicht, wir sollten lieber nach unten gehen?

Die Frau antwortete, indem sie sich halb erhob und versuchte, den schweren Sessel hinter sich zum Bett zu ziehen. Er war zu schwer für sie. Der Mann stand sogleich auf und wollte ihr helfen. Sie stand auch auf, und als sie das tat, nahm er sie in die Arme. Sie ließ es geschehen. Sie legte die Arme um seinen Nacken, und sie küßten sich.

Du reizendes Wesen.

Das genügt. Nun rück mir den Stuhl heran. Und leg dich wieder hin. Du bist ein charmanter Mann, Bill. Jede Frau, die du liebst, könnte sich glücklich schätzen.

Er ging zum Fenster und lehnte seine Arme auf den Rahmen des unteren Schiebefensters und sah eine Weile hinaus in den dunklen Garten, um sich zu beruhigen. Sie kam zu ihm und legte ihren Arm auf seine Schulter.

Was machen wir mit Fritz, Bill?

Ihn vergiften, nehm ich an.

Nein, Liebling. Ich fürchte, das würde mir nicht helfen.

Du liebst ihn noch?

Chronischer Fall, glaube ich. Sag mir, Bill, wenn ich mich von ihm scheiden ließe, meinst du, daß dann ein Mann wie du mich heiraten würde?

Auf der Stelle.

Lügner, wie ich dich kenne. Aber Fritz ist so schwierig, Bill. Ich weiß nicht, was ich machen soll.

Kannst du uns nicht einen Drink holen?

Sicher. Aber sie rührte sich nicht, und er bestand nicht weiter darauf.

Geh wieder in dein Bett, sagte er. Ich komme rüber und setz mich ein Weilchen zu dir, wenn du willst – bis du einschläfst.

Liest du mir was vor?

Natürlich, wenn du willst.

Oder erzähl mir eine Geschichte. Du müßtest das Licht anmachen zum Lesen.

Das wäre ein bißchen heikel, meine Liebe.

Ach, ich will nicht wieder in das Zimmer zurück. Ich will schlafen. Ich will schlafen.

Dann leg dich doch hier hin. Ich bleibe sitzen und – er brach ab.

Armer Bill.

Sag so was nicht. Sonst tu ich mir noch selber leid. Er zog die leichte Bettdecke über sie und schlug sie zärtlich unter ihren Armen ein. Du hast doch ein Kruzifix und einen Rosenkranz irgendwo im Haus, nicht? Sally, du bist sehr schön, so wie du hier bei mir bist, und es ist nicht leicht für mich –

Liebling. Es tut mir so leid.

Und wie dir's leid tut! Ich komme jetzt zu dir ins Bett, wenn du nicht sofort da raus kommst. So einfach ist das.

Sie lächelte nur. Ist das dein Ernst? Komm, erzähl mir was, bitte. Ich höre dich so gern reden.

Also, es war mal ein verdammter Idiot, der ging zwei alte Freunde besuchen in einem Vorort von New York City –

Nicht so sehr alt, Bill. Weiter. Aber er machte keine Anstalten weiterzureden. Sie beobachtete ihn und fing an, aus dem Bett zu steigen. Wirklich, Liebling, du brauchst deine Ruhe. Ich gehe. Bitte.

Nein. Er hielt sie an den Schultern fest.

Bill, du zitterst!

Das ist gleich wieder vorbei.

Liebling. Nimm dir einen Hausrock, dort im Schrank. Nein. Komm hier rein zu mir. Komm doch, bitte. Es tut mir so leid.

Sei nicht albern. Ich hab mich gleich wieder gefangen.

Er zitterte so sehr, daß der schwere Stuhl bebte und wakkelte. Er versuchte zu lachen, aber es kam nicht so raus, wie er dachte. Er stand auf, aber es half wenig, ein starkes

Frösteln überkam ihn, so daß seine Knie zusammenschlugen. Dann kniete er am Bett nieder, legte den Kopf auf die Decke neben ihr und hielt sich krampfhaft fest, um zur Ruhe zu kommen. Keiner sagte ein Wort. Sie strich langsam über seinen Kopf, sanft und rhythmisch.

Es tut mir so leid, Bill. Ist es so schlimm?

Ach, ich könnte Aas zu dir sagen und sonst noch was –

Was soll ich machen?

Nichts. Er küßte ihre Augen und ihr Haar. Dann, noch immer kniend, fing er an. Es war herrlich auf dem Land bei Moskau. Viel schöner als ich mir das vorgestellt hatte – Er zitterte wieder von Kopf bis Fuß und hatte sich nicht unter Kontrolle. Sie haben dort Wunder vollbracht.

Wie viele wart ihr in eurer Gruppe? Alles Ärzte?

Und ihre Frauen – jene, die Frauen hatten. Das Zittern fing an nachzulassen. So zwanzig alles in allem.

Habt ihr die meiste Zeit in den Krankenhäusern verbracht oder euch wirklich ein bißchen umgeschaut?

Er stand langsam auf und ging zu dem Sessel. Wir haben nicht allzuviel gesehen außerhalb der offiziellen Rundfahrten. Was ist passiert mit dir und Fritz? Habt ihr euch verkracht? Ich habe immer gedacht, ihr wärt eins der wenigen glücklich verheirateten Paare unter meinen Bekannten.

Du hast uns seit acht Jahren nicht mehr besucht, Bill.

Was ist passiert?

Nichts. Nichts Neues. Ich frage mich manchmal, ob es nicht meine Schuld ist, Bill. Ich bin ihm in mancher Hinsicht nicht ebenbürtig.

Weiter.

Wie war Fritz, als ihr noch zusammen zur Schule gingt, Bill?

Er war jünger als die meisten in der Klasse. Eben ein gutaussehender Bursche. Weißt du, nichts Besonderes. Jeder mochte ihn.

War er lebhaft? Ging er oft aus? Hat er getrunken?

Nicht daß ich wüßte. Wenn ich mich recht erinnere, hatte er ein Fernglas und ging immer auf den Friedhof im

April, Singvögel beobachten. Ich habe ihn öfter getroffen, wenn er zurückkam und ich zum Frühstück ging.

Nicht Fritz! Ach, einmal vielleicht. Ja, aber nicht öfter.

Die Frau verschränkte ihre Arme hinter dem Kopf und blickte zur dunklen Decke empor. Die Ärmel ihrer Pyjamajacke fielen zurück bis über ihre Ellbogen. Na ja, sagte sie. Ein armer Junge im College – das kann für Fritz nicht gerade das Beste gewesen sein. Weißt du, daß in diesem Mann der Teufel steckt, Bill. Er ist der bewundernswerteste Ehemann, den sich eine Frau nur wünschen kann – manchmal. Vielleicht liegt es an mir. Er liebt mich, er liebt mich nicht. Ich weiß es nicht. Ich glaube, er liebt niemand weiter als sich selber; er ist so liebenswürdig, so zärtlich – und so ein verdammter Lügner. Aber ich bin mir nicht sicher. Vielleicht hätte ich ihm sagen müssen, er solle sich zum Teufel scheren, als er mich fragte, ob ich ihn heiraten will. Ich war noch so jung. Ich wünschte, ich hätte ihm das gesagt – sehr oft.

Ist es nicht etwas spät für ihn, wenn er jetzt –

Nein. Das Alter scheint ihm nichts anzuhaben, soweit ich sehe. Die Frauen sind so dumm. Nichts kann ihm etwas anhaben – außer, daß es immer schlimmer mit ihm wird. Ich kann ihm einfach nicht mehr vertrauen, Bill. Und das macht mich wahnsinnig. Weißt du, seine Lebensauffassung fängt an, mich manchmal so zu beeinflussen, daß ich mich dabei ertappe, wie ich ihn verteidige – auch gegen mich selbst. Weißt du, was der Narr sagt?

Nein. Was?

Wie kann ein Mann Liebe nach Hause bringen, wenn er nicht ausgeht und sie findet – wie ein Kaninchen?

Mit fünfzig, Sally?

Du bist mindestens drei Jahre älter als Fritz, nicht wahr, Bill?

Ach, na ja. Aber ich könnte mir denken, wenn ein Mann verheiratet ist – mit einer Frau wie du –

Du alter dummer Kerl, Bill. Du würdest staunen über manche von den Geschichten, die mir Fritz erzählt. Aber er erzählt mir nie etwas, was nicht vor mindestens zwei oder drei Jahren passiert ist –

Erzählt dir was, Sally, genau?

Nein. Das ist seine Sache. Aber ich bin ihm bestimmt keinen Pfifferling wert – sonst würde er mir so etwas nicht antun.

Wie alt bist du, Sally?

Du weißt ganz genau, wie alt ich bin. Schau dir mein Haar an. Ich bin nie wirklich glücklich gewesen mit ihm, Bill. Da sind ein paar Dinge, die ich ihm tatsächlich nicht verzeihen kann. Er hat mich ein paarmal tüchtig betrogen, als wir gerade erst verheiratet waren und ich ihm noch am meisten vertraute. Ich wollte mir das Leben nehmen. Ich meine auf wirklich erniedrigende und gemeine Weise betrogen – wofür es keine Entschuldigung gab. Ich habe noch nichts von Männern gewußt.

Ihr Gegenüber blickte auf den Fußboden hinunter. Das Licht des Mondes war auf dem Boden entlanggewandert, bis es die Stelle erreicht hatte, wo sie saßen, und fing an, die Bettseite hinaufzuklettern.

Ist das nicht dumm, in meinem Alter. Wen kümmert so was überhaupt, wirklich? Ich glaube – in mancher Hinsicht – ich glaube, ich bin die glücklichste Frau der Welt. Weißt du, der Mann ist ein Genie, auf seine Weise. Ich sehe ihn oft an, und dann muß ich vor mich hin lächeln, den Mann bedauern. Er gibt sich so viel Mühe, gut zu mir zu sein. Und er ist auch gut. Sie lachte. Ich wünschte, ich könnte schlafen.

Ich gehe jetzt runter, wenn du nichts dagegen hast. Ich möchte noch ein Weilchen lesen.

Nein. Bleib hier und rede mit mir. Du hast mir noch kein Wort gesagt, wirklich, von Rußland. Bill, komm her. Lege deinen Kopf hierher. Nun hör mich an, du großer Dummkopf. Ich liebe dich. Weißt du, was das heißt?

Ja, das weiß ich: der zweitbeste.

Nein, heißt es nicht. Es bedeutet, ich liebe dich, das ist alles.

Kein schlechter Lehrer, dein Fritz. Ich wünschte, er wäre im Zimmer und könnte es hören.

Was soll's, Liebling. Ich weiß nicht. Du etwa? Ich glaube, ich tauge eben zu nichts.

Also, wie ich schon sagte. Das Krankenhaus in Moskau ist so ziemlich die leistungsfähigste Institution, die ich je gesehen habe. Nur auf eine solche Weise kann man Medizin praktizieren. Das Problem mit der Medizin hier ist die finanzielle Seite. Du kannst nicht machen, was du möchtest, es kostet zuviel. Aber dort spielen die Kosten überhaupt keine Rolle, soweit es den Arzt betrifft.

Sie hatte ihm ihre Hand gegeben, die er locker zwischen seinen beiden hielt. Das Mondlicht war jetzt fast bis zu ihrem Gesicht heraufgewandert. Er wartete einen Augenblick, als er sie nicht antworten hörte, und glaubte, daß sie vielleicht eingeschlafen wäre.

Würdest du das Gesundheitswesen hier vergesellschaften wollen? fragte sie ihn schließlich vage nach einem Augenblick.

Nein, das bestimmt nicht. Das käme auf dasselbe hinaus wie – Ach, ich weiß nicht. Wer weiß?

Was wolltest du sagen?

Oh, es macht sich ganz gut, wenn man die Unbemittelten in großen Gruppen zu behandeln hat – solange sie in großen Gruppen existieren. Das wird sich nicht halten – auch in Rußland nicht. Die Kosten sind zu hoch. Nicht in Geld. Aber ich weiß nicht; ich hab's gesehen. Es sieht anders aus von hier –

Was halten die Leute dort davon? Ich meine die Ärzte und Wissenschaftler, die ihr getroffen habt.

Sie sind schließlich alle Russen, weißt du. Und Leute, die so hervorragend sind, wie manche von ihnen, sind immer eine Klasse für sich, überall. Offen gesagt, was macht es schon aus, wo ein Mann lebt, solange er in seinem Beruf arbeitet? Er sah sie an, ob sie ihre Augen öffnen würde. Sie haben nicht versucht, mit uns Propaganda zu treiben. Wir haben uns nur unterhalten – Medizin – und Krankenhausorganisation. Es gab viel zu sehen – und zu lernen.

Er legte ihre Hand sanft aufs Bett, löste sie aus seiner eigenen und stand dann auf. Er ging ans Fenster, zog sehr langsam das Rollo herunter und hielt es fest, damit es ihm nicht mit einem Krach aus der Hand gleiten konnte. Als er die Zugvorrichtung einrasten hörte und sie feststand, ließ er los. Dann ging er auf Zehenspitzen aus dem Zimmer, schloß leise die Tür hinter sich und drehte den Knopf, bis das Schloß ebenfalls einrastete.

Unten im Wohnzimmer schaltete er eine Leselampe ein und griff nach dem erstbesten in der Nähe, der fast einen Tag alten Zeitung, die neben ihm lag.

Als Fritz zurückkam, durch die Küche, war es noch dunkel. Bill fuhr hoch und sah ihn an. Die Männer starrten beide einander einen Moment lang an, ehe Fritz herausbrachte:

Was ist denn, zum Teufel?

Ach, sagte sein Freund, Sally liegt in meinem Bett oben und schläft. Da dachte ich, ich gehe hier runter und warte auf dich.

War die Party nett?

War's deine? Bring mir was zu trinken, wenn du ohne Hilfe was mixen kannst, du Schafskopf.

Die Venus

Wie ist es denn eigentlich, Amerika?

Es war ein *Fräulein von J.*,* die sprach.

Sie waren auf dem Weg zur Bahn nach Frascati, alle drei – sie, ihre Begleiterin und Evans.

Als Antwort schüttelte er den Kopf und lachte – und sie sputeten sich, um den Zug noch zu erreichen.

Sie konnte ganz gut Englisch, ihre Begleiterin nicht; Devs Deutsch war verkrampft, sprudelte los für ein oder zwei Augenblicke, versiegte dann aber plötzlich, als habe es ihm die Sprache verschlagen. So sprachen sie Englisch und hatten ihren Lunch dabei. Picknick. Er fühlte sich beschwingt.

Es war heiß an diesem Tag. *Fräulein von J.** schien sehr unkompliziert zu sein, sehr direkt, und in seiner römischen Stimmung schien sie ihm zauberhaft schön. Ihrem uneleganten langärmligen deutschen Kleid, ihren dicken Strümpfen und schweren Wanderschuhen zum Trotz fand Evans sie engelhaft anmutig. Aber die klaren Züge, die hohe Stirn, die vollendet geschwungenen Lippen, die wohlgeformte Nase und, als Krönung von allem, das wie Nebel schimmernde blaßgoldene, unauffällig nach hinten gekämmte Haar – all das flößte ihm Respekt ein, und er wußte nicht, wie er beginnen sollte. Aber aus einem merkwürdigen Grunde blickte sie ihn unverwandt an, als würde sie ihn gerade erkennen, so daß er ihr schließlich antworten mußte.

Die Bahn war packenvoll. Kurz vor der Abfahrt waren drei baumlange Engländerinnen herangestürmt und hatten verzweifelt auf Englisch gerufen, die Bahn dürfe nicht losfahren, es käme noch jemand – Seht ihr sie? Was kann bloß passiert sein? Wir haben es ihr doch genau erklärt, und so weiter – bis Clara schließlich im Moment, da die Bahn anfuhr und keinen Augenblick zu früh, mit letzter Kraft aufsprang. Nun standen sie schwitzend in den Gängen, die vier, und blickten die italienischen Männer finster an, die völlig unberührt, von solcher Heftigkeit es sich schon längst auf ihren Plätzen bequem gemacht hatten.

*Fräulein von J.** saß unmittelbar Evans gegenüber und schaute ihn versunken an, wie ein Kind. Da er nicht wußte, was er sonst tun oder sagen sollte, blickte er (während die Bahn durch kahle Weingärten fuhr) mit seinen dunklen ausweichenden Augen unverwandt zurück in ihre klaren blauen. Sie hob den Kopf ein wenig, als wäre sie erstaunt, errötete (wie er meinte) ganz leicht, änderte ihren starren Blick aber nicht. So schauten sie einander an hinter den Rücken und an den Mänteln der Engländerinnen im Gang vorbei, die erregt wegen eines drohenden Gewitters drauflosplapperten. Sie saß reglos und senkte den Blick nicht, sondern schien mit milder Neugier und ohne jede Nervosität in seinem Blick zu ruhen. Wie üblich war er es, der die Augen abwandte.

Während er die Gespräche über Villa X und Villa Y, die gerade besucht werden sollten, mit anhörte, stieg in Evans der Wunsch auf, allen diesen Leuten entkommen zu können, und er war mehr als angenehm berührt, als *Fräulein von J.** vorschlug, sofort nach der Ankunft in Frascati in die Felder zu wandern; und er empfand es als beglückend, daß ihre Stimmung so gut seiner eigenen entsprach.

Am Marktplatz von Frascati, wo ein Schwarm von Fremdenführern und Droschkenkutschern über sie herfiel, bogen die drei Ausflügler im rechten Winkel vom Hauptstrom der Wanderer ab und gingen eine Straße hinauf, die zwischen zwei Mauern um die Stadt herumführte. Sie wußten nicht genau, wo sie sich befanden, noch hatten sie sich über den Ort informiert oder über seine Schönheiten – es war ihnen gleichgültig. Das *Fräulein** wünschte, den italienischen Frühling zu sehen, das war der entschiedenste ihrer in Worten ausgedrückten Wünsche, und Dev, der antiken und architektonischen Sehenswürdigkeiten überdrüssig, war mehr als bereit, sich anzuschließen. Der Begleiterin mißfielen italienische Gärten ohnehin, da ihnen die grüne Fülle der nordischen Bäume fehlte. Sie fingen sogleich an, Veilchen hinter den Zäunen längs des Weges zu entdecken, Veilchen, die sie nicht erreichen konnten. Einen Bach entlang, der neben ihnen floß, in entgegengesetzter Richtung den Hügel hinab, stapften sie vorwärts auf die offene Landschaft zu.

Wie ist es, Amerika? Und so begann Dev, ihr davon zu erzählen – Nicht so – und die ganze Zeit über dachte er an seine Schwester. Wo ist Bess? Ich wünschte, sie wäre hier! bis sie beim Gehen und Reden die Stadt immer mehr hinter sich ließen und weit in die Felder gelangten, wo ein Hügel zu ihrer Linken und ein kleines Dorf in der Ferne jenseits des Tals vor ihnen lagen. Sie gingen einen alten Wassergraben entlang mit hohen Hecken zu beiden Seiten, die Böschungen von Ziegenhufen in lauter enge Pfade zerteilt. Vor ihnen suchten vier in ihr Spiel versunkene Kinder Veilchen und rannten einzeln oder zu zweit den Pfad entlang, um einander im Entdecken der schönsten Blumen zu übertrumpfen.

Die Kinder nahmen keinerlei Notiz von den drei Wanderern, würdigten sie nicht einmal eines Blicks. Mit Schreien des Entzückens stürmten sie vorwärts, eins immer schneller als das andere, und bald verschwanden sie durch Lücken in der Hecke. Der zarte Teint, das Haar und die Augen des deutschen Mädchens versetzten Evans immer wieder in Erstaunen. Auch ihre Hände waren schön, die Fesseln straff – wie bei Venus, kräftiger als bei einer Schauspielerin oder Tänzerin, aber doch beweglich – gerade so viel von der Bäuerin ahnen lassend, um die einer Göttin zu sein.

Sie haben mir noch nicht gesagt, wie es ist, Amerika.

Es ist wie –. Dev hub an, etwas leise – wie mit ungeübter Stimme. Es ist eine Welt, in der es niemand wagt, etwas kennenzulernen, was ihn im Innersten berührt – außer Schmerz –; denn sollten wir Freude erfahren, wird sie uns augenblicklich und gewaltsam wie von einem Rudel hungriger Wölfe entrissen, so ausgehungert sind wir danach und so eifersüchtig auf jeden von uns ist unsere Welt.

Ich glaube, ich weiß, was Sie meinen, erwiderte sie, daß wir alle nach außen gute Bürger sind und sehr viel bessere als im Inneren. Es ruft mir ›*Johannisfeuer*‹* ins Gedächtnis. Sie kennen doch Sudermanns Stück?

Amerika ist ein pathetisches Land, wo immer etwas Betäubendes geschehen muß, damit wir ja nicht aufwachen. Ja, ich habe das Stück gelesen.

Inzwischen waren sie halb um den Frascati-Berg herumgelangt. Hier nahmen sie ihre Mahlzeit ein in einem schmalen dreieckigen Eichenhain, wo es einen grasbewachsenen kleinen Wall gab mit ein paar Gänseblümchen, über den sich die hohen Bäume beugten. Dann krochen sie durch einen Zaun, wandten sich, wieder auf der Straße, nach rechts, gingen um den Berg herum, und stiegen nun steil einen steinigen Pfad hinauf. Es war ein schwieriges Stück, dieser Teil des Weges, und schon bald ließen ihre Kräfte nach. Besonders *Frau M.** war froh, daß sie etwas unterhalb des Gipfelpunktes stehenbleiben und sich ausruhen konnte.

Aber nach ein paar Worten auf Deutsch, die Dev nicht verstand, rief *Fräulein von J.**: Kommen Sie! und die beiden gingen allein etwa zweihundert Meter weiter hinauf zur bewaldeten Bergspitze bis zu einer Stelle, von der aus sie *Frau M.** unten unter einer Esche liegen sehen konnten. Hier gab es ein paar Steine eines antiken Bauwerks, fast völlig von Waldboden und verrotteten Kastanienblättern verborgen. Es war ein Kastanienwäldchen, von unzähligen Pfaden kreuz und quer durchzogen, die nach Norden über den Gipfel des Berges führten – ohne Zweifel nach Frascati. Aber jetzt im Vorfrühling war der Ort verlassen. Die verstreuten, langen, pfeilförmigen dürren Blätter bedecken den Boden überall um sie herum, die beiden Fremden, die sich auf die alten Steine setzten. Elsa winkte von ihrem Platz aus *Frau M.** zu, dann wandte sie sich wieder an Evans: Sagen Sie mir, was Sie sind. Sie haben doch nichts dagegen? Ich will alles wissen. Was ist Amerika? Sind Sie es vielleicht?

Nein, Dev schüttelte den Kopf.

Ist es etwas, das man studieren kann? Was tut es? Wollen wir hinfahren, um das herauszufinden? fragte sie in rascher Folge.

Dev schüttelte den Kopf.

Aber Sie werden dorthin zurückkehren?

Ja.

Warum?

Gewohnheit?

Nein, es gibt da etwas.

Es ist, damit ich all das besser verbergen kann, was an Wertvollem in mir ist, weil es sonst beschmutzt wird. Darum Sicherheit in der Menge –

Aber das ist nichts. Das ist in Europa dasselbe.

Amerika scheint weniger belastet von seinen Toten. Etwas anderes kann ich dort nicht sehen. Es gibt einem weniger als Europa, weit weniger an Dingen von Wert, außer mehr Papier zum Beschreiben – sonst nichts. Warum schauen Sie mich so an? fragte Dev.

Weil ich in meinem ganzen Leben noch niemand wie Sie gesehen habe, nur wenige Amerikaner, ich habe noch mit keinem gesprochen. Ich frage mich, sind Sie ein Amerikaner?

Und wenn ich einer bin –

Dann ist es interessant.

Er sagte: Für mich ist es ein hartes, ödes Leben, wo ich ›allein‹ und ungestört bin (obwohl ich mitten in der Menge arbeite), und doch schwebe ich in ständiger Gefahr, daß mich ein kleiner Fehltritt ins Verderben stürzt. Da ich aber nicht nach Reichtum strebe, genieße ich das wegen der Einsamkeit und der Einfachheit. Doch das ist alles – falls ich nicht noch den Reiz erwähnen muß, der all den leblosen Erinnerungen meiner Jugend innewohnt, den Gestalten, Blättern, Bäumen, mit denen ich vertraut bin – und die Liebe zur Umgebung und deren Besonderheiten – guten wie schlechten, reichhaltigen wie eintönigen.

Nein, fuhr sie fort, das ist es nicht.

Evans spürte in jenem Augenblick, daß an Amerika nur wenig dran war. Er wollte scherzhaft sein, aber die Ernsthaftigkeit des Mädchens war etwas, das er nicht überlisten konnte. Das machte ihn selbst nachdenklich und ernsthaft.

Er könnte sagen, daß es eben nur ein Land sei.

Aber Sie dürfen mir nicht sagen, daß Amerika nichts ist, kam sie ihm zuvor. Ich weiß ja, daß es etwas ist, und sie schaute ihn wieder mit ihrem leichten Lächeln an. Sie kommen mir wie ein Mann vor, wie ich noch nie einen gesehen habe. Das ist Amerika?

Ich bin ein Flüchtling, fuhr Dev fort, Amerika ist oder war ein Anfang, um zu vergessen –

Dann, entgegnete sie, ist es wie in Deutschland. Das dachte ich nicht, als ich Sie sah.

Und ich, antwortete Dev, dachte das auch nicht, als ich Sie sah.

Weshalb bin ich wohl in Rom, glauben Sie? wollte sie als Nächstes wissen.

Er wußte es nicht.

Um Nonne zu werden.

Und wie ein Schock überkam ihn die Erinnerung an die Reihe junger Deutscher in ihren scharlachroten Talaren, die er im Quirinal hatte umhergehen sehen, die langen Stufen hinab; an die jungen Schotten, die am Sonntagnachmittag im Garten der Villa Borghese Fußball spielten, die Talare hochgebunden oder abgelegt, die Strumpfbänder sichtbar, und die wie Universitätssportler hinter dem Ball herjagten. Ihm fielen auch die Amerikaner ein mit dem blauen Saum am Talar, die Spanier, die Franzosen.

Ja, fuhr sie fort, das ist es. Ich bin in Rom, um zu erfahren, ob mir die Kirche nicht eine Antwort bietet. Ich war vierzehn Jahre alt, als der Krieg zu Ende ging. Es gab für mich zwei Dinge – mich selbst wegzuwerfen oder wieder einen Halt zu finden. Ich habe die Frauen auf den Sportplätzen rennen sehen, ich habe sie zusammen gesehen. Wenn wir Bauern wären, könnten wir einander näher sein – aber wir müssen alles verlieren, alles, was gut ist. Ich bin eine Deutsche, eine Ostpreußin. Meine Mutter ist tot. Mein Vater ist ein General – natürlich. Was soll ich tun? Ich will nichts – Sagen Sie mir, was Amerika ist. Sie müssen es sagen. Ist es nur ein Ort, an dem man arbeitet?

Dev nickte.

Sie sehen, daß ich jung bin – natürlich bin ich jung. Sie kommen zu mir mit einer Botschaft. Ich weiß nicht, was ich tun soll. Ich glaube, Sie werden es mir sagen. Ich bin keine Närrin – und ich bin auch nicht begabt. Für mich gibt es nichts. Oder doch? Ich kann nicht mit gelöstem Haar herumlaufen, um die Männer zu verblüffen, weil es so blond ist. Sie vielleicht, ja, wenn Sie wollen – und sie lächelte – aber nicht die, die ich nicht mag. Ich kann nicht heiraten. Heiraten macht mich krank. Aber ich möchte, ich möchte. Es ist mir gleichgültig, ob ich Jungfrau bin oder nicht. Nein. Nein. Das ist kindisch. Ich kann nicht bleiben, wie ich bin – aber ich muß – bis dies (und sie tippte an ihre Stirn) zufriedengestellt ist. Sie haben mir etwas gesagt. Was sage ich Ihnen?

Dev dachte, ›über die Stränge schlagend‹, daß sie, wenn sie täten, was er gern wollte, am Abend hungrig und höchst verstört im Gefängnis von Frascati landen würden – vielleicht –, aber nicht mehr als das. Narr.

Man sagt mir, mein Körper sei schön. Er ist schön. Wozu? Was nützt mir das?

Sie sprach ganz beherrscht.

In ein paar Jahren werde ich meine Schönheit verlieren. Warum nicht? Und ich habe nichts anderes, es sei denn, man hat einen Verstand, man hat ihn und sonst nichts, was ich möchte. Nicht Malerei, nicht Musik, Philosophie, Tennis – alte Männer, junge Männer, Frauen? Nein. Amerika, das scheint etwas Neues zu sein.

Sie würden an Amerika nichts finden, warf Evans schnell ein. Die Mädchen dort können sich keinen Kilometer aus der Stadt hinaus bewegen aus Furcht, ein Neger könnte sie vergewaltigen oder das Wetter könnte ihrem Teint schaden, oder die Japaner könnten zu dicht herankommen, oder sie würden unter dem Schnee begraben oder im Sommer braten; oder sie heiraten ihre Chefs im Büro oder ihre Sekretäre und leben zu zweit oder zu dritt in einem Apartment. Ihre Gedanken sind wie weißes Gras, so dick sind sie von ihrer Haut überzogen, und so dick sind sie verhüllt, um sich gegen die Witterung zu schützen, daß sie nicht mehr existieren, wenn man sie entblößt. Man muß sich schnell aus dem allgemeinen Angebot aus einem Spezialcontainer eine andere schnappen. – Evans schämte sich über diese Rede, von der jedoch *Fräulein von J.** tatsächlich kein Wort verstand. Aber die wenigen Frauen, die er bewundert hatte, waren nicht schön, und die schönen bewunderte er nicht. – Denken Sie niemals an Amerika, schloß er. Die Männer sind schlimmer als die Frauen.

Sind Sie denn einer?

Evans fand keine Antwort.

Als ich Sie sah, sah ich etwas Ungewöhnliches, ich irre mich nie. Ich sah etwas anderes als das, was ich jeden Tag sehe, etwas, das sich weder wegwirft noch sich an den alten, schrecklichen, ganz verschmutzten Griff klammert – Ist das Amerika? habe ich gefragt, aber Sie sagen mir nichts. Eben, weil Sie es nicht wollen.

Amerika, begann er stockend, ist schwer zu erfassen.

Ja, antwortete sie, denn sie hatte ihm Ernsthaftigkeit eingeflößt, so daß er aussprechen mußte, was er dachte, oder schweigen.

Ich glaube, es ist gut für uns, fuhr er fort, weil es der Wildheit nahekommt. In Europa sind Sie so weit davon entfernt, daß Sie vielleicht erst sterben müssen, bevor Sie wieder leben. – Aber Dev war solch ein Narr nicht – Europa, ich weiß nicht, verbesserte er sich, ich sehe nur ein paar oberflächliche Erscheinungen.

Aber seine Schülerin besaß eine schnelle Auffassungsgabe. Das genügt, erwiderte *Fräulein von J.** Ich weiß jetzt, was ich schon am Anfang wußte, Sie sind ein Wilder, nicht ganz zivilisiert – Sie haben Amerika, und wir haben es nicht. Sie haben das, ja, es ist etwas.

Es ist sehr schwierig, sagte Dev. Ich bin kein typischer Amerikaner. Es sind noch ein paar Ureinwohner übrig, aber die würden mich nicht zur Kenntnis nehmen –

Sie klammern sich an etwas, sagte sie.

Es ist sehr schwierig, fuhr Dev fort – etwas, was sehr wahrscheinlich verlorengehen wird, das ist – und er nahm eine steinerne Pfeilspitze heraus, die er in der Tasche hatte, und zeigte sie ihr.

Sie war beeindruckt. Sie drückte sie fest in die Hand, als wollte sie einen Abdruck davon behalten, befühlte die Spitze, die Schärfe, probierte sie, drehte sie um.

Ja, sagte sie, ich habe dasselbe Ding von unseren eigenen Feldern gesehen, schöner bearbeitet – aber es liegt sehr weit zurück, sehr weit. Niemand glaubt, daß es wirklich ist. Aber das tragen Sie in Ihrer Tasche? Es ist sehr seltsam. Wo haben Sie das gefunden?

In einem Maisfeld in Virginia, es gibt dort viele davon.

Gibt es viele Amerikaner, die das wissen, wovon Sie reden?

Dev schüttelte den Kopf. Ich kenne nur wenige. In mein Gedächtnis haben sich Bilder von einer großen Aussagekraft eingeprägt. Sommerbilder zumeist, von meiner Heimat, eins der alten, erdverbundenen Pionierhäuser. Es gibt nichts Vergleichbares in Europa. Das waren keine Bauern, die Leute, die sie bauten, es waren tragische Männer, die ihren Verstand an den Boden verschwendeten – aber in meinen Augen für eine schwere Geschichte einstanden – nicht nur für mich, glaube ich; sie waren wie alle frühen Völkerschaften, aber diese frühe Phase war so kurz und fremd in Amerika, daß sie verlorengegangen ist oder falsch ausgelegt wird – ihre besondere Bedeutung.

Sie meinen also, daß es mir etwas bringen könnte – mir? Ja, das war es, was ich in Ihren Augen gesehen habe. – Sie schaute noch einmal. Ja, so ist es.

Staunend begriff sie und schüttelte sanft den Kopf. Natürlich, sagte sie, ich hatte Recht. Was ist das für ein Amerika! Warum haben Sie mich dann die ganze Woche über nicht angesehen? Ich war beunruhigt. Ich habe mich gefragt, was mit mir los ist.

Dev sagte, das Studium einer Sache unter den Altertümern hätte ihn in Spannung gehalten.

Aber ein Gefühl fast von Angst, glaubte Dev, vielleicht mit Mitleid vermengt, kam jetzt in ihre Augen, als sie ihn noch länger ansah.

Es muß ja in Amerika noch einsamer und schrecklicher sein als in Deutschland, sagte sie. Sie schüttelte den Kopf. Es schien, als blickte sie hinaus in ein neues Land und spürte seine Einsamkeit.

Amerika ist wunderbar, erwiderte Dev, unanständig wohlhabend –

Sie erbebte. Nein. Das waren wir auch. Das werden wir bald wieder sein. – Sie erschrak. – Wie können Sie bleiben, wo Sie sind? Warum bleiben Sie da? Sie machen die Kirche unmöglich – aber Sie sind allein. Ich werde für Sie beten.

Langsam wich die ernste Stimmung von ihnen, und sie waren ziemlich überrascht, daß sie sich noch im Bereich des heidnischen Hains befanden. Sie waren nicht sehr sicher, ob sie einander noch so gut kannten, wie sie das während der wenigen gerade vergangenen Augenblicke des wortlosen Verstehens empfunden hatten, als sie aus sich heraustraten und jeder sich bemühte, zu fühlen, wie dem anderen zumute war. Sie lachten, und Dev gab ihr die Hand, doch sie wandte sich nicht ab.

Es ist sehr schwer für uns, sagte sie, uns selbst zu behaupten, nachdem wir die Halbbewußtheit des Bauern und seine Instinkte hinter uns gelassen haben. Wir fallen zurück, nicht wahr? Sie sind tapfer, sagte sie, daß Sie einen anderen Weg finden wollen – einen amerikanischen. Das scheint mir kurios.

Als sie sich zu *Frau M.** in Bewegung setzten, bemerkten sie, daß ein guter Teil des Nachmittags verstrichen war und daß sie einen Schritt zulegen mußten, wenn sie vor Einbruch der Dunkelheit in Rom sein wollten.

Sie glauben an Amerika wie an eine Kirche, sann *Fräulein von J.** vor sich hin.

Dev meinte das nicht.

Glauben Sie also, daß die Kirche Ihrem Glauben entgegensteht?

Ja.

Sie wandte ihren Blick ab.

Oh, kommen Sie, sagte Dev, machen wir uns auf den Weg.

Die Bürde der Schönheit

Während er den Deckel auf den Tank schraubte, blickte mein Freund mit einem Lächeln auf seinem schwarzbraunen jungen Gesicht schräg zu mir hoch.

Was'n los, Doc? Sehn heute morgen ziemlich niedergeschlagen aus.

Nichts Besonderes.

Gefällt Ihnen das Bild? Ich hatte mir, während er arbeitete, einen Reklamezettel aus einem Kasten, der neben einer der Zapfsäulen hing, genommen, während er arbeitete.

Schon wieder Beine. Die nehmen jetzt Beine, um für so ziemlich alles zu werben, aber ich habe noch nie gesehen, daß sie damit auch für Benzin Reklame machen.

Wir kriegen jeden Monat 'n neuen Satz.

Genaugenommen, ist es vielleicht das Beste, was sie nehmen können, um für Benzin zu werben – und umgekehrt, wenn du weißt, was ich meine.

Nana, Doc. Sie reden wie 'n alter Mann. Drei Dollar macht's.

Drei Dollar! Junge, Junge! Das geht nur so weg.

Was is'n los, hat Ihn' jemand die Butter vom Brot geklaut?

Wenn es ihnen wenigstens was nützte, das ist's, was mich in Wolle bringt.

Was mein'n Sie damit?

Totale Trottel für die aalglatten Typen, die sie übers Ohr hauen, und während sie den ehrlichen Mann links liegenlassen, der bloß versucht, ihnen Geld zu sparen. Und wenn du ihnen was sagst …

O ja, ich hatte 'ne Frau hier heute morgen. Bloß 'ne kleine Rechnung, vier Dollar, und ich schick sie ihr. Sie tun, als wenn Sie Angst hätten, wir würden aus der Stadt türmen, sagt sie. Bloß weil ich ihr 'ne Rechnung schicke. Manche mögen das nicht. Andere sind ganz anders. Sie haben's gern, wenn man sie mahnt.

Und wieder andere benehmen sich manchmal so, als hätte ihnen einer bei der Geburt auf den Kopf getreten.

Junge, Ihnen ist aber heute morgen was über die Leber gelaufen, Doc. Wie sind die Reifen? Soll ich bißchen Luft draufgeben?

Einen Moment! sagte ich, als ein protziger offener Sportwagen auf der entgegengesetzten Fahrspur in die Tankstelle einfuhr. Eine teuer gekleidete junge Frau war am Steuer. Niemand saß neben ihr.

Nicht schlecht, wie? He, Jack! – zu einem der Helfer unter einem Auto an einem hydraulisch hochgebockten Wagen am anderen Ende der Tankstelle – kümmere dich um den Doktor. Fahren Sie dort rüber, Doc. Ich bin gleich wieder da.

Paß auf dich auf.

O.K., sagte der Junge und kam unter dem Auto hervor, das er gerade abschmierte, und wischte sich die Hände sauber an einem Lappen ab. Mein Freund hat mich stehengelassen, um die neue Kundin zu bedienen.

Schöner Tag, Sir, sagte der Junge in seinem hübschen Mechanikeranzug und mit sauber gescheiteltem krausen Haar. Er zog den Luftschlauch heraus und befestigte ihn an einem Hinterrad.

Ja, ein schöner Tag für einen Mord, sagte ich.

Er sah mich an. Wieviel Druck brauchen Sie? Fünfunddreißig?

Achtunddreißig würden nicht schaden.

Ja, Sir. Er fing an, Luft in einen der Reifen zu geben.

Gehst du oft tanzen?

Wie war das, Sir?

Führst du die Mädchen oft zum Tanz aus an diesen schönen Oktobertagen?

Nein, *Sir.* Ich nicht, und er ging um das Auto herum zu den Vorderrädern, schwang den Schlauch hinter sich her, bückte sich und löste die Ventilkappe.

Warum nicht?

Kostet zuviel Geld.

Viele hübsche Mädchen in der Gegend würden es sich zum Vergnügen anrechnen, die Finger in dein krauses Haar zu kriegen.

Jaja, weiß ich. Aber das ist komisch. Haben Sie sich die Gesichter dieser Mädchen mal aus der Nähe angesehen? Er hielt einen Moment inne, mit den Knien auf dem Beton, und wandte mir sein Gesicht zu.

Nein, nicht besonders. Warum?

Also, was zum Teufel ist da hübsch dran? Er war todernst, und zum ersten Mal an jenem Morgen mußte ich herzlich lachen.

Braver Junge, sagte ich. Du würdest 'nen prima Doktor abgeben.

Nein, ernsthaft? sagte er.

Reden Sie nicht mit dem, Doc, sagte der ältere Mann und kam zu uns her. Er ist einer von den Schwachköpfen, von denen Sie mir vorhin erzählt haben. Er kennt nicht mal den Unterschied zwischen 'ner Bikini-Schnur und 'ner Wäscheleine. Wir haben ihn neulich bis auf's Blut geneckt, und er ist noch nicht drüber weg. Haben Sie sich die mal richtig angeschaut?

Wen?

Die Frau, die vor 'ner Minute hier vorfuhr. Sie hatten sie zuerst bemerkt.

Nein, offen gestanden habe ich sie so ziemlich vergessen. Dabei war sie aber gar nicht übel.

Oh, Sie hätten hinsehen sollen. Die ist toll.

Na dann, schieß los. Wir haben nichts zu tun. Raus damit.

Sicher, daß Sie sie nicht kennen? Denn ich möchte nicht …

Hab verdammt keine Ahnung, wer sie ist.

Also Doc, schauen Sie mal hierher. Er stand am Vorderteil des Autos und zeigte auf die Reifen. Nicht mehr viel Profil drauf. Wir haben diese Woche ein Sonderangebot.

Du meinst 'nen Schlußverkauf?

Nein, normaler Preis. Aber wir geben Ihnen etwas Rabatt für die alten. Ihre Reifen haben 'ne ungewöhnliche Größe; sie sind schwer zu kriegen. Ich hab 'nen Kunden, der sie grade jetzt brauchen könnte. Geb Ihnen zwei Dollar das Stück dafür.

Spielt sich nichts ab. Ich hab das Geld nicht.

Das ist Ihre Sache, aber Sie sind sich's wirklich selber schuldig, vorsichtig zu sein, wissen Sie.

Jaja, ich weiß. Fünfzig Dollar wird's wohl machen.

Die kosten zweiundfünfzig, aber ich kann Ihnen vier Dollar abziehen für die alten.

Fünfzig Dollar, wie? Hm! Was ich mit fünfzig Dollar alles anfangen könnte. Ich habe schon so lange keine fünfzig Dollar für mich ausgegeben, daß ich vergessen habe, was für ein Gefühl das ist. Ich brauche dringend einen neuen Anzug.

Ja, das kenn ich. Meine Frau liegt mir auch immer wegen neuen Kleidern in den Ohren. Aber ich sage ihr, spielt sich nichts ab. Erst, wenn ich 'nen neuen Anzug kriege. Das will sie nicht kapieren. Neulich erst war ich mit ihr unten bei Bamberger. Ich bin mit ihr rumgegangen. Sie hat ein paar Vorhänge gekauft, dies und das. Ich hab vergessen, was alles. Dann ging sie runter zur Konfektionsabteilung. Wo willst denn du hin? sag ich. Ich will mir 'n Kleid kaufen, sagt sie zu mir. Sie hatte rechts und links Sachen bestellt und gesagt, sie sollten sie nach Hause liefern. Was wir so brauchten. Weißt du eigentlich, wieviel du schon ausgegeben hast? frage ich sie. Wieso, nein, sagt sie. Da hole ich meinen kleinen Zettel raus, wo ich alles draufgeschrieben habe, wie ich beim Rundgang hinter ihr her bin, und sage ihr: dreiundsechzig Dollar und achtunddreißig Cents. Sie wäre bald aus den Latschen gekippt. Was! sagt sie. Ich gehe sofort zurück und bestelle alles wieder ab. Oh nein, das machst du nicht, sage ich. Die Sachen müssen wir haben. Aber heute kein Kleid für dich. Sie hätten ihr Gesicht sehen sollen.

Eine Frau braucht Kleider. Wenn sie nichts Neues anzuziehen haben …

Weiß ich schon, aber sie hat mir leid getan. Sie haben's nicht so leicht. Was ist nun mit den Reifen? Soll ich Ihnen zwei aufheben?

Achtundvierzig Dollar, wie? Sag mal, was war mit der Frau, die gerade hier war und von der du mir erzählen wolltest?

Sie ist die Frau von einem der großen Bosse in der Stadt.

Na und?

Sie hätten mal hinsehen sollen. Wirklich eine schöne Frau. Eine von diesen zierlichen, wissen Sie, Taschenausgabe, einfach vollkommen.

Nun, was ist mit ihr?

Ja, sehen Sie, ich hatte hier 'nen Freund. Das ist schon ein paar Jahre her. Er führte 'nen Schuhladen für eine der großen Firmen, und die Frauen kamen immer hin – wissen Sie, was Preiswertes zu ergattern. Und er hat sich mit ihnen unterhalten …

Gerade in dem Augenblick flog eine große Schar Stärlinge über uns hinweg, und wir blickten beide hinauf zu ihnen. Man konnte ihr typisches Knarren hören, als sie vorüberflogen, zu Tausenden.

Sie wissen ja, die Stadt ist der richtige Ort für so was. Alles ist möglich. Also nahm er diese Frauen meist mit ins Hinterzimmer, so viele er wollte. Das war bei ihm gang und gäbe. Sie verstanden das. Und was meinen Sie, hat er ihnen dafür gegeben?

Ich weiß nicht. Ein paar Dollar?

Nein.

Vielleicht wollten sie selbst auf ihre Kosten kommen und haben ihn dafür bezahlt?

Er gab ihnen vielleicht fünfundzwanzig Cents Rabatt auf ein Paar Schuhe oder vielleicht die Schmuckteile, die manchmal zur Dekoration mit ins Schaufenster gestellt werden, nur solchen Ramsch.

Bunte Seidenreste, nehm ich an und solche Sachen, sagte ich.

Er hatte sie dutzendweise. Aber dann war da dieses

kleine Mädchen, das manchmal hereinkam. Fast noch ein Kind. Aber sie war schön, vollkommen. Hübsches Gesicht, gute Manieren, das schönste blonde Lockenhaar, das Sie jemals gesehen haben. Und sehr still.

Hat er dir das alles erzählt?

Ja, wir waren damals dick befreundet und oft zusammen, bevor ich heiratete. Nun, nachdem sie ungefähr einen Monat zu ihm reingekommen war, stellte er ihr gewissermaßen die Frage. Gewiß, sie war bereit. Wissen Sie, er war 'n bißchen überrascht. Sie schien anders zu sein als die anderen, und es war ihm nicht wohl dabei. Ich nehme an, sie flößte ihm eine Art Scheu ein. So was Ähnliches.

Hat sich's aus dem Kopf geschlagen, wie?

Ach nein, er nahm sie sich schon, aber nur ein paarmal, ab und zu. Vielleicht drei- oder viermal im Laufe eines Jahres, aber die meiste Zeit über wollte er nur mit ihr spielen, wissen Sie. Sie war so schön.

Wie meinst du das: mit ihr spielen?

Er wollte sie bloß anschauen. Er sagte, sie hätte die glatteste Haut, die er sich vorstellen konnte ...

Ach so, das war's.

Da war alles dran, man hätte nichts finden können, was nicht stimmte. Er hat sie bloß gern angefaßt. Ach ja, er hat sie auch im Arm gehalten und all das, aber das Größte für ihn war, wenn er bloß dasaß und sie anschaute. Er sagte, er hätte nie etwas Ähnliches gesehen.

Reizender Kerl.

Dann begann er sie zu vermissen. Zuerst fiel es ihm gar nicht auf, aber als er es merkte, dachte er einfach nicht mehr dran. Nach ungefähr einem Jahr traf er sie eines Tages auf der Straße. Die ganze Zeit über war sie nicht im Laden gewesen.

Sie freute sich, ihn zu sehen, und sie standen eine Weile zusammen und unterhielten sich. Dann fragte er sie: Warum kommst du mich nicht mehr besuchen? Nein, sagte sie. Ich habe jetzt einen festen Freund, das ist alles vorbei. Warum kommst du nicht bloß mal vorbei, den alten Zeiten zuliebe? versuchte er, sie doch noch zu überreden. Nein, sagte sie, nicht mehr.

Nichts, was er sagte, konnte ihren Entschluß ändern. Bloß noch einmal, sagte er. Da ist doch weiter nichts dabei, oder? Da sagte sie's ihm.

Was sagte sie ihm?

Nein, sagte sie. Nicht mehr. Du hast nicht gewußt, was du mit mir anfangen solltest, als du mich hattest. Jetzt ist es zu spät.

Junge! Hat sie's ihm aber gegeben.

Ich kann's ihr nicht verübeln. Es muß schon schwer sein, wissen Sie, wenn man so schön ist. Ein Mann denkt nie an so was. Aber wenn man's vom Standpunkt der Frau aus sieht, haben sie's gar nicht so leicht. Was ist nun mit den Reifen?

Na gut. Kann ich dir zehn pro Woche abzahlen?

Der Laden gehört Ihnen, Doc. Ich lege zweie weg, und wenn Sie grade mal Zeit haben und den Wagen ein paar Stunden hierlassen können, dann ziehen wir sie auf.

Und jetzt ist sie verheiratet?

Ja, jetzt ist sie verheiratet. Er gibt ihr alles, was sie haben will. Tolle Frau, es läßt sich gut mit ihr reden.

Die bezahlte Krankenschwester

Als ich am Sonntagabend gegen elf Uhr nach Hause kam, hatte mich jemand telefonisch erreichen wollen. Ich weiß nicht, worum es geht, Mrs. Corcoran hat angerufen, sagte Floss, irgendein Unfall, der George zugestoßen ist. Du weißt doch, Andys Freund. Was für ein Unfall? Eine Explosion, ich weiß nicht, irgend so was, ich hab's nicht mitgekriegt. Er will herkommen und dich sehen. Sie will in ein paar Minuten wieder anrufen.

Als ich mich hingesetzt hatte, um die Morgenzeitung zu Ende zu lesen, klingelte das Telefon wieder, wie gewöhnlich. Seine Freundin hatte davon gehört und wollte ihn nach Norwood zu ihrem Arzt bringen. Großartig. Aber am nächsten Tage suchte er mich dennoch auf. Was zum Teufel ist mit dir passiert, George? sagte ich, als ich ihn sah. Sein rechter Arm war bis zur Schulter bandagiert, sein linker Ellbogen sah aus wie scharf gebratener Speck, an den Lippen hatte er Blasen, die Nase glänzte vor Salbe und war unförmig angeschwollen, und sein rechtes Ohr war rot und dick.

Sie wollen, daß ich wieder auf Arbeit gehe, sagte er. Sie haben mir gesagt, wenn ich nicht wiederkomme, kriege ich kein Geld. Ich möchte Sie sprechen.

Was ist passiert?

Ich arbeite bei der General Bearings Company, in Jersey City. Sie wissen, was das heißt. Das ist ein ausgekochter Laden. Ich mache mir da nichts vor, aber die können mich nicht zur Arbeit zwingen, so wie mir's geht. Meinen Sie, daß ich mit diesen Armen arbeiten gehen muß? Es geht mir um Ihre Meinung. Der Kerl in Norwood sagte, es wäre weiter nichts, aber ich konnte vergangene Nacht nicht schlafen. Ich hatte schreckliche Schmerzen. Er gab mir zwei Kapseln und sagte, ich sollte eine nehmen. Gegen drei habe ich eine genommen, und danach ging mir's noch schlechter. Ich wollte heute morgen wieder hingehen, aber ich hab's nicht fertiggebracht.

Moment mal, Moment mal. Du hast mir noch nicht gesagt, was passiert ist.

Also, ich mußte ein paar Metallscheiben sauber machen. Es war nicht die Arbeit, die ich sonst mache. Da hab ich den Vorarbeiter gefragt: Was ist denn das für 'n Zeug? Benzol, sagte er. Brennt das? fragte ich. Nicht sehr, antwortete er. Wir brauchen es hier die ganze Zeit. Ich hab ihm das gleich nicht geglaubt, denn ich konnte es riechen, es hatte einen Geruch wie Benzin oder so ein Reinigungsmittel.

Ich mußte nun diese Teile aus einem Eimer mit dem Zeug herausnehmen, an dieser Seite, meiner linken Seite, mich umdrehen und sie in den Ofen legen zum Trocknen. Neunzig Grad da drin. Dann mußte ich mich wieder umdrehen und die nächste Handvoll rausnehmen und so weiter in den Trockner und wieder zurück. Ich hatte lange Gummihandschuhe an bis fast zu den Ellbogen.

Also, ich hatte kaum angefangen, da puff! passierte es. Ich wußte erst nicht, was es war. Wissen Sie, man merkt so was nicht gleich – bis ich verbranntes Haar roch und Stoff und meine Handschuhe brennen sah. Mein Hemd brannte auch, vorne – nur gut, daß es nicht voll war von dem Zeug. Ich sprang zurück in den Gang, streckte die Hände nach hinten und schüttelte die Handschuhe ab auf den Fußboden. Der Eimer stand auch in Flammen.

Alle kamen gerannt und brachten mich ins Krankenzimmer. Alle waren aufgeregt, aber als sie sahen, daß ich nicht vor ihren Augen ohnmächtig wurde, gingen sie an ihre Arbeit zurück und ließen mich allein mit der Schwester, die mich verbinden sollte.

Dann fing ich an, alles zu spüren. Die Flammen vom Hemd müssen mir ins Gesicht gekommen sein, denn meine Nasenlöcher waren von innen versengt, und Sie sehen, was mit meinen Augenbrauen und den Lidern los ist. Sie rief den Doktor, aber der kam nicht näher als zwei Meter an mich ran. 's ist nicht so schlimm, sagte er. So rieb mir die Schwester ein bißchen den rechten Arm ein, Gerbsäure, sagte sie, glaube ich, und der wurde bloß schlimmer davon. Ich hatte mich gerade vom Ofen weggewandt, als es passierte, zum Glück für mich, so bekam ich rechts das meiste ab.

Was mach ich jetzt? fragte ich sie. Heim gehen? Ich fühlte mich elend.

Nein, natürlich nicht, sagte sie zu mir. Das ist nicht schlimm. Gehen Sie wieder an die Arbeit.

Was! sagte ich.

Jawohl, sagte sie. Und kommen Sie morgen früh wieder. Wenn nicht, bekommen Sie keinen Lohn. Und übrigens, sagte sie, gehen Sie zu keinem anderen Arzt. Sie kommen morgen früh wieder her und arbeiten wie gewöhnlich. Finden Sie das richtig?

Diese Schufte. Erzähl weiter. Gab es denn niemand, an den du dich wenden konntest? Bist du in keiner Gewerkschaft?

Nein, sagte George. So was gibt's dort nicht. Nur Kraftfahrer und Drucker haben Gewerkschaften. Sie haben sie schon so lange, daß die Firma nichts dagegen machen kann.

Na gut. Erzähl weiter.

Ich bin also wieder zur Arbeit gegangen. Sie gaben mir was anderes zu tun, aber die Schmerzen wurden so schlimm, ich konnt's nicht mehr aushalten. Da hab ich dem Chef gesagt, ich müßte heim gehen. Na gut, sagte er, gehen Sie heim, aber morgen früh sind Sie wieder da. Das wäre heute.

Du bist heute früh hingegangen?

Ich hab die ganze Nacht nicht geschlafen. Schauen Sie sich meinen Arm an.

Gut. Schauen wir ihn uns an. Am schlimmsten waren der rechte Ellbogen und der Oberarm, tatsächlich bis fast zur Schulter. Er war verbrannt und hatte die Farbe einer Schinkenschwarte, mit mehreren Flecken dort, wo der Doktor aus Norwood am Abend zuvor mehrere große Blasen geöffnet hatte. Der Arm war außerdem um ein Drittel seines normalen Umfangs angeschwollen und hatte vom Handgelenk an eine dunkelrote, purpurne Farbe angenommen. Das Ohr und die Nase sahen nicht allzu schlimm aus, aber alles in allem ging es dem Jungen gar nicht gut.

Du bist also heute früh hingegangen?

Ja.

Haben sie dich frisch verbunden?

Nein, haben sich's nur angeschaut und mich ins Lager geschickt. Sie gaben mir 'nen anderen Job. Vierzigpfund-Kisten vom Stapel zum Aufzug zerren. Ich konnte meinen rechten Arm nicht gebrauchen, deshalb versuchte ich es mit dem linken, aber ich konnte es nicht durchhalten. Ich hab ihnen gesagt, daß ich nach Hause gehe.

Und?

Die Schwester hat mir Saures gegeben. Sie nannte mich ein Baby und sagte mir, es wäre nichts weiter. Die Männer, die was viel Schlimmeres haben als das hier, arbeiten jeden Tag, sagte sie.

Das ist mir egal, sagte ich zu ihr, ich gehe nach Hause.

Na schön, sagte sie, aber wenn Sie morgen früh nicht zur Arbeit da sind, dann kriegen Sie Ihr Geld nicht. Und deswegen bin ich hier, fuhr er fort. Ich kann nicht arbeiten. Was sagen Sie dazu?

Nun, sagte ich, ich werde den Senator anrufen. Das habe ich auch gleich gemacht. Und der sagte mir natürlich, daß der Mann nicht zu arbeiten braucht, wenn ich sagte, er sei nicht arbeitsfähig. Man könnte notfalls die Sache bei der Kommission melden. Oder noch besser, ich schreibe ihnen erst mal einen Brief. Sagen Sie ihm, er soll nicht arbeiten gehen.

Du brauchst nicht arbeiten zu gehen, sagte ich dem Jungen. O.K., das klärt die Sache. Wollen Sie mich morgen sehen? Natürlich. Und nimm die verdammten Kapseln nicht länger, die er dir gegeben hat, sagte ich ihm. Taugen nichts. Hier, hier ist was viel Einfacheres, das dir wenigstens nicht bis zum nächsten Mittag 'nen Brummschädel macht. Danke. Bis morgen.

Dann ging die Sache erst richtig los. Am späten Nachmittag rief ihn die Schwester an, um ihn daran zu erinnern, daß er sich am nächsten Morgen zur Arbeit melden müßte. Ich habe ihr erzählt, daß ich bei Ihnen war, sagte er, und daß Sie die Versicherungspapiere brauchten. Sie will davon nichts hören. Sie sagt, sie schicken morgen früh das Auto der Firma und wollen mich abholen und mich zu ihrem Arzt fahren. Soll ich gehen?

Auf gar keinen Fall!

Aber am nächsten Tag machte ich Visite im Krankenhaus ungefähr gegen zehn, als mich das Büro auf einer der Etagen telefonisch erreichte. Bleiben Sie dran. Es war George. Das Auto ist hier, und sie wollen mich mitnehmen. Was soll ich tun?

Augenblick, sagte ich. Was haben die für eine Telefonnummer? Und wie heißt die Schwester? Ich rede mit ihnen. Du wartest, bis ich dich wieder anrufe. So rief ich die Schwester an und redete mit ihr. Ich höre, Sie hatten eine Explosion in Ihrem Werk, sagte ich zu ihr. Was wollen Sie damit sagen, erwiderte sie. Was haben Sie denn vor, die Sache zu vertuschen, fragte ich sie, damit die Versicherungsgesellschaft nichts davon erfährt? So was machen wir in dieser Firma nicht. Und was machen Sie gerade jetzt? fragte ich zurück. Sie plusterte sich auf und redete herum, bis ich die Beherrschung verlor und ihr ordentlich die Meinung sagte. Was soll das heißen, was soll das heißen? sagte sie immer wieder. Sie wissen ganz genau, wovon ich rede, sagte ich zu ihr. Unsere Ärzte kümmern sich um unsere eigenen Fälle, sagte sie mir. Sie meinen, Sie stellen sich zwei Meter neben einen Mann und sagen ihm, daß ihm nichts fehlt, wenn ihm die Haut halb verbrannt ist und die Nasenlöcher innen ganz versengt sind. Das ist nicht wahr, sagte sie. Er hatte kein Recht, zu einem anderen Arzt zu gehen. Was? rief ich, wenn er halb tot ist vor Schmerzen von seinen Verbrennungen mitten in der Nacht, dann hat er kein Recht, sich Rat und Hilfe zu verschaffen? Meinen Sie vielleicht das? Er hat das Recht, unseren eigenen Doktor zu konsultieren, wenn er einen braucht, sagte sie. Mitten in der Nacht, fragte ich sie. Jetzt sage ich Ihnen mal, was Sie machen, sagte ich. Sie schicken mir die Versicherungspapiere zur Unterschrift. Haben Sie mich verstanden, sagte ich, und machen Sie das schnell, wenn Sie wissen, was gut für Sie ist. Wir wollen aber, daß er zu unserem eigenen Doktor geht. Sie blieb hart. Na gut, sagte ich, Ihr eigener Doktor kann ihn sehen, aber er darf nicht arbeiten gehen. Merken Sie sich das gut, sagte ich. Und genau das erzählte ich ihm.

Er fuhr im Auto der Firma zu ihrem Doktor zurück.

Es war komisch. Wir waren an jenem Abend gerade beim Abendbrot, als er an die Haustür kam. Ich hatte diesen Abend keine Sprechstunde. Floss forderte ihn auf, hereinzukommen und sich zu uns an den Tisch zu setzen, aber er hatte schon gegessen. Er hatte einen seltsamen Gesichtsausdruck, halb belustigt und halb verwirrt.

Ich weiß nicht, sagte er. Ich konnte es nicht fassen. Sie hätten sehen müssen, wie sie mich behandelt haben. Ich war schon drauf eingestellt, wieder rausgeworfen zu werden, aber o nein! Die Schwester war zuckersüß. Kommen Sie nur rein, George. Geht's Ihnen gut, George? Sie sehen nicht sehr gut aus. Wollen Sie sich nicht hinlegen, hier auf die Couch? Ich dachte, sie hält mich zum Narren. Aber sie meinte es ernst. Was für ein Unterschied! So haben sie mich beim ersten Mal nicht behandelt. Dann sagt sie, es ist so heiß hier drin. Ich werde den Ventilator anstellen, damit Sie es ein bißchen kühler haben. Und hier, hier ist ein schönes Glas Orangensaft. Im Ernst. Was für ein Unterschied!

Floss und ich brachen gegen unseren Willen in helles Gelächter aus. Ach, jetzt ist alles in Butter, sagte er. Aber du gehst nicht arbeiten? Nein, ich brauche nicht zu arbeiten. Sie haben mich nach Hause geschickt mit dem Firmenauto, und sie holen mich morgen früh wieder ab. Das einzige ist, sie haben den Mann hereingeholt, der mich eingestellt hat. Da habe ich mich ganz klein gefühlt. Du hättest dich nicht so verhalten dürfen, George, sagte er zu mir. Wir sorgen schon für dich. Wir sorgen immer für unsere Leute.

Ich kann's ertragen, Sir, sagte ich zu ihm. Aber ich konnte einfach nicht wieder an die Arbeit gehen nach den Verbrennungen, die ich hatte. Du hättest nicht weiterarbeiten müssen, sagte er. Doch, ich mußte, sagte ich. Ich mußte Vierzigpfund-Kisten auf dem Fußboden herumziehen ...

Wirklich? sagte er.

Das hatte er nicht gewußt, nicht wahr? warf ich dazwischen. Ich bin froh, daß du den Mund aufgemacht hast. Und sie wollen, daß du morgen wiederkommst?

Na gut, aber fange nicht an zu arbeiten, bis ich es dir sage. Aber er tat es. Immerhin sind Jobs heutzutage nicht leicht zu bekommen, nicht einmal bei einer so ausgekochten Firma wie dieser. Ich bekomme auch keine Entschädigung, haben sie mir gesagt, nicht einmal für eine Narbe.

Wirklich?

Und sie haben gesagt, sie wollen auch Ihnen nichts bezahlen.

Mal sehen, was der Senator dazu sagt.

Zwei Tage später kam er wieder und erzählte mir den Rest. Ich bekomme sie jetzt, sagte er. Es scheint, daß sie einen versichern, wenn man ein Jahr dabei ist, aber zuvor hat man keinen Schutz. Nach einem Jahr, so erzählte mir einer von den Kollegen – ja, da hatten sie mal einen Mann dort, der hatte sich den Knöchel ein wenig verstaucht. Es war nicht schlimm. Aber sie haben ihm den vollen Lohn gezahlt, fünf Monate lang, haben Sie das gewußt? Sie ließen ihn nicht mal arbeiten, als er es wollte.

Na dann gute Nacht!

Oje, das war komisch heute, fuhr er fort. Als sie meinen Arm verbanden, hatte sich ein großes Stück Haut gelöst, und sie zogen es ab. Es tat bißchen weh, ach, wissen Sie, nicht sehr, aber ich hab sie wohl merken lassen, daß ich was spüre. Mein Gott! Die Schwester ließ mich gleich auf die Couch legen, ehe ich maff sagen konnte. Und, wissen

Sie, das war gegen halb zwei. Ich weiß nicht, was mit mir los war, aber als ich aufwachte, war es vier Uhr. Ich hatte die ganze Zeit geschlafen! Sie hatten mich mit 'ner Decke zugedeckt und alles.

Gut!

Wieviel bin ich Ihnen schuldig? Denn ich möchte Sie bezahlen. Hat keinen Zweck zu versuchen, es von denen zu bekommen. Wenn ich irgendwelche Schwierigkeiten mache, wollen sie mich in der ganzen Gegend auf die schwarze Liste setzen, das haben sie mir gesagt.

Lena

Der Fisch schmeckt gut hier, sagte Pete.

O ja, sagte der Mann hinter der Theke. Wir haben den besten in den Staaten. Er lehnte sich nach vorn, seinen beiden Kunden zu, hantierte hinter dem Tresen, so daß er, wenn er sprach, zu ihnen aufblicken mußte mit seinen großen, wäßrigen Augen.

Das macht die Butter, sagte Lena. Dons forschender Blick glitt von dem, der zuerst gesprochen hatte, zu der grauhaarigen Frau hinüber, die aufrecht links neben ihm saß. Er gab keine Antwort.

Aber Sie müssen, wie ich sehe, vor Ihren Fenstern immer ein Fliegengitter haben, sagte Lena. Dann, zu dem Koloß von einem Mann, der neben ihr saß: Komisch, Zitronen auf einem Baum wachsen zu sehen; kann mich nicht dran gewöhnen. Riecht auch so gut. Grade wie das Graas im zeitigen Frühjahr.

Gefällt's Ihnen? sagte der Mann in dem schmutzigen weißen Kittel hinter der Theke.

Nein, 's gefällt ihr nicht, sagte Pete.

Besser oben in Jersey zu dieser Jahreszeit?

Die beiden auf den hohen Stühlen blickten auf ihn herunter. Woher wissen Sie, daß wir aus Jersey kommen?

Sehen Sie mal, Mann. Hierher kommen Leute aus den ganzen Vereinigten Staaten, aber kein Mensch sagt ›Graas‹, so wie Sie es grade gesagt hat. Ich stamme selber aus Rutherford. Wissen Sie, wo das liegt? Dachte ich mir. Wie lange sind Sie schon hier?

Zwei Tage, und sie will schon wieder heimfahren. Gehört Ihnen der Laden?

Nein, ich arbeite hier bloß. Zum ersten Mal hier unten?

Zum ersten und letzten, sagte Lena. Zu dieser Morgenstunde war niemand weiter im Lokal, und die beiden auf ihren hohen Stühlen schienen keine Lust zu haben, sich in Bewegung zu setzen. Heinselmann ist mein Name, sagte der dicke Mann. Schweinehändler. Aus Secaucus. Das ist meine Frau Lena. Wie heißen Sie?

Don. Bloß Don. 's gefällt ihr also nicht hier, wie? Schaun Sie sich erst bißchen um. Es wird Ihnen ans Herz wachsen.

Es gefällt mir ganz gut, aber ich will nicht hierbleiben. Sie drehte sich zur Seite und blickte über den Hof mit seinen Palmen und Oleandern hinüber zu den Arkaden des großen Speisesaals. Zwanzig Dollar, das mußten wir berappen, als wir gestern abend dort drüben gegessen haben.

Gott, Lena, sagte ihr Mann. Wir sind hier unten auf Urlaub, der erste, den wir zusammen machen. Das Essen war teuer, das stimmt …

Aber Sie müssen zugeben, es ist gut, sagte der Mann hinter der Theke, und wenn wir Sie nicht bezahlen ließen, würde es Ihnen keinen Spaß machen. Aber ich will Ihnen was sagen. Hier in diesem Lokal kriegen Sie genau dasselbe Essen. Probieren Sie's mal? Die Kokossahnetorte ist besonders gut heute.

Nein, bloß 'ne Tasse Kaffee.

Sieht aus, als hätten Sie Heimweh. Was sind Sie, auf Hochzeitsreise?

Der große Mann lachte. Auf Hochzeitsreise! Das ist gut. Was sagst du, Lena, sind wir auf Hochzeitsreise?

Als Don merkte, daß von der Frau keine Antwort zu erwarten war, redete er weiter. Er sah sie scharf an, ließ seine Unterlippe herabhängen, so wie er's immer tat, und sagte: Sie kommen mir bekannt vor. Waren Sie schon mal in Richfield drüben?

Bestimmt, nehm ich an.

Waren Sie auch in Dons Muschelbar?

Glaub schon.

Gehörte mir damals. Dann wandte er sich an den Großen. Sehen Sie, sagte er. Ich mache hier um zwei Schluß. Bleiben Sie noch ein bißchen sitzen. Ich möchte Ihnen 'n paar von den Sehenswürdigkeiten zeigen. O.K., Lena?

Ganz schön keß. Aber etwas in der Art, wie er es sagte,

ließ sie lächeln. Klar, warum nicht? Alles, was aus der Heimat kommt.

Ist geritzt! rief Don. Sie kamen mir gleich bekannt vor, als ich Sie das erste Mal gesehen habe. Wir werden uns prima vertragen.

Sie saßen auf einer der Parkbänke mit dem Blick aufs Wasser, wo man weit drüben über der Bucht die blinkenden Lichter der äußeren Stadt sehen konnte. Lena saß in der Mitte, flankiert von den beiden Männern.

Ich hatte mal Gelegenheit, 'ne Menge Moos zu machen. Und ich hab's auch gemacht. Sandgrube bei Haverstraw. Eine Frau hat mir's wieder aus der Tasche gezogen.

Und der Alkohol wahrscheinlich, sagte Lena.

Aber was mir wirklich den Rest gegeben hat, das war der älteste von meinen Jungen. Er ist nicht mal bis in den Krieg gekommen, bloß 'n Übungsflug. Er startete irgendwo bei New Orleans – das ist 'ne Stadt, die Sie sich mal ansehen müßten – und kam nie wieder zurück. Benzin war alle, so einfach war das. Sie haben mir die Leiche gebracht.

Das muß aber schon 'ne ganze Weile her sein, sagte Lena und setzte sich anders.

Ja, man wird richtig steif, wenn man auf diesen Bänken hier hockt. Was meinen Sie, wollen wir mal rübergehn zu mir und eine kleine Partie Pinokel spielen?

Komm, Lena, sagte ihr Mann. Und 'n Bier, was?

Klar, aber mit dem Essen sieht's lausig aus. Und ich zeig Ihnen mein Modell für 'ne Maschine zum Garnelensäubern.

Stellen Sie die her?

Nein, ich hab sie erfunden. Kommen Sie, bloß 'n halben Block die Straße runter. O.K., Lena? 's ist erst neun, Mädchen. Kommen Sie.

Gegen elf Uhr wollte Lena zurück ins Hotel. Wir reisen morgen früh ab.

Kann ich Sie nicht umstimmen?

Na komm, Lena. Zwei Wochen. Hier ist es warm und schön. Was können wir schon zu Hause machen?

Arbeiten.

Da frage ich Sie, Don, was ist das bloß für 'ne Frau? sagte der dicke Mann und schüttelte den Kopf.

Sie können froh sein, daß Sie die haben. Was sagen Sie dazu, Lena? Ich habe hier unten nicht viele Leute, mit denen ich mich anfreunden kann. Ich werd' Ihnen mal zeigen, wie man sich gut amüsiert.

Wo ist denn Ihre Frau und die beiden Kinder, von denen Sie uns erzählt haben? konterte Lena. Ich trau Ihnen nicht über den Weg. Sie reden bloß gerne groß daher und kübeln gern einen. Ihre Sorte kenne ich.

Don lachte. Passen Sie auf, Lena, bleiben Sie noch'n bißchen hier, und wir nehmen den lieben Peter mit auf 'ne Tour. Ich mein's im Ernst. Sie haben ja überhaupt noch nichts zu sehen gekriegt.

Wozu wollen Sie das für mich machen? Ich bin kein junges Ding mehr. Wollen Sie mich an der Nase rumführen? Ich verstehe Sie nicht.

Morgen früh. Ich kann nicht mitkommen, ich muß arbeiten, aber Sie können da eine bildschöne Fahrt rund um die Lagune machen, und ...

Womit? So viel Geld haben wir nicht.

Geht auf meine Rechnung. Ich hab 'nen 1948er Cadillac. Richtig Klasse. Und 'nen Knaben, der euch fährt. Alles was ihr wollt.

Was zum Teufel ist mit Ihnen los? sagte Lena. Sie kennen uns doch gar nicht.

Hören Sie, Sie kommen von dort oben, wo ich auch herstamme. Hören Sie, Sie denken, ich mache Ihnen was vor und will Sie anschmieren?

Lena, sagte ihr beleibter Mann. Don ist 'n guter Kerl. Er will bloß nett zu uns sein. Er möchte, daß du noch hierbleibst, ich möchte, daß du noch hierbleibst – noch vierzehn Tage. Wir haben doch das Geld.

Ja, aber doch nicht, um es für so ein trostloses Loch rauszuschmeißen. Na gut. Bleib ich eben noch bis Sonntag, wenn dich das glücklich macht.

Braves Mädchen! Haben Sie schon mal 'nen Hahnenkampf gesehen, Pete? Und am Samstagnachmittag können wir zum Pferderennen gehen.

Und bestimmt auch wetten, sagte Lena.

Zehn Dollar! Was könn' Sie da schon verlieren? Ich werd' schon auf Sie aufpassen.

Er ist schon ziemlich voll, tuschelte sie ihrem Mann zu.

Nein, sagte Don an dem kleinen Metalltisch unter einer Zeltbahn, wo sie sich nach dem letzten Rennen des Programms niedergelassen hatten. Er hatte dreißig Dollar gewonnen. Sie hatte verloren. Für Pete stand es einigermaßen ausgeglichen. Ich bin nicht voll, bloß 'n bißchen beschwipst. Ich werd' nie betrunken.

Also dann hören Sie auf zu trinken, sagte Lena.

Is' mir recht. Hören Sie auf zu trinken, sagt sie und da hör ich auf. Und er packte die noch halb volle Flasche Old Grand-dad am Hals und warf sie weit weg ins Gras unter die Palmen, wo sie in einer Schlängellinie dahinrollte und Whisky ausspuckte, bis sie an der Betonmauer des Nachbarpavillons landete und liegenblieb, ohne zu zerschellen. Sie hat Recht. Hör auf zu trinken, Don. Dir zuliebe würde ich mit dem Trinken aufhören. Weil du es bist. Du hast ein Herz. Aber das Aas, das ich geheiratet habe … Tut mir leid. Tut mir leid, daß ich das gesagt habe. Sie hat kein Herz. Sie hat die beiden Mädchen. Was zum Teufel will sie noch? Was habe ich denn? Und das ist nicht mal die Hälfte davon.

Lena sah aus, als wollte sie ihm gleich den Tisch in den Bauch rammen und gehen. Sie schaute ihn finster an und biß sich auf die Lippe. Ihr Mann, der um die Augen etwas eingefallen aussah, beobachtete sie und wartete, was sie wohl als Nächstes tun würde. Sie starrte Don an, der sich mit offenem Mund vorbeugte, fasziniert, und seine Arme zwischen den Knien hängen ließ.

Trinken wir noch 'n Bier, sagte Lena. Dann gehen wir heim.

Wo ist sie? fragte Don am nächsten Morgen in der Bar. Schläft sie sich aus?

Ich war mir nicht sicher, ob du heute morgen auf hast.

Was hat sie vor?

Unsere Koffer packen für die Heimreise. Danke, daß wir uns das Auto borgen konnten. Hab mich gut amüsiert.

Das kann sie mir nicht antun, sagte Don. Sag ihr, sie soll runterkommen. Ich möchte mit ihr reden.

Ist 'n komisches Mädchen. Weißt du, womit ich mein Geld verdient habe, he? Schweine.

Klar, sagte Don. Sie hat mir's erzählt.

Riecht nicht gut. Drum hab ich ihr'n kleines Häuschen gekauft, draußen auf dem Lande.

Ja, ja, sagte Don, Sie hat mir's erzählt.

'ne hübsche kleine Farm, ganz so, wie sie immer eine haben wollte. Das beste Farmland im ganzen Bundesstaat. Kiefernwald, Gras. Es riecht gut. Wir haben ein paar Hühner, alles, was sie will. Rundum bequem. Ich hab grade die neueste Kombination eingebaut, Geschirrspüle, Waschmaschine und Ausguß, grade, wie sie's wollte. Und was denkst du, was sie sagt?

Weiß der Teufel, sagte Don, was 'ne Frau will.

Sie will das ganze verdammte Grundstück verkaufen. Sie will dorthin zurück, wo ich mein Geschäft habe, ins Graasland. Dabei hab ich sie geheiratet, um sie von dort wegzukriegen.

Don sah nieder auf das Glas, das er polierte.

Drum sag ich zu ihr: Komm mit nach Miami runter für 'n paar Wochen, vielleicht änderst du dann deine Meinung.

Vorsicht, sagte Don, ohne den Blick zu heben. Sie kommt, hinter dir. Dann blickte er auf und tat so, als hätte er sie gerade erst gesehen, Hallo, Lena, alte Bisamratte. Was darf's sein?

Sie lächelte. Wie gern würd ich mal wieder 'ne Bisamratte sehen. Bloß 'ne Tasse Kaffee. Schwarz. Ich fühle mich wie neugeboren, wirklich. Wir fliegen heute nachmittag zurück.

Fliegen, was denn nicht noch alles!

'türlich, geht am schnellsten. Sie war in bester Laune. Wißt ihr, woran ich in der vergangenen Nacht gedacht habe. Weißt du's Pete?

Ich weiß nie, woran du denkst.

Ich hab gedacht, als ich so dalag und mir die Flugzeuge über'n Kopf flogen, wie sie's hier unten tun. Ich hab an 'ne Geschichte gedacht, die mir einer der Jungen mal erzählte, einer von meinen beiden jüngeren Brüdern, die ich großgezogen habe, als mein Vater und meine Mutter gestorben waren. Sie gingen immer auf Jagd ins Graasland, wie sie groß genug waren. Und wißt ihr, einmal brachten sie mir drei Gänse heim, was man so Kanadagänse nennt, die sie geschossen hatten. Kam mir aber ziemlich verdächtig vor.

So wie du uns das erzählst, könnte man denken, das wäre 'n Landsitz gewesen, was ihr da oben in Westchester hattet. Als ich noch 'n Kind war, hab ich das Graasland auch gekannt. Kannst du mir glauben.

Doch, aber du hast es nie auf die Art geliebt wie ich, sagte Lena.

Sie hat mit den Jungen in 'ner kleinen Hütte dort gewohnt, als sie jung war, sagte Pete. Das war alles, was sie hatte.

Rück schon raus damit – mit dem Traum.

Sie schlürfte ihren Kaffee, der kochend heiß war, und blickte Don vorwurfsvoll über den Tassenrand an.

Paß auf, daß du dir die Zunge nicht verbrennst, sagte ihr Mann.

Also, ich mußte dran denken, sagte Lena, was mir einer meiner Jungens erzählte. Ich kann mich noch gut an den Tag erinnern, ich dachte, er würde nie wieder nach Hause kommen. Ich dachte, vielleicht hat er sich erschossen – es war schon so spät. Die Sache war die, er wollte sehen, wie sich die Stärlinge abends niederlassen, und drum versteckte er sich schon früh zwischen Schilf und Rohrkolben, stundenlang. Stundenlang mußte er auf sie warten.

Um sie abzuknallen, wie?

Aber hauptsächlich, um sie zu beobachten. Er hatte sich gut versteckt. Wenn man solche Tiere überlisten will, muß man wirklich wissen, wie man's macht. Er lag auf dem Rükken, halb eingeschlafen, als er's überall um sich herum wie Feuerwerk losgehen hörte. Zuerst wußte er nicht, was das war. Er fürchtete sich. Und was meint ihr, was es war?

Ich weiß nicht. Jesse James und seine Brüder?

Die Vögel. Sie sind ziemlich schwer, wißt ihr, diese Stärlinge. Und wenn sie einfallen, zu Hunderten, vielleicht Tausenden, und sich auf dem langen, dürren Schilfrohr niederlassen, dann bricht es ab wie Pistolenschüsse, sagte er. Das war's, was er gehört hatte – überall um ihn herum, und die Vögel kamen und ließen sich für die Nacht auf dem Schilfrohr nieder. Ich hab das nie vergessen.

Es gab eine lange Pause.

Weißt du, Don? Als ich in der vergangenen Nacht über dich nachdachte, habe ich etwas begriffen. Ich bin jetzt eine verheiratete Frau. Das hatte ich vergessen. Ich glaube, ich muß jetzt alle diese Dinge seinlassen.

Landregen

Wenn das die Schweiz wäre, dachte ich, würden wir sagen, es sei wunderschön: niedrige Wolkenfetzen, die langsam aus den dicht bewaldeten Hügeln aufsteigen. Aber da dies Amerika ist, sagen wir einfach naß dazu. Naß, und jemand am Nebentisch fragt, ob es aufhören oder den ganzen Tag so weiterregnen würde.

Das ist es gerade, was die Landwirtschaft braucht, sagte eine der älteren Lehrerinnen.

Der junge Mann, der ihr am Tisch gegenüber saß, erwiderte: Es reicht noch lange nicht, das sagen die Farmer immer. Wir brauchen mehr davon, das ist noch lange nicht genug. Alles lachte.

Dann kam Ruth mit dem Toast herein. Ziemlich klein, breiter Mund, schöne Zähne und blitzende blaue Augen, denen nichts entging. Hinter ihrem Rücken war Helen für einen Moment zu sehen, wie sie sich über einen Tisch in der Küche beugte und Kaffee eingoß.

Wo bist du gewesen, Ruth? fragte jemand.

Ich wollte vor euch türmen, antwortete sie, aber ich hab's nicht geschafft. Und sie lachte. Jeder lachte sofort, wenn er oder sie etwas laut genug gesagt hatte, daß alle es hören konnten, das war so Sitte.

Jemand sagte: Guten Morgen, Ruth.

Oh, guten Morgen! erwiderte sie. Das vergesse ich immer zu sagen. Guten Morgen! Und sie schenkte jedem ihr Lächeln, während sie von einem der drei Tische zum anderen ging.

Wir haben dich heute früh vermißt.

Ruth blickte sie an. Was glaubt ihr, wer die Pfannkuchen gemacht hat?

Sobald das Frühstück vorüber war, gingen wir alle zehn einer nach dem anderen ins Wohnzimmer und auf die geräumige, überdachte Veranda, um festzustellen, ob der Regen aufgehört hatte, oder um die Briefe zu lesen, die Ruth von ihrem morgendlichen Gang zur Post aus dem Dorf mitgebracht hatte.

Wandern? sagte der junge Mann, der schon vorher gesprochen hatte, auf seine Frau gemünzt, o Gott, sie gibt nicht eher Ruhe, bis man sich die Füße abgelaufen hat. Ich wandere ja ganz gerne, aber so sehr nun auch wieder nicht. Ich glaube, es hellt sich auf.

Wir drei Männer unter all den Frauen – George, so hieß er, der alte Mann und ich – standen herum und beobachteten, wie eine Diesellokomotive direkt unter uns im Tal einen leeren Güterzug auf ein Nebengleis rangierte. Das ist mein Beruf, sagte George, Diesellokführer. Nein, die sind nicht sauber, das kann man nicht sagen – aber sie haben eine große Zukunft. Es war etwas, worüber er hier, auf Urlaub von der Großstadt, mit Sachkenntnis reden konnte.

Am Abend zuvor hatte Helens Vater, der alte Mann aus Basel, gesagt, als er einen schweren Güterzug sich dem Tunnel nähern sah: Nicht wie in Europa. Er hatte das sanfte Gesicht, die runde, dicke Nase, das fliehende, aber kräftige Kinn eines Zirkusclowns ohne die Schminke. Und er trug immer eine spitze Tuchkappe, drinnen wie draußen. Er saß die meiste Zeit in Hemdsärmeln in einem der Zimmer mit weißem Kragen und schwarzer Krawatte, die Bündchen durch eindrucksvolle Ärmelschoner geschützt. Früher war er ein hochqualifizierter Weber gewesen.

In Europa machen sie nicht so viel Lärm, sagte er nun. Und nicht so viel Qualm ... Wenn sie aus dem Bahnhof ausfahren, dann tuten sie nicht. Nur eine kleine Glocke, und sie fahren los. Hier machen sie zuviel Lärm.

Aber die Züge sind schwerer hier, erwiderte ich. Alles ist schwerer gebaut. Sie ziehen größere Lasten.

Ja, stimmte er zu, vorige Woche habe ich einhundertfünfunddreißig Waggons gezählt. Dazu braucht es eine Menge Kraft. Einhundertfünfunddreißig Waggons ziehen. Er versuchte, die Unterhaltung fortzusetzen, aber sein Wortschatz ließ ihn im Stich. Ist schön hier, schloß er. Bin nun eine Woche hier, und fühle ich mich jetzt wohl.

Ja, die Luft ist gut, sagte ich und blickte zurück zum großen Vorderfenster des Wohnzimmers, wo die dunkelgrünen Blätter einer üppig blühenden Begonie dicht gegen die Scheibe drückten. Alles ist sauber hier und wächst gut. Wenn man zu Hause in den Garten geht und mit den Fingern über ein Blatt streicht, sind sie schwarz vor Schmutz.

›View Crest‹ hatten die Mädchen das Haus genannt, weil man von hier aus ungehindert das stille Tal, seinen schnellen, flachen Fluß und die Straße überblicken konnte, die nach Süden anstieg und nach East Halsey hinüberführte, das außer Sichtweite jenseits der gegenüberliegenden Hügelkette lag. Tatsächlich jedoch befand sich das große weiße Haus, das sie aus wirtschaftlichen Gründen übernommen hatten, nicht ganz auf dem Gipfel, eher an einer Stirnseite des Landschaftsreliefs: der Kamm des Hügels stieg noch etwas höher und weiter an bis zu Tilfords Haus in der Ferne und dann noch weiter hinauf bis zur dahinterliegenden Hochebene, auf der sein Zuckerahornwald stand. Es war ein idyllischer Fleck, ohne Zweifel.

Regnet immer noch! Wird sich aufklären bis Mittag, denke ich. Als wir in das Wohnzimmer zurückkamen, wo sich die Frauen über ein kompliziertes Puzzlespiel äußerst erhitzten, fiel mein Blick auf die Rückseite der Begonienblätter, die ich von der Veranda aus sich leuchtend grün vom Glas abheben gesehen hatte. Von hier aus waren sie behaart, adrig und tiefrotbraun, durchscheinend, wie zum Licht drängende Hände.

Ich zeigte auf ein afrikanisches Veilchen in voller Blüte auf einem kleinen Tisch. Wie lange steht das schon hier? fragte ich den alten Mann.

Zwei Jahre, sagte er.

Ich dachte, es wäre erst kürzlich gekauft worden; es sieht aus, als wäre es grade aus dem Blumenladen gekommen.

Nein, stand da, sagte er.

Herrliches Wasser! bemerkte Flossie begeistert, als sie an jenem Morgen aus dem Bad kam. Ich habe zwei Gläser getrunken. Es gibt soviel Schönes hier, und die reizende Atmosphäre.

Das sind die Mädchen – und die anderen.

Das Gemüse schmeckt so gut.

Das kommt, weil es frisch ist.

Der Kürbis gestern abend war besonders gut. Wirklich köstlich. Wir kaufen ihn hier im Dorf, hatte Ruth ihr erzählt, er wird hier angebaut. Wir haben nächste Woche unseren eigenen.

Warum schreibst du keine Erzählung über dieses Fleckchen Erde, solange es regnet, sagte Floss, wo du schon mal deine Schreibmaschine aufgestellt hast.

›Landregen‹, sagte ich, schaute aus dem Schlafzimmerfenster über die gepflügten Felder. Oder ›Die dunkelhaarige Helen‹, wie?

Ruth hatte einen kleinen Tisch aus der Küche für meine Maschine ausfindig gemacht. Stört euch mein Tippen? fragte ich sie; mein Zimmer lag genau über dem, wo sie arbeiteten.

Ach nein, sagte Ruth. Manchmal kommt es uns vor, als ob es donnert.

Ich dachte, es könnte dich an die alten Tage im Büro erinnern, und du könntest dann wieder zurück wollen.

Niemals! sagte sie. Wenn meine Schwester und ihre Kinder nicht dort wohnten, würde ich nie wieder zurückkommen, nicht mal zu Besuch. Warum es mich so glücklich macht, hierher zurückzukommen, kann ich dir nicht sagen!

Ja, stimmte Flossie zu, mir hat sie dasselbe gesagt. Ist es nicht auch nett, wie sie den alten Mann seine Rolle spielen lassen? Er braucht sich überhaupt nicht überflüssig vorzukommen. Er putzt das Gemüse. Das ist seine Sache.

Und habt ihr den Keller gesehen? fragte eine der anderen Frauen.

Ruths Mutter schaltete das Licht am oberen Ende der Treppe ein und führte uns hinunter.

Oh, wie schön! Das erste, worauf unser Blick fiel im Schein des elektrischen Lichts, als wir hinabstiegen, waren die bunten Reihen von Einweckgläsern mit Obst und Gemüse, rot und grün und gelb, schön geordnet in Regalen fast bis zur Decke.

Zur Zeit haben wir Flaute. Aber ich habe gestern festgestellt, daß die Tomaten langsam reif werden. Nächste Woche werden wir wieder alle Hände voll zu tun haben. Es strengt mich ziemlich an, fügte Mrs. B. hinzu.

Das kann ich mir vorstellen, sagte Floss mitfühlend. Ölheizung, nehme ich an? Natürlich. Aber warum zwei Tanks?

Das war Mr. Tilfords Idee, sagte unsere Führerin. Je tausend Liter. Seht ihr, im Winter ist es ziemlich schwierig für die Autos, hier heraufzukommen durch den Schnee; wir haben manchmal sechs Meter. Deshalb müssen wir rechtzeitig bestellen. Da wir immer nur einen Tank in Benutzung haben und den anderen in Reserve lassen, ist uns das Öl noch nie ausgegangen.

Und das Wasser? Ich fragte mich gerade, wo ihr das Wasser herbekommt.

Da gab es, umrahmt von einer niedrigen Betoneinfassung, die etwa dreißig Zentimeter über den Boden ragte, eine viereckige Zisterne, etwa anderthalb Meter tief, in die sich ein ständiger Strom klaren, eiskalten Wassers ergoß. Wir kosteten beide davon aus einer Blechkelle, die wir unter den Zufluß hielten, ohne sie in die Zisterne zu tauchen.

Aber schaut euch das an! Es war eine große Papiertüte unter den Deckenbalken mit der Aufschrift ›Ruths Stiefel‹. Wir lachten alle.

Kannst du mir sagen, was das für eine weiße Blume ist, die da an einer Ranke bei den Kürbissen blüht? Sie ist wunderschön, sagte Floss. Ich habe so eine noch nie gesehen; sieht aus wie große weiße Prunkwinde. Duftet aber süß. Es ist unglaublich.

Ach ja, das muß die Blüte von einem Zierkürbis sein. Wir lassen dort immer ein paar wachsen. Ruth liebt die Kürbisse – nur als Schmuck, im Herbst.

Wie schön, sagte Floss.

An jenem Abend wollte uns Ruth ihre Aufnahmen zeigen. Ein paar von euch haben sie schon gesehen, entschuldigte sie sich, aber vielleicht macht es euch nichts aus, alles noch mal über euch ergehen zu lassen.

Vier Rollen Film, in Farbe, dazu Dutzende von Fotos, Winter, Frühling, Sommer und Herbst – eine Darstellung der Inbesitznahme und der Entwicklung des Anwesens. Ausgezeichnete Arbeit. Ohne Filme und Fotos konnte man den Enthusiasmus des Mädchens ahnen, aber besonders für den provinziellen Städter brachte das in Bildern Festgehaltene ihre Fähigkeit und ihre Courage deutlich zum Ausdruck.

Ist sie nicht hübsch, riefen die Frauen, als Ruth in Arbeitshosen vom Tomatenpflanzen aufblickte und sich den Schweiß aus dem verschmutzten Gesicht wischte.

Helen ist mehr für das Filmen; Ruth fotografiert und entwickelt auch selber und macht die Abzüge.

Helen und ihre Schwester kochen, Ruth erledigt die ganze Backerei, sagte eine der Frauen leise. Ihre Mutter hält die Zimmer in Ordnung.

Oh, da ist Mr. Tilford! flüsterte eine der Frauen im Dunkeln. Seine Frau ist den Sommer über in England. Bekommt keinen Rückflug.

Das ist unser Gehilfe! rief Ruth von hinten, als ein Mann in den mittleren Jahren mit einem Bauernwagen auf der Leinwand erschien. Das ist sein Haus, was ihr oben auf dem Hügel seht. Die kräftige Gestalt schritt weiter über das frisch gepflügte Feld hinter dem Wagen her, während sein Collie um ihn herumtollte. Das war im letzten Herbst, sagte Ruth.

Er ist ein guter Mann, flüsterte mir der Diesellokführer vertraulich zu. Voller Energie; hält die ganze Stadt in Bewegung. Vor ein paar Jahren ist sein Haus vollkommen abgebrannt, wie ich hörte. Im Februar. Sie konnten nichts weiter tun, als dabeistehen und es brennen lassen. War einfach nichts zu machen, man konnte nur zusehen, wie es niederbrannte, bis auf die Grundmauer. Sie konnten nichts retten. Weder Möbel noch sonst was.

Ich wette, sie haben auch ein paar sehr hübsche alte Sachen gehabt. Schlimm, sie auf die Weise zu verlieren, sagte ich.

So geht's nun mal, erwiderte er. Die Stadt verhalf ihm zu einem anderen Haus. Baute ihm alles wieder auf. Er ist Hilfssheriff dort; ihm gehört der ganze Talhang hier. Oben auf dem Hügel geboren, wie man sagt. Schon ein toller Mann. Das ist sein Kater. Schaut euch diesen Kater an! Will an uns vorbei ins Haus. Sieh den an, Opa. Schlaues Kerlchen, was? Mach dich fort, Distrikt, du kannst hier nicht rein. Da waren ein paar Burschen hier einquartiert im Kriege, Leute aus dem dritten Distrikt, die haben ihm den Namen gegeben. Distrikt nannten sie ihn.

Am nächsten Morgen waren die Briefe auf dem Postamt noch nicht sortiert, als Floss und ich danach fragten, weil wir Ruth den Weg abnehmen wollten; und um uns die Zeit zu vertreiben, beschlossen wir, eine Nebenstraße hinaufzufahren, die wir vorher am Rande der Stadt entdeckt hatten – es regnete nur noch ganz leicht –, um festzustellen, was es dort zu sehen gäbe.

Es ging steil und schlüpfrig bergan, wurde aber oberhalb der Talsohle sofort ebener. Dort mußten wir vor den verwitterten Brettern einer alten überdachten Brücke anhalten, kein besonders hervorstechendes Exemplar, aber ein echtes Erinnerungsstück an die vergangenen Zeiten; doch war eine Neonlampe am uns gegenüberliegenden Torbogen befestigt. Brücke gesperrt, stand auf einem Schild, das etwas seitlich an der Straße stand. Aber ein Auto war vor mir gefahren; ich konnte seine Spur in der Nässe erkennen. Es war auch hinübergefahren – vorsichtig.

Ihre Mutter erzählte mir, sagte Floss, daß sie viele Verehrer hatte. Aber als sie hier heraufzog, teilte sie keinem von ihnen mit, wohin sie ging. Ich war enttäuscht, gab sie zu, aber Ruth wollte es so. Na ja, und das war's dann.

Und warum auch nicht? sagte Floss zu mir. Wenn sie nichts mehr mit Männern und dem ganzen Kram zu tun haben will und wenn ihr das gefällt, dann ist das ihre Sache. Aber sie ist zu hübsch und gescheit, als daß das so bleibt, glaube ich.

Nein, bemerkte ich. Frauen können ganz gut ohne Mann auskommen, wenn sie nicht gerade einen Alligator in der Badewanne haben wollen oder so was.

Natürlich, sagte Floss und überhörte mich, könnten sie einen Mann gebrauchen und brauchen manchmal wirklich einen, wie ein Farmer ein Pferd braucht. Aber wenn sie tüchtig genug sind und sexuelle Ablenkungen nicht besonders amüsant finden, dann kommen sie ganz gut zurecht; sparen sogar Zeit und Energie für Produktiveres.

Ich möchte wissen, ob sie ein Kind adoptieren könnten, wenn sie das wollten.

Sie hat eine Kusine, fuhr Floss fort, in Gedanken immer noch vage mit Ruth beschäftigt, die beim State Department in Washington ist. Ein schwedischer Name. Sie hat ihn mir genannt, aber ich habe ihn vergessen.

Dann hat sie ja tolle Beziehungen. Man sieht ihr das an.

Ich brachte das Auto auf einem dunklen, durch dichten Wald führenden Teil der Straße zum Halten, klitschnaß vom Regen, der von den überhängenden Fichten tropfte. Floss sah mich an. Zur Linken, hinter dem halb verrotteten Teil eines primitiven Schutzgeländers, war ein steiler Abhang, von dem aus man in der tiefen Stille einen kleinen Bach zwischen den Steinen mit sich reden hören konnte.

Weshalb hältst du hier an?

Ich möchte mir ein Stück Fels ansehen. Während ich sprach, setzte ich den Wagen etwa sieben Meter zurück, fuhr an den Straßenrand und stellte den Motor ab.

Der Stein befand sich ungefähr in Augenhöhe dicht an meiner Seite der Straße, die Oberfläche mir leicht zugeneigt wie der Abhang. Kein sehr großer Brocken. Was mich zum Halten veranlaßt hatte, war ein wuchernder Bewuchs, der ihn vollständig bedeckte. Farne, eine kurzwüchsige, dunkelgrüne Art, stachen besonders ins Auge und wuchsen dicht beieinander auf einer Unterlage von dickem Moos. Aber zwischen den Farnen rankten sich auch einzelne breitblättrige Reben und verwoben das Ganze zu einem Muster.

Das war noch nicht alles. Der hintere Teil des Felsbrokkens, der nicht viel größer war als die Platte eines gewöhnlichen Eßtisches, etwas angehoben auf der einen Seite und leicht geneigt, trug nicht nur den verrotteten Stumpf eines schon lange abgestorbenen Baumes, sondern auch einen Bruder jenes Baumes – er entsprang in der Tat der gleichen Wurzel und steckte voller Leben, dick wie ein Männerarm, ein guter, kräftiger Arm –, einen Dreimeterbaum, um dessen Wurzeln sich ein kleines Brombeerdickicht gebildet hatte. Drei verschiedene Farnarten umgaben ihn von allen Seiten und vervollständigten das Bild. Ein höchst ungewöhnlicher Stein.

Ist das nicht großartig! Nehmen wir die beiden Lehrerinnen morgen mit zu einer Fahrt, sagte Floss. Sie würden sich freuen. Hast du dich schon mal mit ihnen unterhalten? fügte sie hinzu. Sie sind nett.

Nein, erwiderte ich, versunken in den Anblick der Wälder, die im Regen den Hügel hinanstiegen, aber ihre Situation unter so verschieden gearteten Leuten amüsiert mich. Ich habe mich schon oft gefragt, was sie so denken mögen.

Zerbrich dir darüber nicht den Kopf, sagte Floss. Sie wissen, was gespielt wird.

Schau mal, sagte ich, nachdem wir ungefähr einen Kilometer gefahren waren, siehst du, was ich sehe?

Oh, sagte Floss, Himbeeren.

Wir hielten wieder an, es regnete noch immer, und so sagte ich ihr, sie solle sitzen bleiben, während ich Beeren pflücken ging, den Rest einer reichen Ernte, soviel ich sah, die jüngst neben der Straße am Abhang zum Fluß hin gewachsen war.

Oh, koste mal, sagte Flossie, nachdem ich ihr eine Handvoll gebracht hatte. Sind die saftig! Wer solche Beeren noch zuckern wollte, also, der wäre ein richtiger Barbar. Vielleicht könnten wir morgen wieder hier anhalten und genug für alle pflücken.

Ein beständiger, kräftiger Regen, fügte sie hinzu. Die Farmer werden sich darüber freuen. Und dann wie ein Nachgedanke: Was meinst du, ob Ruth jemals heiraten wird?

Warum? antwortete ich ihr.

Der Zoo

Geht in diese Richtung, sagte die Missus und zeigte oder winkte vielmehr mit der ganzen Hand in Richtung Innenstadt. Es ist nicht sehr weit, zehn oder zwölf Häuserblocks auf dieser – sie winkte wieder – Seite des Parkes. Ihr könnt laufen.

Ja, ich kann laufen, sagte das kräftige neue finnische Kindermädchen Elsa, sah die Missus mit ihren großen blauen Augen an und lächelte strahlend.

Hm, sagte die Missus. Gut, dann geht. Und seid bis fünf Uhr wieder zurück. Fünf Uhr! Sie hielt die Hand mit den fünf weitgespreizten Fingern hoch. Fünf. Hast du verstanden?

Elsa war gekränkt. Ja, ich gut verstehen. Eins, zwei, drei, vier, fünf. Fünf Uhr.

Na fein, sagte die Missus. Raus mit euch! Und sie hielt die Haustür weit offen, damit das neue Mädchen mit dem kleinen Sportwagen hindurchfahren konnte. Nein, zuerst das runtertragen bis auf die Straße. Dann noch mal raufkommen und holen das Baby. Ich stark! Ja, ich weiß, sagte die Missus, aber sei vorsichtig.

Es war ein Sonnabendnachmittag, ziemlich frisch, aber nicht zu kalt, als das Trio schließlich zu dem hohen Drahtzaun des Zoos kam und einer Gruppe von Kindern folgte, die vorausliefen und zu einem kräftig gebauten Mann und einer Frau zurückriefen, sie sollten sich doch beeilen. Sie waren drin, bevor sie es recht begriffen. Und ehe sie sich's versahen, standen sie vor einem ziemlich engen Käfig im Freien, der einen Affen mit einer Banane in der Hand beherbergte. Er saß da und schälte sie und aß davon, wobei er von Zeit zu Zeit scharf nach links und rechts blickte, obwohl er ganz allein in dem Käfig war.

Elsa staunte mit offenem Munde. Lottie schaute auf zu ihr und dann zu dem Affen. Das Tier verspeiste die Banane, warf die Schale weg und kam dann nach vorn ans

Gitter, als wollte es mehr haben. Elsa wandte sich den Leuten zu, die neben ihr standen. Es waren sechs oder acht, die zuschauten. Sie schienen es für sehr komisch zu halten.

Flossie sah anscheinend gar nichts.

Eichhörnchen hüpften über den Rasen. Das Kindermädchen mit seinen beiden kleinen Schützlingen ging zwischen den Freigehegen auf und ab. Sie sah Wölfe, die Hunden glichen mit wilden Augen, spitzschnäuzige Füchse und Hirsche mit erstaunlich vielendigen Geweihen, Elche und Bären in großen, festen Käfigen an Felsen. Aber viele der Käfige waren leer wegen der einsetzenden Kälte, die in der Luft lag; und sie wagte sich noch nicht recht in die verschiedenen Häuser, die hier und da zu beiden Seiten standen.

Sie schaute durch das Fenster eines niedrigen Gebäudes, das halb mit Efeu bedeckt war, vor dem ein Pfau, ganz weiß und frei im Gelände, in aller Ruhe saß. Keine zwei Fuß hinter der Scheibe sah Elsa eine riesige Schlange! Nur ein Teil von ihr war zu sehen. Sie schauderte von Kopf bis Fuß. Bloß nicht dort hinein, und sie ging rasch weiter und zog die Kinder mit sich.

Warum nicht hineingehen? Die Missus hatte es ihr nicht verboten. Auch wurde es langsam zu kalt zum Herumlaufen. Das Baby schien zwar glücklich und zufrieden zu sein, doch da drin wäre es vielleicht warm. Sie beschloß hineinzugehen. Hier war eins mit Außenvolieren und Innenkäfigen, in die sich die Vögel zurückziehen konnten. Sie würde hineingehen und sich die Vögel ansehen. Als sie ihren Sportwagen durch die Tür schieben wollte, hielt sie ein Wärter an.

Mit Kinderwagen können Sie da nicht rein. Dort, sagte er und wies in eine Richtung. So war Elsa praktisch gezwungen, das zu tun, was die anderen auch taten. Sie stellte den Wagen beiseite, nahm das Baby vorsichtig auf den Arm, sagte zu Lottie, sie solle mitkommen, und ging zur Tür hinein. Sie blieb sogleich stehen. Der Gestank war abscheulich. Toter Fisch, totes Etwas, jedenfalls stinkend, es packte einen an der Kehle, man konnte es schmecken. Sie verzog das Gesicht, blickte nach rechts und links auf die anderen Leute um sie herum, aber als sie nach einigem Zögern viele lebendige Vögel vor sich sah, ging sie weiter.

Wenn man sich ein wenig an den üblen Geruch des Hauses gewöhnt hatte, versetzte einen der Lärm in Unruhe. Schreie und schrilles Pfeifen auf allen Seiten. Das Baby klammerte sich an den Hals des Mädchens. In dem großen Käfig in der Mitte waren Enten und Seeschwalben und Möwen, manche eingebuddelt in den sandigen Boden des Käfigs, in unglaublichen Farben, andere mit offenem Schnabel lachten laut, so schien es, und ließen Serien von durchdringenden Schreien durch den Käfig tönen; sie machten vorsichtig Platz, als ein großer grauer Vogel mit einem Sack unter dem Kinn vom Teich aufstieg und schwerfällig zwischen ihnen landete, wobei er ein paar zusätzliche Schritte vorwärtswankte, bevor er zum Stehen kommen konnte. Einige Vögel dösten paarweise auf rindenlosen toten Aststücken, die von der Decke herabhingen, und ließen ihre Exkremente fallen, wann immer es ihnen danach war. Unmittelbar vor Elsa und den Kindern fraß ein weißer langbeiniger Vogel und stieß seinen vorn wie ein Löffel geformten Schnabel von rechts und links in eine Schüssel halbflüssigen Zeugs, die vor ihm stand.

Das kleine Dienstmädchen ging um den Käfig herum. An den Wänden waren weitere Käfige mit Vögeln angebracht. Sie konnte es nicht fassen. Lange rote und grüne Beine beugten und streckten sich langsam innerhalb enger Käfiggrenzen – so lang und dünn, man hätte meinen können, sie zerbrächen ... Nein! sie drehte sich unbehaglich um und hielt den Atem an – ohne den Anschein von Eile. Komm, Lottie, sagte sie. Gehen wir.

An der frischen Luft wurde ihr wieder besser. Da lag ein Wassertier, auf dem Rücken oder auf dem Bauch, das konnte sie nicht unterscheiden, auf den Felsen an einem kalt aussehenden Teich. Sie ging weiter und schaute schnell zum Himmel hinauf, um zu sehen, wieviel ihr von dem Nachmittag noch verbliebe. Als sie am Rand des Teiches entlang ging, gab es einen Strudel im Wasser, und eine flinke spitze Schnauze tauchte auf und bellte einmal, dann drehte sich das Tier um, tauchte mit der Geschwindigkeit einer Schlange unter und war wieder verschwunden.

Nun, vielleicht war das genug. Vielleicht sollte sie lieber nach Hause gehen. Es war ein weiter Weg, und die Sonne fing schon an, aus ihrer Mittagsstellung am Himmel zu weichen. Doch – vielleicht, warum nicht?

Wollt ihr gehen, fragte sie Lottie und das Baby.

Gehen, gehen! sagte das Baby ernsthaft.

Willst du dich in den Wagen setzen? fragte das Kindermädchen Lottie. Ja, das war es, was sie wollte, versicherte Lottie. So wurde Lottie an das Fußende des kleinen Sportwagens gesetzt, und Elsa beschloß, innerlich beruhigt, ihre Entdeckungsreise noch ein Weilchen fortzusetzen.

Das flachsblonde Mädchen ging nunmehr langsam weiter und steuerte von der Menge weg.

Im Dickhäuterhaus waren Kinderwagen zugelassen; Elsa sah, wie eine Frau einen die drei Stufen bis zum Eingang hinaufhob, und folgte ihr unverzüglich. Warm da drin und hoch, und Spatzen zwitscherten oben unter den Dachbalken. Und da war ein Elefant! Allein hinter seinem Gitter, ein Hinterbein an einen eisernen Ring im Fußboden gekettet. Vor seinem Käfig standen viele Leute.

Elsa bemerkte, was vor sich ging. Im Hintergrund war ein Mann, der ihm mit einer Gabel Heu hinwarf, und das riesige Tier schien losgebunden werden zu wollen. Aber der Mann zog den Kopf ein und verschwand rückwärts durch eine kleine Hintertür, und der Elefant beruhigte sich wieder. Er schien das Heu nicht zu wollen, sondern nahm einen Wisch davon mit seinem Rüssel, rollte ihn zu einem Bündel zusammen, hob es hin- und herschwingend zum Maul und senkte dann den Rüssel, der immer noch das Bündel hielt, ebenso elegant zwei- oder dreimal wieder hinab, bevor er es fraß.

Elsa beobachtete jede Bewegung, blickte auf Augen und Ohren des Tiers, ohne sich zu rühren. Immer noch schwang das riesige Tier den kräftigen Rüssel, während es sein Gewicht von einem Fuß auf den anderen verlagerte und rollte ihn dann plötzlich nach vorn aus durch das Gitter auf die Leute zu, die dort standen, und öffnete die Spitze wie eine kleine bettelnde Hand. Elsa drängte sich vor, um mehr als nur die Rücken der Leute vor ihr sehen zu können, als ein Kind eine Erdnuß in die geöffnete Spitze legte. Reglos hielt der Elefant noch immer den Rüssel ausgestreckt und wartete.

Das kleine blauäugige Kindermädchen erwachte wie aus einem Traum, als sie Lottie sagen hörte, sie wollte runter, und sie auf ihrem Arm zappeln fühlte. Sie hatte gar nicht gemerkt, daß sie sie trug. Mit einem Seufzer, als hätte sie die letzten fünf Minuten zu atmen vergessen, erinnerte sie sich an ihre Pflicht gegenüber ihren beiden Schützlingen und wandte sich wieder von der Menge ab.

Aber was das Kindermädchen mehr als irgend etwas sonst in Erstaunen versetzte, das war der Kopf des Flußpferdes. Anders als bei den Vögeln und bei vielen anderen Tieren war hier etwas, das wach zu sein schien, sich aber nicht bewegte. Da war nichts weiter als eine leichte Bewegung des Auges von Zeit zu Zeit und eine langsame, kaum merkliche Drehung des Kopfes. Das war etwas, das über die Vorstellungskraft hinausging! Die Haut eines Aals, die Ohren eines Schweins, aber das Maul! Die Masse des Kopfes und seine Breite! Unglaublich! Das Vieh gähnte nicht, stand nicht auf oder bewegte sich … Elsa blickte in die Gesichter der Leute um sich herum und konnte kein Staunen entdekken. Sie sah die Kinder an und ging weiter.

Diese Tiere lebten von Natur aus in all ihrer Mißgestalt in der gleichen Welt wie sie. Wozu waren sie da? Sie wußte es nicht. Die Augen des Nashorns, die kleiner als bei einem Schwein waren, und seine abgebrochenen Hörner! Es machte sie schaudern. Und auch ihre Starre beunruhigte sie. Sie bewegten sich kaum. Und doch, diese lederne Masse von Gefühllosigkeit vor Augen, vernahm sie ein entferntes rhythmisches ...! War eine Katze hier hereingekommen? Sie sah sich um. Da, wieder, ein fast unhörbar leiser Laut. Nein, das war das Tier selber! Es war das Nashorn, das wie ein Kätzchen miaute.

Der Elefant ließ, zur Bewunderung der Menge, die augenblicklich verstummte, sein Wasser laufen – als ob jemand ein Faß abgestandenen Obstwein in den Ausguß gekippt hätte.

Komm, Lottie! sagte das Mädchen.

Es war ein aufregendes Spiel. In dem einen Haus war ein sehr kleines schlankfüßiges Reh, nicht größer als ein Terrier, das lebhaft hinter den Gitterstangen hin und her lief, während ein anderes, von derselben Art, zusammengerollt dalag, den Kopf auf den Schenkeln, und im Stroh schlief. Känguruhs, rote und graue, kräftige und zarte; eins von ihnen saß auf seinem fetten Schwanz und ließ die Vorderfüße mit ihren schlanken Gelenken müßig baumeln.

Im Zickzack durchquerte das Kindermädchen den Raum. Das Wildschwein mit borstigen schwarzen Haaren, gekrümmten Hauern und, wie sie glaubte, Klumpen verkrusteten Schmutzes dort dazwischen, wo es sich nicht kratzen konnte. Kam von ihm oder – es war einfach unglaublich – aus dem nächsten Käfig dieser umwerfende Gestank?

Elsa wollte gehen, konnte aber dem Verlangen nicht widerstehen, dieses andere Tier zu sehen. Überhaupt kein Kopf, nur ein unförmiger Körper, der in eine einen Meter lange Schnauze auslief – mit triefenden Augen –, die konisch auf einem zottligen Hals saß; der Kopf war nicht mehr als eine kleine Beule auf der Schnauze selbst – und der Körper fast der eines Bären, dachte sie.

Huch! Das ist schrecklich! sagte sie laut.

Lottie ging inzwischen schon weiter.

Bedeckt mit lang herabhängenden drahtigen Haaren, die den Fußboden fegten, wenn das Tier hin und her lief, verklebt von Schmutz und Stroh, der Schwanz eine dicke, hängende Masse von langen, stachligen Borsten, die auf dem Boden des Käfigs schleiften – und mächtige, mit einer gefährlichen langen Klaue bewehrte Vorderfüße – huch! Schrecklich.

Bin müde, sagte Lottie. Darum lud sie Elsa wieder in den Wagen ans Fußende und machte sich auf den Heimweg. Aber zuerst – es war noch so früh – kamen sie an einem anderen Gebäude vorüber, und das Kindermädchen dachte: Warum nicht?

Nein, nein, nein! sagte Lottie.

Doch, sagte Elsa. Also stellte sie den Wagen ab – es war inzwischen schon Gewohnheitssache –, nahm das Baby auf den Arm, Lottie an der Hand, obwohl die nicht mit wollte, und ging mit mehreren anderen Leuten hinein. Es war kurz vor drei; sie sah das an ihrer großen Uhr, die sie immer an einer Kette in der Tasche trug.

Ängstlich, aber zugleich auch verantwortungsbewußt sah Elsa sofort, daß sie bei den Löwen war. Sie blieb gleich hinter der Tür stehen. Auf der rechten Seite waren die Käfige, während sich auf der anderen Seite des Raumes, drei Stufen hoch, eine Bankreihe befand, die voll besetzt war.

Die meisten Leute waren am anderen Ende des Raumes, wohin mehrere neu Ankommende eilten; sie ließen das kleine blonde Kindermädchen mit den beiden Kindern fast allein. Die Leute auf den Bänken sahen sie an. Sie verstand nicht.

Aber ganz in ihrer Nähe im ersten, nein, im zweiten Käfig, neben zwei großen schwarzen Katzen mit grünen Augen, war ein riesiger Löwe mit zottiger Mähne, der allein hinter den Stäben seines Gitters hin und her lief. Jetzt kam er auf das junge Mädchen mit den beiden Kindern zu, dann wandte er sich ab, lief zur anderen Ecke seines Käfigs, blieb stehen, preßte seinen schweren Kopf vorwärts gegen die Stäbe, versuchte, um die Ecke in den Gang zu blicken, senkte dann den Kopf, wendete und kam an der Vorderseite des Käfigs wieder. Dann lief er zurück. Hielt

Ausschau und kehrte wieder um. Elsa bewegte sich nicht von der Stelle.

Dann blieb das Tier stehen. Spitzte die Ohren. Starrte vor sich hin. Riß das Maul weit auf. Zerfetzte die Luft mit einer schreckenerregenden Donnerstimme.

Das Baby klammerte sich am Hals des Kindermädchens fest und begann zu wimmern. Lottie hing an ihrem Rock. Elsa selbst war wie festgebannt – fast niemand stand neben ihr, sie wußte nicht, ob sie zurückweichen oder weitergehen sollte.

Will nach Hause gehen! sagte Lottie weinerlich. Das Baby löste sich für einen Moment vom Hals des Kindermädchens und wandte zaghaft den Kopf ein wenig, um zu sehen, was passiert war. Mehrere Frauen lachten. Elsa wurde puterrot.

Das sei kein Ort für ein Baby, sagte eine der Frauen auf den Bänken zu ihrer Begleiterin. Kannst du dir vorstellen, daß eine Mutter zwei kleine Kinder mit einem solchen Mädchen losschickt – in diesem Gedränge?

Hübsches kleines Ding, sagte die andere. Wenn sie auch noch ziemlich klein sind. Das wird lustig.

Dann gab es Bewegung am anderen Ende des Raumes. Da, die Fütterung geht los.

Da gab es Gerenne und Tumult, gefolgt von wilden Kehllauten. Ein Wärter ging den Gang hinunter, zwischen den Besuchern und den Käfigen, und schob etwas unter den Gittern hindurch. Grollen und Fauchen, halb gedämpft, wild und wiederholt, drang drohend ans Ohr. Und dann fing der große Löwe wieder zu brüllen an.

Lottie hielt sich entsetzt die Ohren mit den Händen zu und rannte – vorwärts in den Raum, während Elsa das Baby festhielt, das sich plötzlich wieder an ihr festklammerte. Die beiden Frauen zeigten mit den Fingern und lachten, als Elsa Lottie zu fassen suchte und sie verfehlte, sie fing und sie an der Hand festhalten wollte …

Erneut ein ohrenbetäubender Lärm.

Zutiefst erschrocken, flüchteten das Kindermädchen und die Kinder zur nächstgelegenen Tür hinaus.

Sie mußte jetzt wirklich nach Hause gehen. Sie mußte. Aber um Lottie zu beweisen, daß sie keine Angst zu haben brauchte ... Wollt ihr die Affen sehen? Dann gehen wir nach Hause. Also gut, sehen wir uns die Affen an.

Affen sind drollig in allen Sprachen – sie würde es hier versuchen, auf dem Weg zum Ausgang – das letzte Haus, und dann nichts wie nach Hause.

Wie sie gehofft hatte, waren sie drollig, sehr drollig. Sogar mehr als das, schockierend. So daß einem die Schamröte ins Gesicht stieg, wenn man sie beobachtete. Mach dir nichts draus. Niemand schien sich etwas draus zu machen.

Man konnte ihnen kaum folgen, schnell wie Vögel. Wie überrascht sie immer aussahen. Erschreckt. Furcht steht ihnen allen ins Gesicht geschrieben. Und ihre Gesichter verändern sich nie. Hände und Füße und Schwänze sind zum Fliehen gemacht.

Sie beeilte sich diesmal nicht, sie hatte gelernt, was sie tun mußte – aber es waren schon zu viele Leute drin. Trotzdem, nichts gewagt, nicht gewonnen; sie würde schon reingehen.

Affen, wohin man sah! Kleine, die blinzelnd an den Gitterstäben hingen, schrien, sich verstohlen nach ihren Gefährten umsahen, aßen, sich kratzten oder langsam herumgingen. Schließlich tat Elsa nichts anderes, als was alle die anderen um sie herum taten. Und da waren viele Männer und Frauen mit Kindern jeden Alters.

Affen! Oh, sieh nur, Affen! Würdest du dich nicht verlaufen in dem Käfig bei den Affen?

Das ist das Affenhaus, was könnte man sonst hier schon finden wollen?

Sieh nur, wie der alte Mann dort oben nachdenkt!

Elsa verstand nicht genau, was sie sagten. Aber als sie in die Richtung der zeigenden Finger blickte, tatsächlich ...! Sie starrte mit offenem Munde hin, wo auf einer Stange, ganz oben in einem Käfig, den sie für leer gehalten hatte, die dunkle, hingekauerte Gestalt eines menschenähnlichen Affen zu erkennen war. Er war schwarzhaarig, und wie er so auf das Gedränge herabblickte, die untere Gesichtshälfte auf die Hand gestützt, den Mund halb verdeckt, wirkte er, als wäre er am Nachdenken.

Affen sind interessante Wesen, sagte eine große Frau zu einem Mann neben ihr. Aber Elsa kam aus dem Staunen nicht heraus. Keine häßlichen Vogelbeine in Regenbogenfarben, keine Flußpferd- und Nashornköpfe aus mißgebildeten Knochen und Schwabbelfett und mit einer Panzerhaut, auch nicht die Anmut des Rehs – sondern in Gestalt und Bewegung eine Art von Menschen.

Das schwarze, nachdenkliche Geschöpf fuhr mit der Hand über die Augen, während ein anderes auf demselben Sitz, offenbar sein Weibchen, etwas kleiner, ein Stück Papier in der Hand hielt und es hin und wieder zum Munde führte, daran knabberte, dann die Lippen aufblähte und den Atem mit einem sanften hohen Plappern hindurchblies. Sie bewegte sich mehr als ihr Gefährte, aber keiner von beiden war besonders aktiv.

In diesem Haus wurde das Gedränge beinahe undurchdringlich. Es war berückend, der aufregendste Ort im ganzen Zoo. Paviane, die steif auf allen vieren gingen und deren Hinterteil, wenn sie sich von der erstaunten Elsa abwandten, blau und scharlachrot war. Ein schrilles Gelächter kam jedesmal von mehreren jungen Mädchen, sobald sich das Tier von ihnen wegdrehte.

Und ihnen gegenüber schwangen sich langarmige Gibbons von der Käfigwand zum Trapez und zur senkrechten Eisenstange in der Käfigmitte mit blitzschneller Beweglichkeit in langen Sprüngen auf und ab und im Kreis herum und griffen nie daneben.

Plötzlich erscholl ein donnerndes Gelächter vom anderen Ende des Gebäudes. Dann verebbte es und brach ebenso plötzlich wieder aus in Stürmen der Heiterkeit. Der Ruf war unwiderstehlich. Elsa wurde unweigerlich mit allen anderen dort hingezogen.

Als sie ankam, klatschte das Tier erregt und wild in die Hände. Dann sprang es direkt auf die Menge zu! Elsa schreckte unwillkürlich zurück und stieß mit einer dicken Frau zusammen, die ihr einen derben Stoß mit dem Ellbogen versetzte. Und die Menge brach in einen neuen Anfall von Geschrei aus. Das Tier drinnen war verschwunden im hinteren Teil des Käfigs. Dann sprang es wieder! Es traf mit dem vollen Gewicht seines Körpers auf das Gitter und blieb dort hängen, knurrte und schüttelte sich hin und her.

Was wäre, wenn es herauskäme? Alle Leute lachten, aber Elsa merkte, daß das Tier wütend war. Es haßte die Menge. Es wollte sie töten. Sie sah das deutlich. Wo war Lottie? Lottie! Lottie! Lottie! Das Kind hatte sich von ihrer Hand losgerissen und war verschwunden. Lottie!

Das Tier ruderte mit den Armen und spuckte jetzt. Es spuckte in die Menge, die lachte und plötzlich beiseite wich. Und da war Lottie, ganz allein. Elsa rannte auf sie zu und faßte sie bei der Hand. Komm. Und diesmal war sie am Ende.

Ein Wärter kam und trieb das Tier im Käfig nach hinten. Weitergehen, sagte er zu den Leuten. Weitergehen. Gehen Sie weiter. Bleiben Sie nicht vor den Käfigen stehen.

Elsa war müde, als sie in die Wohnung zurückkam. Und die Kinder auch. Nun, hat es dir gefallen? fragte die Missus.

Nein, schtinkt! sagte das Kindermädchen. Ich sehen Elefant und viele Dinge. Na gut, vielleicht willst du eines Tages wieder mal hingehen, sagte die Missus. Nein, erwiderte Elsa. Schtinkt! Ich sehen einmal, ich sehen zuviel.

Die Farmerstöchter

Was haben Sie zu essen bekommen, als Sie noch klein waren, Margaret? fragte der Doktor.

Oh, Erbsen und Kotelett, glaube ich.

Davon hätten Sie mehr Fleisch auf Ihre dürren Knochen kriegen müssen.

Ich konnte das Zeug nicht ausstehen, hab's immer unter den Stuhl geworfen.

Ihre Freundin Helen war aus genau demselben Holz: Es war schon vorher schlimm genug – aber als mein Bruder umgebracht wurde …

Was ist passiert?

Dieser Alte. Er sagte ihm, wenn er ihn noch mal beim Wildern in seinen Wäldern erwischt, würde er ihn abknallen, und das hat er gemacht. Ich hasse die Gegend.

Haben sie ihn dafür eingesperrt?

Mein Gott! Ich sehe, Sie haben keine Ahnung von den Südstaaten, wo ich herstamme. Aber das macht nichts. *Sie* liebe ich … (und sie lachte).

Als sie ein zufälliger Bekannter fragte: Was ist mit den Kindern? sagte Margaret: Ach, das geht schon in Ordnung. Wenn sie schreien, hört's die Nachbarin.

Wo fahren wir hin?

Selbe Stelle. Wart 'n Moment! Sie rannte ins Haus zurück und kam mit einer kleinen Decke wieder.

Was soll denn das? Ist doch nicht kalt.

Könnte's aber sein, wenn wir heimkommen.

Da ist was dran.

Also startete er den Motor. He! wie sie ihm die Arme um den Hals legte, seinen Kopf herüberzog und ihm einen Kuß gab. Ich fahre das *Auto*! Willst du, daß wir 'n Unfall bauen?

Du kannst mit einer Hand steuern.

Schon, aber nicht ohne Kopf.

Bin ich aber froh, daß ich heute abend hier rauskomme.

Hast du was von deinem Mann gehört?

Ja, der Mistkerl; und genau das meine ich. Ich will mich betrinken. Ich muß mich heute abend betrinken.

Na gut, wenn du's mit Bier machst.

Das werden wir schon sehen. Der kleine Bucklige schreibt mir an, wenn ich nicht bezahle.

Was ist Ihre Lieblingsblume, Margaret?

Warum?

Ich will's bloß wissen.

Und was ist Ihre?

Nein. Kommen Sie – nicht gleich den Finger am Abzug so früh am Abend. Ich glaube, ich kann's erraten.

Petunien! (sie betonte die zweite Silbe). Davon hab ich weiß Gott genug gesehen. Nein. Rote Rosen. Die gefallen mir am besten.

Jetzt ist Helen an der Reihe: Erzählen Sie was, erzählen Sie nur drauflos, sagte der Doktor zu ihr.

Mit beiden Händen. Ich mußte das Glas mit beiden Händen halten, um daraus zu trinken – und so konnte ich auch daraus trinken. Ich hab literweise Wasser getrunken. Das war am vergangenen Dienstag, als ich zu dem Entschluß kam. Mal sehen. Ja, das war am vergangenen Dienstag. Ich sagte mir, als ich vor dem Frühstück im Bett lag, ich sagte zu mir, wie wenn zwei Leute miteinander reden: Was ist los mit dir? Ich gab keine Antwort. Weißt du nicht, was mit dir passiert? Ja, sagte ich, weiß ich. Du gehst hops, wenn du so weitermachst. Ja, sagte ich, weiß ich. Nun, machst du Schluß damit? Ich gab keine Antwort. Wenn du das nicht machst, ist es aus mit dir. Wenn du dich jetzt nicht zusammenreißt, wirst du nie ... Du weißt, was auf dich zukommt? Ein Nervenzusammenbruch – von der schlimmsten Sorte. Du weißt, wie das ist? Du hast schon genug davon gesehen, du müßtest das wissen. Ja, sagte ich, weiß ich. Und bist du so dumm, so schwach, daß du nicht aufhören kannst, dir einen zu genehmigen? Bist du das? Ich gab keine Antwort. Sag mal. Obwohl du weißt, was du tun mußt, tust du's nicht, weil du keinen Mumm dazu hast? Keine Antwort. Dann mach Schluß damit. Ja, antwortete ich, ich mache Schluß damit. Sofort, sagte ich. Sofort. Keinen Tropfen Wein mehr. Keinen Tropfen mehr. Aber es ist 'ne Qual, sage ich Ihnen. Jedesmal wenn ich meine Einkaufsliste fertig machte – das ist reizend – schrieb ich als letztes drunter – *Wein*! Die wissen schon, was sie mir bringen sollen. Ich hielt die Feder in der Hand und sagte immer wieder wie ein Papagei: Ich mach es nicht, ich mach es nicht, ich mach es nicht, ich mach es nicht. Ist das nicht reizend?

Großartig! Er küßte sie auf die Wange, unter das Ohr. Ich bin stolz auf dich.

Ach, ich hätte jederzeit ans Telefon gehen können, und sie hätten mir welchen raufgeschickt. Aber dann fing immer der alte Papagei wieder an. Ich mach es nicht, ich mach es nicht, ich mach es nicht. Und das immer so weiter, bis ich nicht mehr konnte. Das war am Dienstag. Am Mittwoch war ich so schwach, daß ich fast den ganzen Tag im Bett blieb. Ich hab literweise Wasser getrunken, um alles rauszuschwitzen. Ich war klitschnaß. Aber ich wollte nicht weich werden. Ich wollte Sie anrufen, aber ich hatte Angst, Sie könnten wütend auf mich sein. Ich hab 'n paar von den Tabletten genommen.

Ein einfaches Mittel zum Krampflösen, die schaden nicht.

Kann ich sie nehmen? Am Donnerstag bin ich dann rausgegangen auf den Hof – und für einen Moment schoß es mir durch den Kopf: Bestelle Wein! und der Papagei fing wieder an: Ich mach es nicht, ich mach es nicht ... Das hab ich ununterbrochen gesagt, so daß ich mit nichts anderem zu Worte kommen konnte. Das habe ich jedesmal gesagt, wenn ich an den Wein dachte, bis ich schließlich fix und fertig war. Aber heute, fast eine Woche danach, bin ich aufgewacht und wußte, daß es vorbei ist. Ich werde keinen Tropfen wieder anrühren. Niemals.

Ich glaube dir.

Aber gerade heute fing ich an, mich zu fragen: Wie geht's weiter? Ich weiß es nicht.

. . .

Warum sind Sie so gut zu mir? fragte Margaret ihren Freund, den Doktor.

Ich bewundere Ihren Mut.

Weiter nichts? Hm ... (sie reckte ihr kleines Kinn angriffslustig vor). Sie flötete: Haben Sie mich nicht ein bißchen gern ... bloß ein kleines winziges bißchen?

Warum zum Teufel sind Sie heute abend überhaupt hergekommen? Bloß um mit mir zu reden? Weil ...

Warum denn nicht? Sie haben mir gesagt, ich könnte jederzeit kommen, wenn ich wollte. Stimmt's?

Ja, ich meine, gibt's was besonderes?

Wollen Sie, daß ich gehe? Wenn Sie das wollen, brauchen Sie's bloß zu sagen.

Paß auf, Dummerchen, sei nicht gleich beleidigt. Ich liebe dich. Ich bin verrückt nach dir – und dein hübsches kleines Gesicht, wie 'n Stiefmütterchen. Dein schönes schwarzes Haar ...

Das wird schon grau.

– sogar weiße Zähne und ...

Meine Augenbrauen sind viel zu dick.

Hör zu! Du hast eine Haut und ein Paar so schöne schwarze Augen, wie ich sie schöner nicht gesehen habe. Nicht bösartig, wie'n Pferd ... aber siehst du denn nicht, daß ich zu *tun* habe!

Wollen Sie, daß ich anfange, Sie zu küssen?

Nein! Um Gottes willen.

Dann erzählen Sie mir noch etwas über mich, wie hübsch ich bin.

Dann sieh dir deine kleinen Ohren an, wie rosa Seemuscheln. Deine Nase, vollkommen geformt. Cupidomund ...

Jetzt machen Sie sich über mich lustig. Deshalb bin ich nicht gekommen. Können Sie mir was geben, damit meine *Brüste* wachsen? Schauen sie sich die an. Ich hatte hübsche kleine Brüste. Aber erst neulich haben wir Strippoker gespielt – mit unseren Ehemännern – und Helen mußte ihren Büstenhalter abmachen – bis auf die Haut. Sie war schön. Rosa und rund. Und ich ...

Sie hat auch nicht zwei Kinder gehabt, wie du.

Ich weiß, aber viele Frauen haben Kinder gehabt und haben immer noch 'ne hübsche Brust.

Nicht viele.

Kann ich was *machen*?

Trag doch einen Büstenhalter.

Nein, aber im Ernst, kann ich nicht irgendwas machen, damit meine Brüste wachsen?

Ich hab mal von einer Frau gehört, die auf eine Annonce geschrieben hat: Sie haben ihr ein Bild geschickt von ...

Den hab ich schon mal gehört: 'n Bild von 'ner Männerhand.

Ich will's versuchen. Ich hab dir gesagt, ich will's versuchen.

Aber du mußt erst ein bißchen *zunehmen*.

Als Helen zum ersten Mal mit Margaret zusammentraf, eine vernachlässigte und einsame Frau aus dem Süden unter allen diesen Fremden, fing ihr Herz sogleich an, heftig zu schlagen.

Als sie erfuhr, daß Margaret auch eine Farmerstochter war, daß sie ein Kind erwartete, klein war, hübsch, offenbar schutzlos, da gab es einfach nichts anderes, als daß sie sie sofort unter ihre schützende Obhut nehmen mußte. Mehr als das, sie liebte sie, liebte sie auf den ersten Blick. Außerdem brauchte Margaret sie sehr.

Wie lange hast du denn die Schulbank gedrückt?

Bis zur Mitte des zweiten Studienjahres auf der Uni.

Da hast du's weiter gebracht als ich.

Aber du bist 'ne ausgebildete Schwester.

Das hat mir was Rechtes eingebracht.

In dem ersten Ausbruch von Vertraulichkeiten hatten Margaret und Helen genug voneinander erfahren, um in Kopf und Herz zu einem Entschluß zu kommen.

Was hast *du* gemacht?

Bin praktisch durchgebrannt. Hab mein Alter falsch angegeben und bin auf eine Schwesternschule in Florida gegangen. Was war mit dir?

Ich hab geheiratet.

'nen Mann aus deiner Gegend?

'nen Jungen von einer Militärschule, den ich beim Tanzen getroffen hatte. Frag mich nicht nach ihm. Er arbeitet beim Bau und ist jedenfalls meist auf Montage, wenn er nicht gerade nach 'ner anderen Frau Ausschau hält.

Kinder?

Eins – ein Junge. Und das … (sie legte die Hand auf ihren Bauch).

Gut.

Sie wurden Freundinnen fürs Leben. Sie hatten beide vor kurzem eine kleine Erbschaft gemacht, die sie in ähnlicher Weise anlegten, beide für ein neues kleines Häuschen. Helens war, wie sie selbst, reizend in jeder Hinsicht, innen wie außen. Die Familie ihres Mannes, die in dieser Gegend alteingesessen war, besaß ein paar alte Möbel, Tafelsilber, ein paar altmodische Nippes und etwas Schmuck und Briefe und Dokumente aus dem frühen neunzehnten Jahrhundert, auf die sie mit Recht stolz war.

Eines Tages bündele ich das ganze Zeug zusammen – es macht mich krank – und werfe es ins Feuer.

Sie war von ihrem Kanarienvogel sehr viel mehr angetan, einem schönen goldgelben Tier, das jeden Morgen an den Rand des Käfigs kam und ihr ein Küßchen gab, wenn sie liebevoll mit ihm sprach.

Alle Vögel der Nachbarschaft kannten sie und kamen im Winter wie im Sommer und holten sich bei ihr Sonnenblumenkerne, die sie eifrig aus der Vorrichtung pickten, die ihr Mann für den Talg gemacht hatte und die sie immer wieder für sie füllte, wenn der Vorrat zur Neige ging.

Ihr Haus war weiß getüncht, die Zimmer sonnig und in gefälligen Farben tapeziert. Sie hatte gewöhnlich, wenn sie den Doktor an der Tür begrüßte, etwas an, das er für einen Hausanzug hielt – und manchmal zog sie sich während seines Besuches aus keinem für ihn ersichtlichen Grunde um.

Den Garten liebte Helen besonders. Einmal betrachtete der Doktor ein Bild an ihrer Wand, einen 20 mal 25 Zentimeter großen Schnappschuß, den ihr der Fotograf geschenkt hatte. Es war eine Winterlandschaft, die wenige Jahre zuvor in der Vorstadt aufgenommen worden war, ein Stoppelfeld, bedeckt mit frischem Schnee.

Im Hintergrund stand eine junge Ulme vor einem Himmel mit lockerem Gewölk. Rechts, näher an der Kamera, wurde eine Eiche etwa gleichen Alters vom Rand des Rahmens weggeschnitten. Die Bäume waren kahl, wie es für diese Jahreszeit nur natürlich war. Aber das Bemerkenswerteste daran, was nur bei gutem Licht sichtbar wurde, war, daß die Äste und die nahestehenden Büsche mit einem dünnen Überzeug von Eis bedeckt waren.

Vom Auge der Kamera eingefangen, glitzerte es, wie er es oft in Schneestürmen gesehen hatte, die er in der Vergangenheit erlebte. Das erfüllte ihn mit Nostalgie.

Als Helen sah, daß es ihn betroffen machte, nahm sie das Bild von der Wand, reichte es ihm und bestand darauf, daß er es mit nach Hause nahm und als sein Eigentum behielt.

Er hatte noch nie soviel Heiterkeit und Feierlichkeit in einem Bild festgehalten gesehen – nicht einmal in einer ganzen Landschaft voller Apfelblüten. Als er Helen darauf aufmerksam machte, schloß sie sich seinem Urteil an. Die vom Eis blühenden Bäume schienen für beide eine großartige Sache; sie ließen ihre Herzen singen, darum war er ihr dankbar für das Bild, wollte es dort aufhängen, wo er es betrachten könnte, wenn er niedergeschlagen wäre.

Der Doktor gab ihr einen Vitaminstoß.

Meine Patienten sagten immer, ich hätte wunderbare Hände, sagte sie. Sie sind nie so geliebt worden, wie ich Sie lieben könnte, mein Engel. Schauen Sie doch mal rein zu mir, wenn Sie vorbeikommen, und trinken Sie 'ne Tasse Tee mit mir. Ist doch nichts weiter dabei, nicht wahr? Manchmal sehen Sie *so* müde aus.

Lauter Unsinn.

Was mir an Ihnen gefallen hat, sagte sie zu ihm, ist, daß Sie mir zwar gesagt haben, es würde mich umbringen – das wußte ich – aber Sie haben mir nie gesagt, ich müßte aufhören. Und das Dumme an der ganzen Sache, was mich so wütend machte, ist, daß ich gar nicht trinken wollte.

Ich habe noch nie erlebt, daß sich jemand absichtlich durch Alkohol umgebracht hätte. Haben Sie wirklich nichts anderes getrunken als Wein?

Kann den Geschmack von Whisky nicht ausstehen!

Sie müssen in der ganzen Zeit eine unheimliche Menge von billigem Wein getrunken haben.

Gestern, fuhr Helen fort, dachte ich, du mußt dich ein bißchen ausarbeiten; deshalb hatte ich mir vorgenommen, ein Stück Land hinten im Garten umzugraben – um mir ein Beet Steckrüben anzulegen. Sie haben sie immer gern gegessen. Aber der Boden war so hart, so mußte ich eine Spitzhacke nehmen. Ich strenge mich gern ein bißchen an. Ich hatte das wirklich nötig.

Sooft es Ihnen Spaß macht.

Ich glaube nicht, daß dort zuletzt Steckrüben waren. Zu Hause haben wir sie breit ausgesät – zusammen mit dem Hafer. Sie wuchsen überall. Dann brauchte man bloß den Hafer zu mähen, und da waren sie.

Können Sie jetzt im Krieg nicht Arbeit in Ihrem eigenen Beruf bekommen? Sie waren eine großartige Airforce-Schwester, wissen Sie.

Nicht in dieser Stadt. Ich habe heute einen guten Witz in der Zeitung gelesen. Zwei Mädchen lebten zusammen. Jemand fragte eine von ihnen, welche Schnapssorte ihre

Freundin trinkt. Ich weiß nicht, antwortete sie. Was soll das heißen, du weißt es nicht – hat sie dich nicht mal kosten lassen? Sie hatte ihn zu Weihnachten bekommen, aber das Etikett war ab, und da hatte sie Angst, das Zeug zu trinken, und hat's als Parfüm benutzt.

Sie fuhr fort: Zu Hause durften wir sie niemals ›Nigger‹ nennen, mein Vater duldete das nicht. Er hätte sie ausgepeitscht oder gelyncht, aber wir durften niemals dieses Wort gebrauchen.

In ihrem neuen Haus legte sich Margaret immer lang an den Hinterzaun in ihrem gekürzten Badeanzug und ließ das Oberteil so weit, wie sie es sich traute, herunter, um sich in der Sonne bräunen zu lassen – als ob sie noch unten wäre in ihrer Heimat. Ihre Nachbarn machten sich darüber lustig und waren leicht schockiert über ihre ›unanständige Entblößung‹. Ihre Kinder kamen und starrten sie an. Sie war sich nicht bewußt, daß sie sich zur Schau stellte.

Margaret war von Hause aus ein Putzteufel. Das machte sie wahnsinnig, aber man spürte, wie sie sich selber sagte, es muß gemacht werden, und drum machte sie es. Darüber hinaus beruhigte es ihre Nerven, wenn ihr Mann weg war – es schläferte ihren Verstand ein.

Zuerst hatte der Doktor nichts weiter dagegen. Sie verausgabte sich völlig, so erinnerte er sich, ihren Kopf mit einem Tuch bedeckt, bis er sie warnen mußte: Sie werden eine Fehlgeburt haben, wenn Sie so weitermachen.

Sie hatte eine Leidenschaft für das Scheuern von Fußböden und allem, was aus Holz war, bis er glaubte, sie würde die Farbe von den Wänden scheuern, mit solcher Verzweiflung war sie bei der Arbeit.

Man kann ein ordentliches Mädchen nicht dran hindern.

Das ist es, weshalb Sie so mager bleiben. Nehmen Sie's bißchen leichter. Sie arbeiten sich noch zu Tode.

Reden Sie keinen Unsinn! Auf die Weise arbeite ich

mich überhaupt nicht zu Tode. Was soll ich denn mit mir selber anfangen? Ich kann doch nicht die *ganze* Zeit lesen.

Am nächsten Tag lag sie mit Kopfschmerzen im Bett. Er hatte sie nie dabei erwischt, aber er wußte, daß sie manchmal ein Glas Whisky trank – um sich zu beruhigen.

Was soll 'ne Frau denn machen?

Wie Helen es ausdrückte: Hören Sie! Das ist zuviel für jede Frau, für 'ne Frau wie Margaret allemal, die nicht dafür gemacht ist. Sie hält das nicht mehr lange durch, das arme Kind.

Ihr älterer Junge trieb sie fast in den Wahnsinn: Was kann ich mit ihm machen? Eines Tages werd ich ihn ordentlich verprügeln ... Ich hab wirklich Angst vor mir selber.

Sie brüllte ihn an, wenn er draußen beim Spielen war, bis man sie im ganzen Häuserblock hören konnte – eine hohe und schrille Stimme, mit der sie immer ihren Vater und ihren Bruder vom naheliegenden Feld heimgerufen hatte. Genug, um den Nachbarn auf die Nerven zu gehen. Kein Wunder, daß der Junge sie beschämt und verlegen ansah und mit großem Vergnügen kleine Sticheleien gegen sie losließ. Er traute ihr nicht.

Wenn sie dem Doktor ein Glas Wein anbot, was manchmal vorkam, konnte er den Jungen sagen hören: Mutter, hör auf zu trinken! Das machte sie wütend. Sie sprang vom Stuhl auf, packte ihn an den Schultern und schob ihn trotz seines Widerstands zur Hintertür hinaus: Mach dich raus und geh spielen.

Abgesehen von einander, schienen die Mädchen auf der ganzen Welt keinen Freund zu haben, niemanden, dem sie ihr Herz ausschütten konnten, ausgenommen den Doktor. Er pflegte zu sagen: Ich bin ihnen nichts nütze. Aber er war fasziniert.

Zweifellos war es Margarets Gesicht, was zuerst seine Aufmerksamkeit erregte, und die unterdrückte Erregung in ihrem Verhalten. Bis sie im Handumdrehen vulgär wurde und einen Ausdruck aus ihrem Munde entweichen ließ, der einen Handwerker vor Neid hätte grün werden lassen.

Lief rot an dabei: Das ist mir so rausgerutscht, sagte sie dann mit einem Lachen. Entschuldigen Sie!

Nur ihr ausgemergelter Körper bewahrte sie davor, von Männern aufgegabelt zu werden, abgesehen von solchen Klötzen, die sich keinen Pfifferling um die Details scherten – wenn sie nur genau genug hinsahen. Sie saß ständig auf einem Pulverfaß, ohne es zu wissen. Hätte sie nur einen *Körper* gehabt! Sie sah eher wie ein Junge aus denn wie ein Mächen.

Als ihr Doktor hatte er sie nackt gesehen, viele Male. Sie sah schmerzhaft dünn aus, eine wirklich unterernährte Erscheinung, mit ungesunder Haut, dunkel und trocken, mit heraustretenden Adern über Brust und Bauch, was sie alles andere als anziehend machte. Nichts an ihr forderte zu leidenschaftlicher Annäherung heraus, außer der wilden Handvoll schwarzer Haare, die deutlich unter ihrem Bauch hervortraten, stark verfilzt und, da sie so mager war, unter einem dünnen Kleid recht gut zu erkennen – wie sie wohl wußte.

Alle ihre Energien, von welcher Art auch immer, schienen wegen ihrer Einsamkeit und zunehmenden Verzweiflung schließlich dort ihr Zentrum zu finden. Allmählich verschwanden die zarteren Neigungen aus ihrem Leben, und sie griff stärker zurück auf etwas, das ihr mehr Erfolg versprach. Ihr Geist, nun einmal so beschaffen, war aus seinem Geleise geraten. Manchmal sprach sie von der Vergangenheit, aber dazu war sie noch zu jung. Gelegentlich stattete sie der Farm einen Besuch ab – sie suchte unbewußt nach einem Weg. Weihnachten oder eine der häufiger werdenden Krankheiten ihrer Mutter boten dazu Anlaß, während die Zeit verging. Sie schlug in verschiedene Richtungen aus, während sich ihr Leben immer mehr verengte.

Sie hatte Helen, ja, aber Helen war kein Mann ...

. . .

Das Erntedankfest war immer eine große Sache.

Margaret fuhr dann immer hinunter zur Farm und nahm die Kinder mit. Es gab ein Festmahl, gekocht von ihrer Mutter, mit Maryland-Truthahn, dem besten Truthahn der Welt, mit Preißelbeersoße und Austernfüllung. Und Margaret achtete immer darauf, daß etwas davon für den Doktor beiseite gelegt wurde, ihren ergebenen Freund – Stücke von weißem Fleisch, eine Keule oder was sie sonst erwischen konnte für ihren jährlichen Schmaus – einen Ritus von unerkannter Bedeutung, auf den sie mit peinlicher Sorgfalt zählte, was immer auch geschehen mochte.

Das war immer sonnabends, sagen wir, um die Reisezeit zu berücksichtigen. Er ging gegen Mittag zu ihrem Haus. Die Kinder waren schon abgefüttert und zum Spielen nach draußen oder in den Keller geschickt. Sie trug ihren besten Sonntagsstaat. Ein Tisch war gedeckt für zwei, gewöhnlich in der Küche, mit allen Formalitäten, und sie setzten sich zum Essen.

Cocktails – sie begannen stets mit Cocktails! – Suppe, der Truthahn mit Füllung und dem Gemüse, das zu der Zeit gerade auf dem Markt zu haben war. Danach kam der Kuchen, einer von den berühmten Kuchen ihrer Mutter, oder Pastete. Kaffee und, das war *de rigueur*, ein kleines Glas Hennessy-Dreistern-Kognak.

Die ganze Sache war eine poetische Angelegenheit, ein Liebesmahl, ein Mahl, dem Herzen und dem Geist gewidmet, ein verzweiflungsvolles Bekennen und Zelebrieren.

Das ging mehrere Jahre so.

Von Zeit zu Zeit erfuhr er auf indirektem Wege von Helen, wie sie und ihr Mann eine kleine Party mit Margaret und Mac, ihrem neuen Freund, veranstaltet hatten. Aber er hielt den jungen Mann, obwohl er ihn nie gesehen hatte, immer für ziemlich schwachköpfig. Tatsächlich war Margaret, wie wir alle später von Helen erfuhren (wer sonst hätte es uns sagen können), mit ihrem neuen Freund schon lange intim gewesen. Er hatte einen Reiz für sie, dem sie nicht widerstehen konnte. Er war sensibel, gebildeter als sie – College-Atmosphäre –, war in Paris und Rom gewesen, und da er unverheiratet war und über ein gutes Bett bei seiner Schwester verfügte, sah er keinen Grund, warum gerade er von allen bedürftigen Müßiggängern, die es auf der Welt gibt, sich nach Arbeit umsehen sollte. Er tat es nicht. Daß ihn die Jungen in seiner Heimatstadt für so was wie eine Tunte hielten, machte ihm nicht das Geringste aus.

Margaret lieh ihm heimlich Geld, bis sie am Ende praktisch seinen Unterhalt bestritt. Sie war in dieser Hinsicht immer ein Gänschen. Sie hatte Mitleid mit ihm, bemutterte ihn, und als er schließlich mit Tränen in den Augen zu ihr kam, nahm sie ihn auf, ›fiel um‹ und machte ihn zu ihrem Liebhaber.

Eines Tages brach die ganze Hölle los. Das Theater begann, wenn der Doktor richtig informiert war, ganz harmlos, wie es bei ernsthaften Zwischenfällen in der Liebe oder im Krieg immer der Fall ist, am Abend zuvor.

Da Helen weg war, sonst wäre es nicht passiert, war Margaret mit Helens Mann und ihrem Freund ein Bier trinken gegangen. Aber an jenem Abend, während die Stunden gelangweilt vergingen und aus keinem besonderen Grund, wurde Margaret trotz zweier Beschützer neben sich immer melancholischer und betrunkener. Niemand hätte sie stoppen können oder hatte irgendwie bemerkt, in welchem Zustand sie war, bis sie gegen ein Uhr morgens aufzubrechen begannen.

Um diese Zeit waren die Männer zu dem Entschluß gekommen, es sei soweit, die Dame zu ihren Kindern zurückzubringen, die wie gewöhnlich in ihren Betten lagen und schliefen. Sie setzten sich in Bewegung, aber mit der frischen Luft im Gesicht entschied Margaret, das komme für sie gar nicht in Frage. Sie leistete Widerstand, und als sie zu ihrer Haustür kamen, weigerte sie sich hineinzugehen.

Der Lärm, den sie verursachte, weckte sämtliche Nachbarn auf. Sie fing an zu fluchen und zu schreien, so laut sie nur konnte. Ringsumher gingen Lichter an.

Die Männer waren verlegen und beschlossen, rein müsse sie, ob sie nun wolle oder nicht! Sie öffneten die Tür, die nicht abgeschlossen war, schoben sie über die Schwelle und fuhren weg in die Nacht – ohne Zweifel glaubten sie, sie würde sich beruhigen und sich benehmen, sobald sie erkannt hätte, daß ihre Situation hoffnungslos war.

Nicht Miss Margaret.

Sie stürzte aus der Tür und auf die Straße, dem Auto hinterher, und schrie: Kommt zurück, ihr Hundesöhne! Aber da sie schnell immer weiter zurückblieb, änderte sie ihren Text und rief nach Bill, Bill dem Milchmann, er solle kommen und ihr helfen.

Es gab einen schrecklichen Skandal – die Polizei wurde herbeigerufen. Die Kinder wachten auf und weinten. Schließlich gelang es mit Hilfe der Nachbarsfrauen, Margaret auszuziehen und ins Bett zu bringen.

Als sie am nächsten Morgen begriff, was sich ereignet hatte, wollte sie sich umbringen. Sie nahm ihre Kinder mit in die Garage unter dem Vorwand, zur Farm runterfahren zu wollen – aber die waren nun schon groß, was sie nicht mit einkalkuliert hatte, zu groß, um sie noch fest im Griff zu haben. Sie setzte sie auf den Rücksitz des Autos, stieg selbst ein und startete den Motor, ohne die Garagentüren zu öffnen.

Ihr ganzes Leben, das Leben der Gemeinschaft als solcher, wie sie für sie existierte, schien in diesem Augenblick über ihrem Kopf zusammenzubrechen. Sie muß eine gewisse verzweifelte Heiterkeit verspürt haben. Da sollten die Kirche, die gesellschaftliche Ordnung, der Mann und die Frau, die sie repräsentierten, jede Kunstfertigkeit, die der Geist ersinnen konnte, durch ihre eigene Tat in Stücke geschlagen werden – in Stücke geschlagen alles, wofür das Gesundheitsamt stehen könnte und die Balken und Schindeln jedes privaten Hauses der Gemeinde, ganz gleich wie pompös oder bescheiden es wäre, nicht wiederherstellbar zerstört.

Aber die Jungen, besonders der ältere, merkten, daß sie

in der Falle saßen und ersticken würden, wenn sie länger im Auto blieben. Sie drängten nach draußen. Sie wollte sie mit Gewalt zurückhalten, aber sie machten sich schreiend los und liefen davon.

Angesichts dieser Wendung der Dinge öffnete Miss Margaret die Garagentüren wieder, fuhr das Auto rückwärts heraus und preschte davon, ohne an die Kinder zu denken, um ihren Gefährten Mac vom Abend zuvor zu suchen. Er war nicht zu Hause. Sie traf ihn in einer Eisdiele, lud ihn ein, hob dreihundert Dollar – alles was sie hatte – von der städtischen Bank ab. Woraufhin die beiden flüchteten, einfach der Straße nach.

Es geschah alles, wie es jeder leicht hätte vorhersehen können: Alkohol, Unmoral – aber den armen harmlosen Mac mit hineingezogen zu haben, der einer wirklich anständigen Familie angehörte, das war eben zuviel. Als was für eine Hure kann sich eine Frau doch am Ende erweisen! Ein Mann hat wenigstens noch Mut dabei. Versuchte sogar, ihre eigenen Kinder umzubringen zu ihrem Nutzen. Mein Gott, eine potentielle Mörderin!

Die Familie kam und holte die Kinder, die ohne Zweifel fanden, als alles vorüber war, daß sie die Aufregung und Aufmerksamkeit genossen hatten. Jeder fühlte sich erleichtert, das war's, soll sie doch gehen, wen kümmert das schon?

Nach Wochen qualvollen Wartens erhielt Helen eine Postkarte; sie und Mac verbrachten die Nacht in einem Motel irgendwo in Pennsylvanien, ehe sie weiterfuhren.

Dann ein kurzer Brief, an der Straße aufgegeben. Sie hätten nur noch einen Rest von den dreihundert Dollar. Wenn sie den ausgegeben hätten, planten sie, sich eine Kugel durch den Kopf zu schießen.

Auf Wiedersehen, mein Liebling, ich liebe dich. Denke nichts Schlechtes von mir, ich mußte das machen …

Die Unterschrift fehlte.

Helen war bestürzt, es brach ihr das Herz.

. . .

Die haben mich nie gemocht, dort unten, sagte Helen zum Doktor.

Das sehe ich.

Was können Sie sehen?

Daß sie dich dort unten nicht gemocht haben.

Ich war zu aufgeregt. Wenn ich im Operationssaal war, mußte das sofort verschwinden. Ich war Operationsschwester bei den besten Ärzten in der Stadt ... Zwei kleine farbige Jungen haben sich um meine Schwester und mich gekümmert, als wir kleine Kinder waren, George Milly und Norris Rance. Joe Scott tanzte. Ach, ich wünschte, ich könnte eines Tages eine Geschichte schreiben, eine wahre Geschichte über Menschen.

Das möchte jeder.

Sie sind genau wie wir. Als ich noch klein war, ich und meine Schwester, hatte meine Mutter einen Haufen Kinder, und deshalb keine Zeit für uns. Drum hatte sie einen kleinen farbigen Jungen, der auf uns aufpassen mußte – als ich etwa fünf oder sechs Jahre alt war, so ungefähr. Sein Name war Neil. Er wohnte mit im Haus und sorgte dafür, daß wir nicht in Schwierigkeiten gerieten. Dann war da noch ein anderer kleiner farbiger Junge – er wohnte nicht weit weg. Und meine Schwester und ich, wir gingen immer auf eine Anhöhe im Wald, und wir schrien uns die Lungen raus nach ihnen. Sie kamen dann beide angerannt, und wir spielten den ganzen Vormittag dort. Wir hatten eine wunderbare Zeit zusammen. Jahre später, als wir alle erwachsen waren und er weggegangen war – als er zurückkam, um uns alle mal wiederzusehen – waren wir die einzigen, mit denen er sich unterhalten wollte. Und der andere, der Scott hieß. Meine Schwester und ich warteten manchmal abends auf ihn, ehe mein Vater heimkam – so gegen um fünf oder so. Dann trieben wir unser Spiel mit ihm: Scott, tanze für uns! Machst du das? Wir waren noch kleine Kinder, und er tanzte, erzählte eine Geschichte mit seinem Tanz, und wir waren begeistert. Er hatte den ganzen Tag auf dem Feld gepflügt, und trotzdem tanzte er jedesmal für uns, wenn wir ihn darum baten. Es war wundervoll. Er stellte einen jungen Mann dar, der ein Mädchen besucht. Er ging zur Tür und klopfte an. Ihre Mutter kam heraus, und er sprach mit ihr. Dann sagte sie zu ihrer Tochter, sie solle ein paar Holzscheite aufsammeln, und das tanzte er. Dann sagte sie ihr, sie solle ein paar Kartoffeln aus dem Garten holen gehen. Alles solche Sachen – und alles getanzt, bevor mein Vater heimkommen und uns dabei erwischen konnte. Es war wunderbar.

(Telefon. Sie ging ran.)

Wer war das?

Ach, bloß die Telefongesellschaft, die den Anrufen nachgegangen ist, die mir vorige Woche die Nerven raubten.

Wer war es?

Bloß ein paar kleine Jungen von gegenüber. Ich hab ja nichts dagegen, aber ich war grade 'n bißchen nervös … und wenn ich dann ans Telefon gehe und höre: Oh, du sollst tot umfallen! Da bin ich fast aus der Haut gefahren. Ich war in Wut, und da dachte ich, versuchst mal rauszufinden, wer das war. Ich wußte, daß sie's waren …

Ich war neun Jahre alt, als ich getauft wurde, sagte Helen. In einem Flüßchen – ich wurde untergetaucht. Ich hatte mein bestes rosa Kleid an und wollte nicht, daß es naß wird. Im Namen des Vaters und des Sohnes und des Heiligen Geistes! Plumps! Mein Vater wollte auch nicht, daß es gemacht wurde, er sagte, ich sei noch zu jung. Aber während er die Felder inspizierte oder so was, ließ mich meine Mutter anziehen und schickte mich gleich darauf aus dem Haus – und so wurde ich getauft. Ich war immer ein kränkliches Kind, und sie dachte wahrscheinlich, ich könnte eines Nachts ungesegnet sterben. Wenn man getauft ist, kann man am Abendmahl teilnehmen. Jeder trank aus demselben Becher. Brombeerwein, alle tranken sie Brombeerwein. Meine Tante machte immer welchen. Auf die Weise bekam ich Geschmack am Wein. Meine Mutter machte auch welchen. Nicht sehr viel, aber wir hatten immer etwas davon in der Küche, wenn jemand Durchfall hatte oder Bauchschmerzen. Ich weiß nicht, ob er irgendwie half, aber wir hatten jedenfalls immer welchen. Wenn man es nicht richtig machte, wurde Essig draus. Eines Tages hatte ich mir gerade etwas davon in eine Teetasse gegossen, als ich meine Mutter kommen hörte. So trank ich sie schnell aus. Es war Essig! Aber ich ließ mir nichts anmerken. Essig!

Wollen Sie was Komisches hören? Sie werden drüber lachen müssen.

Er lachte.

Ich will's Ihnen erzählen. Sie kennen die Frau, eine Freundin von mir, Sie sind ihr hier begegnet, macht aber nichts. Sie sagte mir, ich sollte Azeton nehmen, um den Lack von den messingnen Bratböcken zu lösen, die ich gerade polierte. Sie haben sie gesehen. Ich rufe die Drogerie an. Sie sind an meinen Südstaatlerakzent gewöhnt, und Sie verstehen, was ich sage, aber manche Leute verstehen mich nicht. Was? sagte der, und ich merkte, daß er nicht wußte, wovon ich redete. Da schoß es mir durch den Sinn, er dachte, ich hätte vielleicht gesagt: etwas Azeton, um den Lack von meinen *Arschbacken* zu lösen. Ich mußte so lachen, daß ich kaum noch ein Wort herausbrachte. Meinen Sie nicht auch, daß das komisch ist? Freut mich, daß es Ihnen gefällt. Ich war ganz außer Rand und Band deswegen. Du heiliger Strohsack! Entschuldigen Sie, ich muß noch mal ins Bad.

Während sie aus dem Zimmer war, begannen seine Blicke herumzuwandern, durch das Fenster in den Garten, und ruhten einen Moment danach auf dem Kaminsims, wo eine kleine Porzellanpuppe einen besonderen Platz einnahm.

Als sie hereinkam, sah er, daß sie sich umgezogen hatte, und ihre Augen blau wie Meißner Porzellan strahlten ihn an über einem bunten Morgenrock und einer verblaßtblauen weiten Hose.

Das da? fragte er und zeigte mit dem Finger. Ja, die kleine Puppe.

Das ist Pauline. Die hab ich schon mein Leben lang. Er betrachtete gründlich die Spitzenhaube über den blonden Locken, die mit rosa Bändchen festgemacht war und lächelte: Nun?

Hat fünfzehn Cent gekostet. Ich bekam sie geschenkt, als ich zwei Jahre alt war und habe sie in meiner ganzen Schulzeit immer bei mir gehabt. Sie ist mit Sägespänen ausgestopft, wissen Sie, bis auf den Kopf, die Hände und die Füße. Ich habe immer mit ihr gespielt, meistens, wenn ich zu meiner Großmutter zu Besuch fuhr. Einmal habe ich sie verloren und sie fast einen ganzen Tag lang gesucht. Wissen Sie was? Als ich sie wusch, ging ihr Kopf ab. Ich habe sie in die Puppenklinik gebracht, und was meinen Sie, haben die mit ihr gemacht? Haben sie den ganzen weiten Weg bis nach Jacksonville geschickt. Wo sie herkam. Wir sind nie voneinander getrennt gewesen ... Nein, ich bin nicht schön. An mir ist nichts schön.

Das können *Sie* nicht beurteilen: Wenn Sie über die Puppe sprechen, sind Sie schön.

Jedenfalls, wenn es an mir etwas gibt, was schön ist, sind Sie es: *das* wissen Sie, mein Lieber. Hören Sie diese Kirchenglocken läuten? Ich hab mich jetzt dran gewöhnt, aber vor einem Monat haben sie mich verrückt gemacht.

Ich höre es.

Sie haben einen neuen Geistlichen, der Presbyterianer war und daher natürlich Hochkirche sein muß. Der alte war ziemlich taub – ein lieber Kerl. Der hier läßt die Glokken zu allen möglichen Zeiten läuten – ob Gottesdienst ist oder nicht. Ich glaube, er hört sie einfach gern. Zuerst war es nur eine alte Glocke, aber jetzt ist es ein ganzes Geläut – angetrieben von elektrischem Strom von der Straße. Ich hasse sie. Aber das schlimmste ist, daß diese verdammten Glocken genauso klingen wie meine Türglocke. Ich bin immer früh aufgestanden, hab meinen Bademantel übergezogen, meinem Mann das Frühstück gemacht und bin wieder ins Bett gegangen – und hab bis Mittag geschlafen oder bis sonstwann.

Mit der Flasche am Bett?

Natürlich. Bis ich die Türglocke höre, triefäugig aufstehe, mich in meinen Bademantel kämpfe und zur Haustür stolpere und denke, es könnte ein Eilbrief sein von einer Freundin oder irgend sonstwas. Niemand da. Ich hab das nie begriffen. Bis ich eines Tages, als ich wußte, daß niemand an der Tür war, die verdammten Glocken hörte. Ich lauschte, bis ich mir nach einer Weile sicher war. Es war nicht meine Türglocke, die ich gehört hatte, sondern zwei Blocks weiter diese Kirchenglocken, die mich zu allen möglichen Zeiten aus dem Bett gejagt hatten.

(Schließlich machte sie auf ihren Doktor Eindruck.)

Vielen Leuten geht es wie Ihnen, sagte er ihr. Es gefällt ihnen auch nicht, aber was können sie schon dagegen machen?

Sagen Sie's mir und ich mach's.

Nun, Sie könnten zum Pfarrer gehen und ihm sagen, daß Sie's stört und ihn bitten, daß er damit aufhört.

Ist es das, was ich tun soll?

Wegen mir brauchen Sie gar nichts zu tun, aber wenn Sie's stört, sollten Sie das als erstes tun. Gehen Sie zu ihm, läuten Sie und sagen Sie ihm, was Sie möchten. Gehören Sie der Episkopalkirche an?

Nein, aber ich werd's tun.

. . .

Er bat mich ins Pfarrhaus herein. Ich ging hinein. Das erste, was er zu mir sagte, war: Sie haben getrunken.

Das geht Sie gar nichts an. Ich bin gekommen, um mich über das ständige Läuten Ihrer Kirchenglocken zu beschweren.

Sie sollten nicht trinken. Wissen Sie, wozu das führt?

Wollen Sie mir nun eine Antwort geben? Wenn nicht, dann lassen Sie mich bitte gehen.

Was haben Sie gegen das Glockenläuten?

Es stört mich, wenn ich ruhen will. Es gefällt mir nicht, und ich denke, ich habe ein Recht auf Ungestörtheit und Ruhe.

Aber vielen Leuten gefällt es.

Davon weiß ich nichts. Es stört *mich*, und ich möchte, daß Sie damit aufhören, zu allen möglichen Stunden des Tages zu läuten.

Ich fürchte, das kann ich nicht tun, aber ich würde mich freuen, wenn ich Sie mal besuchen dürfte, um noch einmal darüber zu sprechen. Sie sollten wirklich aufhören zu trinken. Es ist nicht gut für Sie.

Da bin ich gegangen.

Er ist dann tatsächlich eines Abends gekommen, als mein Mann zu Hause war. Hat sich im Haus umgesehen, glaubte vielleicht, er könnte mit ihm reden, aber der wollte nichts mit der Sache zu tun haben. Er wies ihn bloß an mich zurück.

Sie leben in einem romantischen Traum, wie ein Kind, und das ist der Grund dafür, daß Sie trinken, sagte er. Sie versuchen, der Wirklichkeit zu entfliehen, und es ruiniert Ihre Gesundheit. Einmal müssen Sie doch der Wirklichkeit ins Auge blicken. Schauen Sie sich die kleine Puppe an, die Sie auf Ihrem Kaminsims stehen haben. Das ist es, was Sie gern wieder sein möchten, ein romantisches Kind.

Das ist nicht bloß 'ne Puppe, sagte ich. Das ist Pauline.

Er fing an zu lachen. Ich unterbrach ihn.

Das verstehen Sie nicht. Sie können ja nicht mal davon träumen, soviel Persönlichkeit zu haben wie die Puppe da. Reden Sie nicht auf die Art mit mir. Wenn Sie nicht aufhören können, mit diesen Glocken Leute zu verärgern, die keinen Grund haben, so zu denken wie Sie, dann gehen Sie lieber. Und das meine ich ernst.

Da ist er gegangen.

Laß diesen Menschen nie wieder ins Haus, sagte mein Mann. Warum hast du ihn überhaupt reingelassen?

Nun ja, sagte ich, er wollte eben mal kommen. Soll er doch selber sehen.

Ich bin gemein wie eine Schlange heute und launisch wie der Teufel. Wie war die letzte Probe, die ich Ihnen geschickt habe? sagte sie zu ihm.

In jeder Weise normal.

Dacht ich doch. Sie können zu jeder Zeit mal zu mir reinkommen. Ich arbeite wie verrückt und habe heute viel Zeit auf den Rasen verwendet.

Arbeiten Sie nicht zu schwer.

Ich muß arbeiten. Ich kann sonst nicht schlafen. Haben Sie 'nen Moment Zeit? Reden Sie mit mir, ich muß Ihre Stimme hören ... Ich stehe wie hinter einer Wand. Ich bin zwei Personen. Ich sehe, wie sich alle um mich herum bewegen und kann doch nicht mitmachen dabei. Andere bringt es um den Verstand, aber mich nicht, es läßt mich eiskalt.

Das ist Ihr holländisches Erbteil, das zum Vorschein kommt. (Sie hatte ihm einmal erzählt, sie sei ein direkter Abkömmling von Henry Hudson. Nur weil ihr Haar so blond war, hatte er ihr das geglaubt – bei den Generationen, die ihre Vorfahren bei den Wilden Nordamerikas zugebracht hatten.) Alles, was man mit der schönsten Frau der Welt machen kann, ist, mit ihr ins Bett zu gehen – gründlich. Klingt schrecklich, nicht wahr? Und das kann man mit jeder Frau machen ... abgesehen ...

Abgesehen was, fragte sie.

Abgesehen von ihrer Schönheit. Und was kann man damit schon anfangen, selbst wenn sie einen nicht schon bezwungen hat, bevor es losgeht – sie wird einen ganz gewiß hinterher bezwingen. Aus diesem Grunde sind alle großen Dramen über das Thema Liebe Tragödien.

Mein Bester, Sie lassen mich niemals im Stich. Das ist es auch, warum ich Sie liebe.

Da haben wir's, unerreichbar. Wir können sie nicht besitzen ...

Zumindest kann ich es nicht, sagte sie.

... und wenn es uns nicht gelingt, zerstört sie sich selber schon nach kurzer Zeit.

Kommen Sie mit raus in die Küche. Ich bin wirklich stolz auf meine Biskuits. Sie sind eins von den wenigen Dingen, die ich gut kann. Aber dieser Arm! Ich habe zuviel gebügelt damit. Manchmal weiß ich nicht, was ich so daherrede ... wissen Sie, was Rosen bedeuten?

Nein.

Liebe. Und wissen Sie, was Narzissen bedeuten: Ich begehre Zuneigung. Als Kind hatte ich keinerlei Interesse an Sex. Wir waren eine große Familie, und wir spielten miteinander und so weiter. Wir hatten viel Spaß, aber ich habe nie an etwas anderes gedacht. Es ist mir nie in den Sinn gekommen.

Nun, manchen Frauen kommt es in den Sinn.

Ich weiß. Soweit es meine Mutter angeht, sagte Helen, war es ebenso ihre Schuld wie seine. Nun ja, er schlief mit allen Frauen auf dem Hof. Sie wußte das. Er hatte ein kleines Häuschen, ungefähr so weit weg von hier bis zur Garage, mit zwei Zimmern, wo eine der Frauen wohnte, die auf der Farm arbeiteten. Und wissen Sie, warum er sie dort wohnen ließ? Hätte meine Mutter ihn verlassen, hätte sie es damals tun müssen. Jetzt ist es zu spät.

Margaret und Mac, ihr Freund, begingen natürlich nicht Selbstmord. Statt dessen fand sie, nachdem sie wieder zu Atem gekommen waren, einen Job in einem Restaurant in Miami und für eine Weile in einem Blumenladen.

Das Blumengeschäft, in dem sie landete, war erfreut, sie zu bekommen. Die Frau, der es gehörte, war schwer in Druck gewesen. Wieder Geld auf die Hand. Nichts zu tun haben, als sich um Blumen zu kümmern! Schon nach wenigen Tagen erwies sie sich als so geschickt wie eine gelernte Kraft und ebenso flink beim Binden von Hochzeitssträußen und Begräbniskränzen. Sie machte sich hervorragend, hatte ein annehmbares Einkommen und war ein oder zwei Monate glücklich, als hätte sie das große Los gezogen.

Aber dann wurde Mac eines Abends sein Fahrrad gestohlen, und, wie es sich für einen Gentleman gehört, hatte er sich um drei Uhr in der Nacht mit beträchtlichen Kosten ein Taxi genommen. Das machte Margaret wütend.

Denkst du denn, ich mache das Geld selber? Schlimm genug für mich, daß ich dir ein neues Fahrrad kaufen muß, aber wenn du nach Mitternacht mit 'nem Taxi in der Gegend herumfahren mußt …

Als Helen vier Monate später ankam, angekündigt durch ein Telegramm, fraß Margaret sie vor Freude fast auf.

Während der wenigen Tage, die sie zusammen waren, verbrachten die beiden Frauen Tag und Nacht ihre Stunden zwischen Tränen und Umarmungen, mit dem fast ununterbrochenen Austauschen von Vertraulichkeiten. Mac war vollkommen vergessen.

Sie hatten wirklich nur ein Zimmer. Sie sahen ihn einmal, wie er durch die Latten des Verschlages, in dem er hauste, nach ihnen blickte, und später beobachteten sie ihn in einer höchst unwürdigen Stellung, worüber sie sich fast totlachten und einander an die Spalte riefen, um ihn abwechselnd in Augenschein zu nehmen.

Sie kicherten miteinander vor Staunen über den schokkierenden Anblick.

Nach ein paar Tagen mußte Helen wieder in den Norden zurückfahren und gelobte unter einer Flut von Küssen, rechtzeitig zur Hochzeit zurückzukommen, die Margaret noch immer durchzustehen entschlossen war.

Sie hatte sich bei ihrer Arbeit im Laden in den Finger geschnitten und ihn mit einem schmutzigen Verband umwikkelt. Es war niemand weiter in der Kirche als die Frau des Geistlichen. Sie und Helen standen beieinander und weinten. Ihre Tränen flossen in Strömen während der ganzen Zeremonie.

Der Doktor hatte eine Jacquot-Rose in seinem Garten, die seine Frau wie auch er sehr bewunderten. Es war eine pfirsichrosa Kletterrose, deren Blütenblätter sich nach dem ersten Blühen blaßlila färbten. Mehr noch, die Rose gedieh in ihrem Garten großartig, trotz aller Schwierigkeiten, die der Mann, der ihnen die Pflanzen verkauft hatte, für unüberwindlich gehalten hatte: Sie wird in diesem Klima nicht überwintern, nach den ersten zwei oder drei Jahren ist sie hinüber.

Dennoch war ihre Kraft phänomenal, sie war nicht totzukriegen. Sie überdeckte das Spalier mit einer Blütenfülle, die Anfang Juni wie ein Wunder anzusehen war. Dazu duftete sie so angenehm, daß der ganze Garten danach roch, wenn sie blühte. So eine hatte er in keinem anderen Garten jemals wiedergesehen.

Einmal erzählte er Helen davon und lud sie ein, in der Blütezeit herüberzukommen und sie sich anzusehen und ihren Duft zu schnuppern.

Sie gaben ihr einen Absenker; sie pflanzte ihn ein, und er trieb sofort. Er gedieh fabelhaft in einem von ihrem Mann besonders vorbereiteten Boden, und als sie unerwartet ihr neues Haus verkaufte und weiter ins Landesinnere zog, nahm sie die Jacquot-Rose mit.

Als Margaret wieder in den Norden heraufkam, nachdem Macs Zähne in Ordnung gebracht worden waren und man ihn zur Armee eingezogen hatte, war sie vollkommen ausgenüchtert, soweit man sehen konnte.

Als sie schließlich in der Praxis des Doktors erschien, stürzte sie aus Dankbarkeit fast in seine wartenden Arme.

Mac war in seine Kaserne in der Gegend um die Großen Seen verfrachtet worden. Sie hatte Arbeit bei Bendix in der Fabrik gefunden, wo sie einen Galvanisierapparat bediente.

Es war harte Arbeit. In der Fabrik trug sie von morgens bis abends Arbeitshosen, hielt ihr Haar bedeckt und wurde wie ein Mann behandelt, soweit das bei ihrem Mangel an Masse möglich war. Sie hörte Flüche und andere Obszönitäten, manche davon direkt gegen sie selbst gerichtet, und nahm es darin mit den besten von ihnen auf. Ihr gefiel der Job nicht, aber die Bezahlung war erstklassig. Sie stand ihren Mann, und niemand konnte ihr etwas vormachen. Sie war die einzige Frau in der Abteilung.

Ein paar graue Haare begannen sich zu zeigen. Er sah sie jetzt ziemlich regelmäßig, wenn sie zu ihm kam, um ihm ihr Sparbuch bei der örtlichen Bausparkasse zu zeigen. Sie hielt ihm Mitleid heischend die Hände hin, damit er sehen sollte, wie fleckig sie waren, wie dauerhaft geschwärzt die Finger, die Knöchel bis hin zu den Handgelenken aufgesprungen von der Säure, mit der sie umgingen.

Handschuhe sind unmöglich. Niemand kann mit Handschuhen flink arbeiten. Ich bin aufs Geld aus!

Warum lassen Sie sich nicht einen anderen Arbeitsplatz zuweisen? Es muß doch einen angenehmeren Job geben, den sie Ihnen anbieten könnten.

Ach, ich könnte schon was Angenehmeres machen, wenn ich das wollte, aber auf die Art *verdiene* ich mehr, und ich brauche mit niemanden zum Essen auszugehen.

Mac bettelte weiterhin um Geld – um sich Zigaretten zu kaufen; jammerte ständig, er käme mit dem Sold nicht aus.

Er ist kein Mann! Ich bin fertig mit ihm.

Aber sie, immer gab sie nach – schickte ihm, worum er bat –, bis sich das auf einen guten Teil ihres Wochenlohnes belief.

Wissen Sie, ich hab 'nen Mann bei der Armee, und ich muß ihn versorgen.

So ziemlich das Rührendste, das sie tat – soweit es den Doktor betraf – war, daß sie ihm einmal im Monat ihr Sparbuch brachte, um ihm zu zeigen, wieviel sie in der Zwischenzeit eingezahlt hatte. Es wuchs ständig, ihr Guthaben.

Dieses Zigarettengeld! Wohlgemerkt, er hat seinen Sold, den ganzen. Er schickt mir nicht mal 'nen Cent.

Manchmal ging er auf's Ganze und bat sie um fünfzig Dollar. Sie schickte sie ihm. Manchmal erzählte sie dem Doktor von anderen Männern und Frauen, die sie in ihrer Wohnung bewirtet. Mehr als einmal bat sie ihn, er solle sie doch auch einmal besuchen kommen.

Kommen Sie doch rüber und besuchen Sie mich. Sie wissen ja noch nicht einmal, wie hübsch ich mich eingerichtet habe.

Schließlich ging er hin und fand alles sehr sauber und geschmackvoll. Sie erzählte ihm nicht, daß sich ihr Hauswirt gerade vierzig Dollar von ihr geborgt hatte, um seine Ölrechnung zu bezahlen – sie hätte sonst übers Wochenende im Kalten sitzen können. Sie wurde mit Sicherheit weich, wenn sie eine Unglücksgeschichte hörte.

Helen erzählte von einem Streit, der sich zwischen ihnen allen in einer nahen Kneipe abgespielt hatte: Margaret war voll wie eine Strandhaubitze. Ihr Cousin aus ihrer Heimat im Süden und ihr augenblicklicher Freund aus der Fabrik waren schon den ganzen Abend nicht gut aufeinander zu sprechen. Er war eifersüchtig auf den Mann in Uniform – und vielleicht aus gutem Grund.

Gott verdammich, sagte Margaret, hör auf, mit meinem Cousin zu stänkern.

Ich stänkere mit niemand.

Das machst du schon den ganzen Abend, und ich hab's jetzt satt. Er ist nicht bloß mein Cousin, sondern mein Freund, ist schon lange mein Freund, mein intimer Freund.

Du sagst es.

Worauf spielst du denn an mit der Spitze?

Du hast mich beim ersten Mal verstanden.

Du schäbiger kleiner Hundesohn ... Aber sie hatte keine Zeit mehr, den Satz zu beenden, denn er versetzte ihr einen Schlag über den Kopf, wobei er, wie sich zeigte, ihr Trommelfell verletzte, so daß sie zu einem Arzt gebracht werden mußte wegen der Schmerzen.

Das gab Helen den Rest. Sie sagte Margaret, sie wollte nichts mehr mit ihr zu tun haben, und wenn sie jemals wieder mit diesem Mann in ihr Haus käme, würde ihn ihr Mann auf die Straße werfen.

Waffenstillstand! Als der Krieg vorüber war, erzählte Margaret ihrem Doktor von einem anderen Mann, der in diesen so schnell zur Vergangenheit verblassenden Jahren ihr Interesse gefunden hatte, ihr mütterliches Interesse in diesem Falle. Er war ein schwächliches Geschöpf, das sie unter den Arbeitern in der Fabrik kennengelernt hatte. Die anderen Männer wollten mit ihm nichts zu tun haben; ein schüchterner Jüngling, den sie folglich unter ihre Fittiche genommen hatte.

Er erzählte ihr seine Geschichte, wie er nach vielen belanglosen Abenteuern in New York einem Bischof der Episkopalkirche begegnet war, der dem Knaben den Vorschlag gemacht hatte, ihm eine Frau zu sein, und wenn er einverstanden wäre, sollte er bis ans Lebensende finanziell ausgesorgt haben.

Margaret hörte wohlwollend zu, obwohl sie höchst belustigt war und den Kampf für ihr Geschlecht gegen die Zärtlichkeiten des Bischofs antrat. Anscheinend muß sie den Jungen unter ihre sonstigen Eroberungen eingereiht haben; er war ungefähr so groß wie sie und hatte bis dahin noch keinen Erfolg bei Frauen gehabt. Es war eine bloße, müßige Geste der Freundschaft ihrerseits, um die Zeit zu überbrücken, bis neues Wild auftauchte.

Er schrieb Margaret später einen Brief, als die Fabrik nach Kriegsende stillgelegt worden war, und teilte ihr mit, wie dankbar er ihr sei für ihr mitfühlendes Verständnis für seinen ›Fall‹, wobei er hinzufügte, er ginge jetzt mit einem netten Mädchen und wollte sie demnächst heiraten.

Geld war jetzt alles. Durch ihren Fleiß hatte Margaret an die zweitausend Dollar gespart. Der Krieg war vorbei. Mac würde bald nach Hause kommen – und sie wollte ihn nicht wiedersehen. Sie befürchtete, sie würde schwach werden und ihn wieder bei sich aufnehmen, und das wollte sie nicht tun. Bald würde sie wieder in den Süden fahren, nach Florida, um sich wieder scheiden zu lassen. Sie würde es nicht zulassen, daß irgend etwas dazwischen käme.

Sagen Sie es niemandem! Ich will mir irgendwo einen neuen Job suchen und mich endgültig niederlassen.

Das werden Sie nie machen – wenn ich Sie kenne.

Kluges Kerlchen, wie?

Ich kenne Sie zu gut. Sie werden einem Gauner ins Garn gehen, und eines Morgens, wenn Sie aufwachen, werden Ihre zweitausend Dollar fort sein.

Meinen Sie?

Ich wette einen Vierteldollar drauf.

Sie halten mich also für blöd?

Ich halte Sie für das, was Sie sind. Wir haben Sie alle sehr gern, und Sie machen es für keinen von uns leicht, das zu sagen.

Sie schmollte – wie ein Kind.

Sie werden das immer wieder von neuem machen, und niemand kann Sie daran hindern. Sie haben *uns* manches angetan, was unentschuldbar ist. Und dennoch … ich werfe Ihnen nichts vor. Das ist ein Wesenszug, den Menschen wie Sie aufzuweisen haben – was wir beneiden – und woran wir verzweifeln – eine Art Macht, die Sie über uns haben. Ich glaube noch immer an Sie, daß Sie nicht schuldig sind.

Sie blickte ihm jetzt direkt in die Augen, mit leicht geöffnetem Mund.

Er fuhr fort: Nicht nur das, sondern in vieler Hinsicht sind Sie die Beste von uns, die Direkteste, die Ehrlichste – ja, und am Ende die Tugendhafteste.

Plötzlich schlang sie ihre Arme um seinen Hals, rollte sich auf seinen Knien zusammen und weinte leise. Er drückte sie einen Moment an sich und setzte sie dann sanft nieder.

Hör zu, Mädchen, versucht etwa jetzt schon jemand, dir dein Geld abzuluchsen?

Sie gab keine direkte Antwort: Mein Vater ist im letzten Jahr gestorben, Sie wissen ja, und hat uns die Farm hinterlassen. Mein Anteil, wenn mein Bruder ausgezahlt ist, beläuft sich auf dreitausend Dollar. Wenn Sie glauben, ich lasse mir das von irgendeinem abschwindeln, dann irren Sie sich. Ich habe mein Testament gemacht.

Tatsächlich?

… und das liegt in meinem Bankschließfach. Wenn ich sterbe, geht alles an die Kinder.

Gut! Aber hör mir zu. Wenn du jemals in der Klemme bist, wenn dich jemand in die Enge treibt, dann schreibe einen Scheck aus über die ganze Summe, wenn du Zeit dazu hast, stecke ihn in einen Umschlag, adressiere ihn an mich und wirf ihn in den nächsten Briefkasten, den du findest. Ist bei mir in Sicherheit.

Helen sagte mir dasselbe.

Nach ihrer Scheidung war das nächste, was wir von ihr aus New Orleans hörten, daß sie ein neues Leben anfing. Ihr war eine Stellung angeboten worden als Assistentin in einer Zahnarztpraxis, die zwei Brüder betrieben; sie sah sie sich nur an und beschloß, es anderswo zu versuchen.

Das war wieder als Assistentin, bei einem Kaufhausfotografen. Er bot ihr fünfundzwanzig Dollar die Woche und die Möglichkeit, sich in diesem Beruf auszubilden. Sie war noch immer hübsch und geistig beweglich und, wie sie aus ihren Fabrikerfahrungen während des Krieges wußte, geschickt mit den Händen. Sie kam vorzüglich aus mit ihrem Arbeitgeber, ja, man könnte sagen, sie landete einen Volltreffer.

Aber der Doktor und Helen, die ihr schon längst vollständig verziehen hatten, hörten von ihr durch einen Brief – mit beigefügten Schnappschüssen. Alles lief bestens. Das Wetter war gerade richtig für sie, New Orleans war schön, man wohnte dort so viel besser als in New York …

Ich wette, die kleine Soundso ist verheiratet! sagte Helen. Ich weiß es, wirklich. Sie hätte mir sonst öfter geschrieben, wenn es nicht so wäre! Und ich weiß auch, wer es ist. Es ist der Scheißkerl, mit dem sie den Streit hatte in der Kneipe, der Mann, der ihr aufs Ohr gehauen hat. Sie sagte immer, sie wollte mit ihm abrechnen … damals, als ihr Cousin aus dem Süden hier oben war … und wenn's der *ist*! … Dem traue ich nicht über'n Weg. Ich kann ihn nicht ausstehen, und sie weiß das. Sie hat nicht alle Tassen im Schrank.

Dann kam ein Brief. Sie *war* verheiratet, mit genau dem Mann.

Ich wußte es. Ich wußte es! Er ist zehn Jahre jünger als sie. Nun hat sie, was sie wollte.

– wir sind seit vier Monaten verheiratet. Vielleicht ist das der größte Fehler, den ich je in meinem Leben gemacht habe. Aber du kennst ihn ja nicht richtig. Er ist so liebenswürdig und hilfsbereit in allen Dingen. Er geht nie mit den Jungs aus, bringt mir jeden Sonnabend seinen ganzen Lohn regelmäßig nach Hause. Ich habe mir ein Haus gebaut …

Ich wußte es, sagte Helen.

– es ist das entzückendste Häuschen, was du je gesehen hast. Es liegt auf einem ungleichmäßigen Stück Land, etwa so …

Da war eine Bleistiftskizze von einem Grundstück, das an der Vorderseite schmal und hinten breiter war, auf dem der Grundriß eines kleinen Bungalows eingezeichnet war.

– wir haben den ganzen Innenausbau praktisch selber gemacht. Ich habe im Geschäft eine Gehaltszulage bekommen, und wir kaufen uns Möbel. Ich möchte nie wieder so leben wie all die Jahre oben im Norden …

So ging der Brief weiter.

Am selben Tag, als Helen diesen Brief dem Doktor zeigte, kam ihr Mann mit einem Ausschnitt aus einer New Yorker Zeitung nach Hause. Helen rief den Doktor sofort an: Kommen Sie rüber, so schnell Sie können! Sie ist tot. Ich kann jetzt nicht reden.

Die Geschichte hatte sich etwa so zugetragen. Mehrere Nächte lang vor der Schießerei waren in der Nachbarschaft Einbrüche verübt worden. Um sich selber und ihr Eigentum zu schützen, hatte Margarets Mann ein geladenes Gewehr vom 22er Kaliber auf den Fußboden neben sein Bett gelegt. Ein bellender Hund, so sagte ein Mann aus, hatte ihn und seine Frau fast im gleichen Moment geweckt. Margarets Bett stand zwischen seinem und dem Fenster.

Schieß aus dem Fenster! rief sie.

Die Gestalten waren undeutlich. Er wurde aufgeregt und verwirrt. Er drückte ab, und seine Frau schrie: Mich hat's erwischt! und brach auf dem Fußboden zusammen. Er stürzte hinaus auf den Hof und gab noch weitere vier Schüsse ab, um die Nachbarn zu wecken.

Er hat sie absichtlich umgebracht. Ich weiß jetzt, wie es passiert ist. Es geschah nicht um ein Uhr nachts, wie es in dem ersten Zeitungsausschnitt hieß. Es war sechs Uhr morgens – das ist ein weltweiter Unterschied. Es war ein Montagmorgen, sie zog sich an und machte sich zur Arbeit fertig. Ich kenne sie gut – sie saß immer am Frisiertisch und machte sich die Haare – sie hatte so schönes Haar. Ich bin sicher, sie haben sich gestritten. Sie hat ihn wahrscheinlich wütend gemacht mit etwas, was sie zu ihm gesagt hat – sie konnte beleidigend sein, wissen Sie, und die verletzendsten Dinge sagen. Er sagte, er wollte sie erschießen, und sie entgegnete, er sollte es doch tun, wenn er sich traute. Dann beugte sie sich vornüber, so, nach links unten, um eine Haarklemme aufzuheben, die ihr runtergefallen war – ich habe sie das tausendmal machen sehen – mit dem Rücken zu ihm. Da hat er sie erschossen, durch den Rücken, wie sie sich vornüberbeugte. Ich bin mir ganz sicher. Niemand kam zum Begräbnis, nur ihre Familie und ich. Sie öffneten den Sarg nicht. Es gab keine Blumen, außer dem Strauß roter Rosen, den ich ihr schickte, ihre Lieblingsblumen. – Wie geht es dir, mein Liebling? Gib gut auf dich acht, denn ich kann's mir nicht leisten, dich zu verlieren. Als sie starb, bin ich auch gestorben, du bist der einzige, der mir noch geblieben ist.

Bei der Obduktion stellte sich heraus, daß das Geschoß, ein 22er, durch ein kleines, zuerst unbeachtet gebliebenes Loch in den Körper eingedrungen war, tief auf der rechten Seite, im Rücken, gerade oberhalb der Taille. Es drang schräg nach oben innen durch die Brust zum Herzen, ging durch dieses Organ hindurch und prallte gegen das linke Schlüsselbein. Sie war auf der Stelle tot.

Nachbemerkung des Übersetzers

Betrachtet man die Short Story als eine charakteristisch amerikanische Literaturform, verwundert es kaum, daß sich der in so besonderem Maße ›amerikanische‹ William Carlos Williams auch dieser Form bediente und sie auf seine Weise souverän handhabte. Vermochte sie doch etwas zu leisten, was für sein künstlerisches Selbstverständnis grundlegend war: ein Stück ganz alltäglichen Lebens in ein Stück Kunst zu verwandeln, das die Unmittelbarkeit des Lebens bewahrte und ihm die Würde wiedergab, deren es eine in Konventionen und Gedankenlosigkeit erstarrte Sichtweise beraubt hatte. Williams hat wie kaum ein anderer die Kunstfähigkeit des Alltags postuliert und demonstriert. Und sein Alltag war der amerikanische, genauer gesagt, der seiner unweit von New York gelegenen Heimatstadt Rutherford und ihrer Umgebung, wo er einundvierzig Jahre – von 1910 bis 1951 – als Frauen- und Kinderarzt praktizierte. Provinz, könnte man sagen. Aber für Williams war das Lokale von nicht zu überschätzender Bedeutung, gerade wenn er Kunstwerke schaffen wollte, die von bleibendem Wert waren und über den engen Raum ihrer Entstehung hinauswiesen. ›Das Klassische ist das voll und ganz vergegenwärtigte Lokale, Worte, die durch einen Ort bestimmt sind‹, hat er einmal prononciert formuliert. Hinter einer solchen Haltung steht auch seine Überzeugung, daß er als amerikanischer Künstler seine Impulse primär aus der Wirklichkeit seines Landes, aus amerikanischer Geschichte und Gegenwart, aus amerikanischen Traditionen beziehen müsse. Amerikanische Kunst muß auf amerikanischen Erfahrungen beruhen. Von daher widersetzte er sich dem verlockenden Sog der um so vieles reicheren und älteren europäischen Kultur – zum Teil mit Vehemenz, wie etwa in den frühen Schriften ›Kore in der Hölle‹, ›Frühling und Alles‹ oder ›Der große amerikanische Roman‹. Auf der anderen Seite schärften seine große

Kenntnis der europäischen kulturellen Überlieferungen und seine wache Sensibilität den Blick für das, was in seiner eigenen Umwelt – nicht nur in New Jersey – begrenzt, roh, geistig eng war. ›Die Venus‹ läßt ahnen, wie sehr ihm diese Enge auch zu schaffen machte.

Doch gerade dieser Realität stellte sich Williams in ihren kulturellen wie ihren sozialen Aspekten. Man denke etwa an den von ihm meisterlich und menschlich anrührend porträtierten ›alten Doc Rivers‹, der nicht zuletzt auch von der geistigen Kargheit der puritanisch geprägten Kleinstadtatmosphäre zerrieben wird. Oder man denke an die beiden vor sich hin trinkenden und bitter räsonierenden Protagonisten im ›Dämmern des neuen Tages‹, die – jeder auf seine Weise – der bedrückenden Realität des Amerika der Weltwirtschaftskrise zu erliegen drohen, ihr vielleicht schon erlegen sind.

Wie Williams seine Welt sah, das wurde entscheidend durch seine Tätigkeit als Arzt geprägt. Sein Blick war der des Mediziners, kühl, scharf, Charaktere und Schicksale analysierend ausmessend. Geburt und Tod, Leid vieler Art hatte er immer wieder vor sich, er mühte sich, oft bis an den Rand der Selbstaufopferung, zu heilen, wiederaufzurichten, Leben zu erhalten. Ohne jede Sentimentalität. Die zurückhaltende Menschenfreundlichkeit des in seinem Beruf aufgehenden Arztes ist in seinen Texten allenthalben zu spüren – man nehme etwa ›Das Mädchen mit dem Pickelgesicht‹ oder ›Jean Beicke‹. Williams war von tiefem Respekt gegenüber allem Leben erfüllt. Urteile abzugeben über seine Mitmenschen und Patienten, die oft auch in seinen Texten figurieren, war seine Sache nicht. Die Gestalten und Dinge selbst sollten sprechen: der Autor hat ihnen nicht Gefühlswerte hinzuzufügen oder sie als Folie für spekulative Reflexion zu benutzen. ›Gedanken / sind nur in Dingen‹, hatte Williams in einem seiner Gedichte (›Eine Art Lied‹) formuliert, und nach dieser Maxime hat er sich ein Leben lang gerichtet. Seine Gestalten wirken deshalb so lebendig, weil sie jene Unauflöslichkeit haben, die menschliche Individuen vor gedanklichen Konstrukten auszeichnet. Ebendas macht sie so faszinierend, diese Leute vom Lande oder aus der Kleinstadt, die Gutsituierten und die Unterprivilegierten, die Einwanderer, die Gescheiterten, die Farbigen. Gerade die letzteren verkörpern Lebenskraft und Lebensfreude, selbst angesichts eines unausweichlichen Todes.

Die Wirklichkeit dieser Menschen, der ›farbigen Mädchen von Passenack‹ oder der ›Farmerstöchter‹, hat Williams allemal mehr interessiert als das Spektakuläre. Für ihn war sie auch weder mit der Sprache der Journale noch mit herkömmlicher Detailmalerei zu erfassen. Er war ein Meister der Evokation durch sprachliche Gesten; in seiner Lyrik wie auch in seiner Prosa. Einige andeutende Worte entfalten Situationen; Personen werden nicht beschrieben, sondern gewinnen Plastizität, indem sie reden. Sein ausgeprägtes Formbewußtsein machte ihn empfindlich gegen falsche Töne, aber die Formen, die er wählte, erwuchsen aus dem Material selbst, und das heißt auch und gerade in seinen Erzählungen, aus dem amerikanischen Englisch, wie es im Nordosten der USA gesprochen wird. So ist seinen Short Stories das Odium der ungezwungenen alltäglichen Redeweise mit ihren regionalen und sozialen Färbungen eigen; modernistische Experimente stellte er in diesen Texten kaum an. Übereinstimmend hoben die Kritiker immer wieder hervor, daß er eben gerade das Fluidum des Umgangstons und seiner lokalen Schattierungen hervorragend trifft. Wer dabei genau hinhört, entdeckt, wie Williams mit seinem feinen Gespür für Idiom und Rhythmus dem so natürlich wirkenden Redefluß eine Spannung verleiht, die ihn zu einem dichten, subtilen Ausdrucksmittel macht. In der lapidaren Verknappung der Dialoge spürt man mitunter auch den Einfluß Hemingways, den Williams schätzte, ohne ihn zu kopieren.

Diese Prosa, die man bei flüchtiger Lektüre für naturalistisch halten könnte, ist mit ihren Aussparungen und ihren feinnervigen Spannungen deutlich die Prosa eines Lyrikers. Ebendaher beziehen die Erzählungen ihren künstlerischen Reiz. Dieser Vorzug aber stellt den Übersetzer vor schwerwiegende Probleme, denn solche Schattierungen und Färbungen sind schwerlich in eine andere Sprache übertragbar. Die Übersetzung muß in dieser Hinsicht ein Nachklang des Originals bleiben, zumal das Deutsche mit dem Lakonismus, dessen das Amerikanische fähig ist, nicht mithalten kann; es bleibt umständlicher und weitschweifiger. Der Übersetzer ist sich des Verlustes durchaus bewußt, trotz allen Bemühens um größtmögliche Annäherung in Wortwahl, Stilebene und Rhythmus. Die Gleichung zwischen dem amerikanischen Original und der deutschen Fassung geht nicht restlos auf, es bleibt eine Differenz. Wie groß sie ist, mag der Leser beurteilen, der den Originaltext zur Hand hat. Übertragbarer sind da schon die Naturbilder, die sich allenthalben finden, kurz aufleuchten wie Meteore, um sogleich wieder nüchterner Knappheit Platz zu machen. In ihrer Leuchtkraft sind sie bleibende Nachwirkungen der imagistischen Phase des Dichters, die er mit Ezra Pound, Hilda Doolittle und anderen Jugendgefährten gemein hatte. Die Poesie der Alltagskonversation steckt voller sprachlicher Verkürzungen und Verschleifungen, die manchmal die Erzählbezüge verschwimmen lassen. Sollte der Leser darüber stolpern – sie gehören zum Original, sind nicht Nachlässigkeiten des Übersetzers. Daß sich im Erzählfluß Szenen, Episoden, Erinnerungen aneinanderreihen, ohne daß immer ein strenges Kompositionsprinzip erkennbar wäre, mag auch mit den Bedingungen zusammenhängen, unter denen Williams schrieb – erinnert sei an die Schreibmaschine im Sprechzimmer. Doch in ihrer scheinbaren Mühelosigkeit haben diese Geschichten eine wunderbare Unmittelbarkeit und Direktheit, sind sie ein Stück Leben selbst. Indem Williams bei wörtlicher Rede die Anführungszeichen wegließ – eine Praxis, die in der Übersetzung beibehalten wurde –, verstärkte er den Eindruck des ungezwungenen Dahinfließens seiner Prosa. Wer gerade spricht, wird im allgemeinen aus dem Kontext hinreichend deutlich. Es kann aber auch zu Mehrdeutigkeiten kommen, wie ja auch im Leben. Der Text bietet eine Oberfläche, unter der es vieles zu entdecken gibt. Der Leser ist aufgefordert, sich darauf einzulassen. Sollte ihn das nicht reizen?

Leipzig, im Mai 1988 *Helmut Findeisen*

Editorische Notiz

Die Erzählungen wurden dem Band ›The Farmers' Daughters. The Collected Stories of William Carlos Williams‹ entnommen, der 1961 im Verlag New Directions Publishing Corporation, New York, erschien und der neben der 1956 vollendeten Erzählung ›The Farmers' Daughters‹ 51 Texte umfaßt, die fast alle in Buchform ursprünglich in den Bänden ›The Knife of the Times‹ (1932, Ithaka, New York: The Dragon's Press), ›Life Along the Passaic River‹ (1938, Norfolk, Connecticut: New Directions) und ›Make Light of it‹ (1950, New York: Random House) veröffentlicht wurden. In diesen Ausgaben erschienen folgende Erzählungen unserer Auswahl:

THE KNIFE OF THE TIMES
The Knife of the Times
The Sailor's Son
The Colored Girls of Passenack – Old and New
Pink and Blue
Old Doc Rivers

LIFE ALONG THE PASSAIC RIVER
The Girl with a Pimply Face
The Dawn of Another Day
Jean Beicke
A Face of Stone
To Fall Asleep
The Venus

MAKE LIGHT OF IT
The Burden of Loveliness
The Paid Nurse
Lena
Country Rain
The Zoo

Die Erzählung ›The Venus‹ erschien erstmals in dem Band ›A Novelette‹ (1932, Toulon: TO Publishers) und stellt den frühesten Text unserer Auswahl dar.

Inhalt

Alle Texte, mit Ausnahme der von Klaus Reichert übertragenen Erzählungen ›Die Messer der Zeit‹, ›Der Sohn des Matrosen‹ und ›Ein Gesicht aus Stein‹, wurden von Helmut Findeisen übertragen.

Das Frontispiz zeigt ein Foto Williams'
von John D. Schiff.
Die Wiedergabe erfolgt mit freundlicher Genehmigung der
New Directions Publishing Corporation, New York.

ISBN 3-378-00290-5

Gustav Kiepenheuer Verlag Leipzig und Weimar
Erste Auflage
Lizenz Nr. 396/265/22/89 LSV 7330
Gesamtherstellung: Offizin Andersen Nexö,
Graphischer Großbetrieb, Leipzig III/18/38
Schrift: Baskerville-Antiqua
Gestaltung: Ursula Lemnitz
Printed in the German Democratic Republic
Bestell-Nr. 812 267 2
01200

44,-